延南洞 咕嚕咕嚕 洗衣店

金智潤

尹嘉玄 譯

연남동 빙굴빙굴 빨래방

目錄

第一章 ｜ 試著敲敲番茄盆栽

珍寶哀傷地哭著。牠是張老先生自從妻子過世之後獨自飼養的白色珍島犬。已經九歲的珍寶通常都要到院子裡或出門散步時才會尿尿，牠無法在家中解決大小便，因此，張老先生往往會把通往院子的玄關門保持微開，但今天因為晚春吹拂的強風導致那扇門被徹底關上，牠只好站在門前，一站就站了好幾個小時，跟一隻尿在滾的小狗似地進退兩難，最終忍不住尿在了張老先生那張帶有一點草皮感的棉被上。

張老先生在客廳裡看電視看到睡著，他睡得不省人事，久久沒有醒來，但是因為珍寶撒的那一泡尿，導致棉被愈來愈溼，迫使張老先生從睡夢中甦醒。

「哎唷！怎麼這麼冰！」

張老先生一睜開眼睛，便看見珍寶那雙水汪汪的漆黑眼球，用可憐兮兮的表情在盯著他看。張老先生瞬間對珍寶感到有些抱歉，連忙坐起身。

「珍寶～你尿在這裡了啊？原來門被關上了……，你也忍得很辛苦吧？沒關係，棉被再拿去洗就好了，反正有洗衣機，不擔心……。」

珍寶苦著臉，把頭靠在張老先生的膝蓋上，奮力擺動著尾巴。張老先生將珍寶尿溼的棉被放入開關鍵早已磨到看不清字體的老舊洗衣機裡，由於洗衣機一直無法啟動，張老先生只好重新用大拇指奮力按壓開關鍵，然後把清洗模式設定在棉被清洗，洗衣機才開始運轉。清洗時間預計一小時又四十五分鐘。

張老先生的住處位在延南洞，是一棟白色兩層樓的透天厝，就算深夜使用洗衣機也不會有噪音擾鄰的問題。那裡有著修剪整齊的草皮、遼闊的庭院，還有一扇堅硬厚實的大鐵門。搬來這裡至今也已經四十餘年了，剛開始入住時還是個寧靜的住宅區，後來因弘益大學逐漸發展成年輕人的聚集地並且備受民眾關注之後，延南洞的人氣也跟著水漲船高。原本的鄰居大部分都將住處改裝成店面，把一、二樓出租出去，變成咖啡廳或輕食餐館等，然後搬離此地，因此，張老先生家的藍色大門也成了延南洞罕見還有人真實居住的房子。

這棟房子的一、二樓分別有三間房，共六個房間，以一個人住來說是非常大的屋子。這棟房子裡只有張老先生和珍寶住在一起，雖然他也曾考慮過搬家，但是礙於裡面充滿著和已逝妻子的美好回憶，使他遲遲離不開這個家。沿著院子邊緣排排站的木蘭花樹、棗樹、柿子樹、山葡萄樹，以及大門旁正準備要冒出花苞的鳳仙花盆栽、玫瑰、小番茄等，無一不是出自於妻子的巧手。雖然對於如今已是耄耋之年的張老先生來說，要獨自一人打理一、二樓，還要管理維護院子裡的花草樹木著實不易，但是他深信自己要是代替先走一步的妻子細心照料這些植栽，在天上的她一定會無比開心。

張老先生喝了一杯溫開水，隨手拿起電視遙控器，當他醒來看著電視新聞畫面時，滾筒洗衣機也發出嗶嗶聲響，正好結束最後一輪的脫水流程，並響起洗衣結束的提示音。張老先生站在洗衣機前，一邊喊著嘿咻一邊將棉被拖了出來，在還略溼的狀態下直接拿到院子裡晾在洗衣繩上，而這段移動的過程中，他還為了避免踩到跟著他一路走到多用途室的珍寶，所以選擇以橫向方式行走。雖然太陽還未升起，但是因為日出時間變早，所以他決定還是將棉被晾在院子裡曬乾。直到張老先生晾完棉被回來，珍寶才終於感到安心；牠走到柿子樹旁排便，然後再用腳向後踢了踢周遭的泥土。

「珍寶啊，舒服嗎？」

珍寶跑到張老先生面前搖著尾巴叫了幾聲。

「噓！其他人都還在睡覺呢，要小聲一點。」

張老先生將食指放於嘴前，作勢要牠安靜，於是珍寶不再喊叫。

「哎唷，我的珍寶最乖了~好冷喔，趕快回屋子裡吧！」

午餐時段過後，老人中心裡來了許多人，在以「年輕人的街道」聞名的弘大商圈，由七十歲以上長者組成的這場聚會是十分罕見的景象。

「張老師，我最近膝蓋老是痠痛，以前只有走路會痛，現在是連坐著、躺著都會痛，該吃什麼才能改善呢？」

洪女士喝下一口用礦泉水寶特瓶裝的即溶咖啡，開口問道。這時，平時把張老先生視為假想敵的于老先生忍不住對洪女士叨唸。

「人家又不是醫生，只是個藥師怎麼可能知道要吃什麼。身體會痛就去醫院啊！」

「去醫院一定會要我照一堆東西，耗上一整天，張老師，拜託告訴我吃什麼藥吧。」

張老先生聽聞于老先生語帶諷刺的發言，乾咳了一聲回答：

「這要先確認究竟是純粹老化，還是軟骨壽命已盡——」

「妳竟然叫一個去年出大包，害得藥局關門大吉的人為老師……」

于老先生打斷了張老先生的發言，原來張老先生過去在新村站前經營過一間藥局，已經在當地屹立不搖近五十年，結果有一次因為看錯處方箋而開出過多的藥，最終在去年自行脫去了藥師袍。

張老先生又乾咳了幾聲，繼續說：

「我回去再傳訊息給您。」

于老先生用細絲般的眼睛瞅了洪女士一眼，又繼續補一句：

「看來還是不想放棄藥師角色扮演嗎～」

「于老先生！別說了，那件事情對張老先生來說是個傷疤，您和他同樣都在逐年衰老，怎麼也不安慰人家，反倒是……」

「洪女士，妳也很過分，為什麼總是『老先生、老先生』的叫我，卻稱呼他『張老師、張老師』？難道是打從心底瞧不起我？」

「張老師，我們走吧，珍寶自己待太久了。」

洪女士抓著張老先生的衣袖往門外走去，在老人中心門口穿著胸背帶乖乖等待的珍寶，一看見洪女士便搖起尾巴。

「珍寶，都是裡面那個愛吃味的老頭害你無法進來，好可憐。我有特地為你買零食喔～」

洪女士從她親手編織的紅色包包裡拿出了牛肉風味的磨牙棒給牠。

「哎呀，幹嘛還買東西給牠，珍寶好有福氣喔！」

「您別放心上，那個于老頭真是的！他本來在其他老人中心被排擠，結果換來這裡還是本性難改，見人就找麻煩。」

「呵呵，我再把對膝蓋好的保健食品透過訊息傳給您。」

「哎唷，張老師，太感謝您。」

「哪裡哪裡，至少自己還有點用處。您準備去接孫子放學了嗎？」

當張老先生比出邀請洪女士一起離開的手勢，洪女士回答：

「是啊，時間差不多了。」

「順路的話我也要帶牠去國小校園遛一圈了。」

「不，我無法去國小校門口……」

「您不是要去接孫子嗎？」

洪女士摸著左手少了一個指節的無名指，小聲回答：

「我那孫子叫我離他遠遠的，不要站在校門口，應該是覺得被同學們看見沒有手指頭的奶奶很丟臉吧……。我這是年輕時在工廠用縫紉機變成這樣的，還不都是為了養育他爸，但能怎麼辦呢，我的孫子可不能因為我的手而在同學面前抬不起頭，只好照他的意思做嘍！」

洪女士一臉苦笑，再次撫摸那根無名指。

從她說過的那句玩笑話——最大心願是戴戴看婚戒——可以充分感受到一定是經歷過一段生活不是很寬裕的歲月。張老先生緊閉雙唇，刻意地點了點頭。

張老先生和珍寶一起散步到延南洞公園，下午的延南洞雖然沒有晚上來得人潮眾多，但還是熙來攘往，即便時序是晚春，仍然可見因氣溫逐漸攀升而身穿短袖的人們。通過一條連接至公園的斑馬線時，一名從洗衣店裡環抱著一團洗好的衣服走出店外的年輕女子格外引人注目，周遭所有人都戴著耳機面無表情地滑著手機走路，只有這名年輕女子面露燦爛笑容，彷彿領略到了什麼似地。張老先生走到了那間洗衣店門口。

「延南洞咕嚕咕嚕洗衣店」，招牌是用簡潔又親切的字體呈現，上面還有用黃色鹵素燈照亮著每一個字，看上去十分溫馨。洗衣店的正面從上方到成人腰間位置都是玻璃窗，所以內部清晰可見，而下方則是由混雜著象牙色和灰色的磚頭層層堆疊，給人舒適又整潔的感覺。春天的暖陽直射大型洗衣機在運轉的店內深處，窗邊的木桌上擺著一台咖啡機，靠牆的一個矮櫃上則放有好幾本書籍。

「這間洗衣店怎麼搞得像圖書館也像咖啡廳。珍寶，世界變得可真好啊，是吧？」

珍寶以搖尾巴代替回答。

張老先生打開大門走進自家院子，先摸了摸晾在洗衣繩上的棉被，雖然還帶有一點溼氣，但應該再曬一段時間就會全乾，問題在於氣味，也不曉得究竟是因為珍寶的尿騷味實在太重，還是因為洗衣機過於老舊導致功能無法正常發揮，惱人的氣味久久難消。張老先生的鼻子一湊近棉被，便不自覺蹙眉。

「今天沒有可以蓋的棉被了……」

也不曉得珍寶能否體會張老先生的苦衷，牠直接趴在種著紅色小番茄的花圃前，曬著和煦的陽光。這時，大門傳來有人按鈴的聲響。

「爸，我們來了。」

張老先生一開門，便看見兒子和媳婦站在門前，媳婦手上提著一只百貨公司手提紙袋，袋子裡裝著明太魚乾，魚尾巴還露了出來。

「辛苦你們大老遠跑來。」

「哪有辛苦，反正是自動駕駛。」

兒子將印有一匹前腿凌空躍起的黑馬的保時捷車鑰匙收進口袋裡說道。

張老先生和兒子、媳婦為已逝的妻子進行了簡單的祭拜，由於妻子是突然遭遇事故離世，所以沒有一張合適的遺照，只好用她五十歲出頭時拍過的更新護照用照片作為遺照，照片裡的她比逝世前還要年輕貌美二十歲。為了配合兒子和媳婦要去英語補習班接孫子下課的時間，一家人八點前便開始進行祭拜。熏人的立香味都還未全消，兒子和媳婦便匆匆撤掉了供桌。

「好久沒看見秀燦了……」

張老先生露出滿臉不捨的表情。兒子回答：

「哪有好久，明明過年的時候還有來給您拜年啊。」

剛洗完碗從廚房裡走出來的媳婦，端著裝有水果的盤子坐在了張老先生的身邊。

「幸好還有珍寶陪伴您，至少比較不寂寞吧？白天您可以去老人中心晃晃，也去曬曬太陽。」媳婦熟練地削著水梨果皮說道。

「是啊，幸好有珍寶在，還能陪我在這附近的公園散步、欣賞外頭的風景，我看這裡還新開了好幾間有趣的店。」

「有趣的店？」

「對啊，今天散步時發現洗衣店也裝潢得像咖啡廳一樣，很漂亮，還能讓客人在那裡喝咖啡、閱讀看書，現在年輕人真愛喝咖啡，不管去哪裡都少不了咖啡，雖說咖啡因是個好東西，但還是有成癮性，反而喝華箬竹茶或綠茶類的還比較好……。你在醫院也別喝咖啡，改喝綠茶或其他茶類吧。」

「爸，我會照顧好他的身體，您放心吧。」

「爸，說到這個我剛好想到……」

兒子略顯緊張地嚥了一口口水，然後開口說：

「這裡……這棟房子——」

「好了，別說了。」

「您都還沒聽我把話說完。」

「不用聽完也可想而知，又要來說服我改建成店面租出去，不是嗎？然後要我搬去小公寓住。」

「您別動怒，至少先聽聽看我說的內容。擔任電視劇編劇的小舅子不也是在這區買了一棟房子，每個月收租金嗎？有穩定的收入來源是好事啊，更何況最近這裡因為有了延央公園人氣攀升，您不是沿途散步也有看見一些有趣的店家嗎？人家是就算靠洗衣機也想要在這裡賺錢，您為何就非得要堅持獨自一人住這麼大的房子！」

正在切水梨的媳婦用手肘戳了一下先生的腰間。

「大周說的也沒錯，您獨自在這麼大的空間裡生活，打掃起來也不方便……，據我所知最近這裡的商圈已經很發達，所以假如租出去的話，您應該能拿到預期以上的租金，二樓也比現在這樣空著都不用來得好。」

「我再說一次，不要喔！」

張老先生斷然拒絕，但是兒子似乎不打算放棄，用更加堅定的聲音說：

「我們秀燦剛加入橘郡費爾蒙準備班，您知道學費要多少嗎？一年基本要一億韓元，然後要是把秀燦送去加州，在那裡的生活費、租金、開車、伙食費等等……您知道又要準備多少錢嗎？」

「橘郡？你們打算把秀燦送去美國喔？」

「現在一般學校畢業會有競爭力嗎？」

「可是我送你就讀一般學校，也把你養成了大學附設醫院的醫生，而我則是單靠一支鉛筆埋首苦讀，還不是走到了今天這個位子！」

「又來了。」兒子頂著漲紅的臉，喃喃自語。

「你們哪裡不如人了，都已經住在江南的高級公寓裡，何必還貪心呢？是啊，只要和其他人差不多就好了。你們住進那間公寓時，拿了我的錢說什麼來著？跟我說你們住那邊只是為了和其他人過差不多的生活，不是嗎？」

「爸，現在這時代哪有人會想要和別人差不多，都是更努力才能過更好的日子，所以我們才會想要讓秀燦學更多……」

「我要說的就是這點，為什麼老是要和其他人比較，這樣不只是你們會辛苦，最終就連秀燦都會感到辛苦。粉紅鸚嘴要是跟著東方白鸛飛，最後會怎樣呢？」

兒子似乎認為和父親實在難以溝通，他搖搖頭，站起身多加了一件上衣。

「那您就在這裡繼續擁抱那些無法換成現金的珍貴回憶過生活吧，一輩子～老婆，我們走吧，快要來不及接秀燦放學了。」

媳婦放下正在削的水梨，起身向張老先生簡單點頭，便與先生一起離開。珍寶跳上坐在客廳沙發的張老先生身旁，隨即傳來了砰一聲，是大門被關上的聲響。

「珍寶啊，只要是無法換成錢的東西，不論是回憶還是思念都該統統丟掉嗎？」

珍寶看著張老先生充滿哀傷的眼神，舔了舔他那滿布皺紋的手。

張老先生一口吞下了超過五種不同的保健食品，分別有魚油、生物維生素、鈣、鎂、綜合維他命，然後將玄關門重新固定好，讓珍寶不再出不去。他從院子裡收回晾乾的棉被，鋪在客廳裡躺了下來。雖然已經徹底曬乾，但是每次翻身都還是能聞到一股濃濃的尿騷味。

「儘管用了賣場店員推薦的超濃縮柔軟精，也還是有味道欸……」

張老先生盡可能固定住身體，然後從手機畫面中點開 YouTube 軟體，他觀看著訂閱的頻道，大部分都是政治相關及培養植栽的頻道。

「對了！說好要傳訊息給洪女士的。」

他這下才想起原本答應好要傳有益於膝蓋的保健食品清單給洪女士，於是連忙列出了六種保健食品，發送訊息給洪女士。

＊＊＊

張老先生在過去經營藥局五十年來從未打烊過一天，雖然他的妻子總是對此不甚滿意，但可能也是被張老先生替病人著想的這份責任感所打動，因為他堅持醫院休診時至少要有藥局營業才行。妻子獨自一人時，就會像現在的張老先生一樣打理家裡，假如碰上一週一次的藥局公休日，她就會像等待已久似地和張老先生一起去位於高陽市專門販售幼苗的溫室，買回各式各樣的樹木與種子，種植在家中的院子裡。早已在院子落地生根、長成足以翻越圍牆的棗子樹與各種花朵，對張老先生來說都是無法將這棟房子改成商家的理由。

張老先生被每一次翻身都會撲鼻而來的難聞氣味搞得輾轉難眠。瞬間，他的腦海裡閃過那間二十四小時營業的延南洞咕嚕咕嚕洗衣店，於是當場起身收拾棉被，由於是單人尺寸，剛好可以收進醃泡菜的塑膠袋裡。張老先生和珍寶一同走進了洗衣店。

接近晚間十一點，延南洞開始人潮擁擠，都說酒是靠力氣喝的，如今光是兩杯清酒都會感到有負擔的張老先生，不禁羨慕起那些直接坐草地、不用鋪任何墊子、喝著啤酒的年輕人，活力十足。珍寶配合張老先生的步伐，跟隨在側。

很快地，張老先生和珍寶抵達了延南洞咕嚕咕嚕洗衣店，張老先生原本想要將珍寶暫時綁在從玻璃窗就能一眼可見的位置，但是他發現店外張貼著「歡迎攜帶寵物入內」的字樣，就直接帶著珍寶走了進去。張老先生看了看使用方法說明，這間店似乎也有不少老人家來光顧，字體大又清楚，寫得十分詳盡，容易操作使用。

張老先生將散發著陣陣尿騷味的棉被扔進了洗衣機裡，烘衣機裡也事先放好兩張香氛柔軟片，那可是這間店的招牌香味。他將珍寶身穿的寵物繩固定好，走向書櫃，他原本想要挑選值得一讀的書來看，但放眼望去實在找不到特別想看的書，只好兩手空空地走到窗邊的吧檯桌前坐下。他靠在木桌上盯著窗外觀看，發現過了深夜十一點鐘的公園很是有趣。

「珍寶啊，那些終究都會變成回憶的啊，不是嗎？時間是花錢也無法倒轉，青春則是花億萬元也找不回呢！」

乖乖坐在地上的珍寶，像是在回應張老先生似地輕輕搖晃著尾巴。

「假如你會說話的話該有多好……」

張老先生將視線從窗外轉移至擺放在桌上的青綠色筆記本，他原以為應該是有人遺忘在這裡，所以打算挪移至角落，但是仔細一看發現，筆記本外皮有著被許多人摸過的痕跡。在好奇心的驅使之下，他攤開了那本筆記本。

第一頁的角落清楚寫著「所有人都能伸直雙腳睡得安穩的世界」，從下一頁也印有筆觸來看，當初寫這幾個字的人一定寫得非常用力。青綠色封面筆記本和其他一般記錄著瑣碎日常的筆記本不盡相同，一目了然的年曆上還有著紅色的星星標示。

「十一月二十五日，是什麼日子嗎？聖誕節是十二月二十五日啊，難道是這本筆記本的主人生日？」

下一頁則寫有大大的「提款、回收、交付」三個單字，而下方則是像組織圖一樣有著密密麻麻令人難以理解的內容，「1-1區域、1-2區域、1-3區域」等，然後在連續都是同一人的字體最後一頁上，則有著用原子筆草草畫下的男子臉龐，細長的眼睛配上短淺的眉毛，高挺卻略微歪斜的鼻梁，以及薄薄的嘴唇。

很眼熟，雖然無法馬上想到是誰，但絕對是有一面之緣的人。張老先生盯著那張臉看了許久，翻閱了所有內頁也仔細閱讀文字內容，卻仍找不到任何有關這名男子的線索。難道是畫自己的肖像畫？張老先生甚至追溯起很久以前的記憶，但始終還是想不起來該名男子究竟是誰。

一直專注思考同一件事，不禁感到頭部隱隱作痛。張老先生決定不再理會這幅畫，他等待著棉被清洗完畢。從「好無聊」開始，到「推薦延南洞一人用餐的餐廳」、「本週聯誼該穿什麼好呢？」等，筆記本裡寫著諸如此類的塗鴉、瑣碎提問與回答。雖然不曉得究竟是洗衣店老闆故意留在這裡的，還是有人遺落在店裡，但是在不知不覺間，筆記本裡已經寫有許多人的大大小小煩惱。

不想活了，為什麼活著這麼辛苦。

張老先生翻閱到這句話的時候停了下來，因為大家都會在別人寫的句子下方回覆留言，這段話底下卻沒有任何留言，難道是誰都不想要干涉或回應某人的生與死？張老先生苦思許久，最後決定拿起桌上的原子筆，發自內心地寫下一字一句。

泥土裡的土壤細菌扮演著類似抗憂鬱劑成分的角色，雖然時下年輕人應該都不喜歡聽見「想當年～」，但是以前的人很常說一句話：「我們當年在玩的遊戲都是挖土來吃。」還記得那時候嗎？無憂無慮的幸福時期，也許我們是藉由摸土來洗去憂鬱的心情，等於在不知不覺間變幸福。建議養個植物盆栽吧，親自摸摸土壤，幫盆栽澆水、曬太陽，偶爾給它換氣一下，也讓自己透透氣。你的心情會好轉許多，甚至分不清究竟是自己在養植盆栽還是盆栽在療癒自己。

張老先生用整齊端正的宮書體寫下以上這段話，放下了原子筆。轉眼間，就連烘乾機也結束運作。

「希望對他有幫助……。」

張老先生從位子上起身，打開烘衣機，取出棉被。他將鼻子埋在原本隱約有悶臭老人味的棉被裡，發現味道早已消失無蹤，他有預感，以後也會很常光顧這間洗衣店。張老先生將洗好的棉被塞進帶來的大塑膠袋裡，重新牽起珍寶的胸背帶。

走出洗衣店的張老先生再度走進了隔壁的便利商店，他站在陳列著飲料的冰箱櫃前慢條斯理地挑選飲料，總覺得比起在筆記本裡只寫留言回覆，倒不如送那位寫下煩惱的人含有維他命成分的能量飲。張老先生伸手又多拿了一瓶比原本更大罐的維他命飲料，結完帳以後他重回洗衣店，將能量飲擺在了筆記本旁邊，此時，一名貌似三十歲後段班的女子開門走了進來。當時早已超過深夜十二點鐘，女子的眼下掛著長長的黑眼圈，在她手拿的洗衣籃裡，還露出一件印有草莓花紋的粉紅色衛生衣。女子分別看了小朋友的衛生衣與張老先生一眼，面露驚愕，張老先生直覺認為或許該名女子就是在筆記本裡寫下自己不想活了的那個人。

張老先生過去在經營藥局時，經常有罹患育兒憂鬱症的女子上門求助，她們因無時無刻都得隨時待命應付孩子整天的需求而感到心跳加速，甚至早已超越緊張感，而是到了焦慮不安的程度，有時還會感到無力，所以到藥局購買無需處方箋的憂鬱症藥物。雖然張老先生可以開含有緩和憂鬱症成分的腦思佳糖衣錠（Noiromin Tablets）給這些女子，但他沒有輕易提供藥物，取而代之的是推薦她們可以多吃一些有益於甲狀腺健康的淡菜，以及含有對身體有益的成分、可預防憂鬱症的蜂蜜，假如這些方法都嘗試過了還是感到痛苦的話，他才會開藥，並帶著仁慈的笑容順帶遞一罐能量飲送給客人。

張老先生認為，倘若眼前這名女子就是那篇留言當事人，那麼要是被自己認了出來，對方也許就不會再留言了，所以他匆匆忙忙和珍寶一起離開了洗衣店，然後放慢走路速度，觀察對方的一舉一動，心想著要是她真的就是留言者本人，希望她可以趕快閱讀自己在底下留的那段話。然而，女子似乎有意識到張老先生，連忙將要清洗的衣物放進洗衣筒內，小心翼翼地觀察著窗外。

＊＊＊

「媽，我想尿……」

女兒娜熙跑來床頭將美菈叫醒，美菈的眉間彷彿刺了一把三叉槍，有著深而明顯的皺紋，儘管娜熙不停搖晃美菈的身體，美菈也沒有輕易醒來。娜熙眼看媽媽沒有打算要醒來的意思，便轉而搖晃躺在一旁的爸爸宇哲，宇哲用帶著略微煩躁的嗓音開口說道：

「美菈，鄭美菈，娜熙說她尿尿了～」

「唔……」

宇哲試圖搖醒美菈，於是美菈發出了小小的呻吟，好不容易坐起身子，然後看向站在床頭邊面露擔憂的娜熙。

「娜熙啊，妳尿尿了喔？」

「嗯……尿溼了棉被……。今天真的不想尿溼的，明明是坐在廁所裡尿尿的……看來是在夢裡。棉被變得溼溼的。」

「沒事，沒關係，和媽媽一起去廁所吧。」

美菈抱著娜熙去廁所，女兒明年就要上小學了，卻比同年齡的孩子還要晚練習自行上廁所，這件事情令美菈擔心不已。娜熙經常像這樣在夜裡尿床並叫醒美菈，美菈把尿溼的棉被放進沒有浴缸的小廁所角落，打開蓮蓬頭，用水將棉被沖溼。

「呼……」

美菈不自覺長嘆了一口氣，站在一旁的娜熙一邊察看美菈的臉色一邊小心翼翼地說：

「媽媽，對不起……」

「沒關係，娜熙啊，是因為媽媽太想睡覺的關係，實在太睏了。」

每日重複上演的這種凌晨生活使她疲憊不堪，雖然她也曾考慮過是否該讓女兒重新包尿布，但是因為擔心這麼做會更戒不掉尿布，只好還是幫女兒換上了新內褲與印有草莓圖案的衛生衣。娜熙聽著美菈為她唸童話故事書的聲音，再度入眠。美菈緩緩輕拍著女兒上下浮動的小小胸膛，再用手摀了一下臉，在女兒身邊不知不覺進入夢鄉。

「美菈，怎麼不好好在床上睡，睡在沙發上？這樣睡覺會更累喔~明明每天都喊累的人。」

宇哲換上暖房設備公司的工作服以後，對著美菈說道。美菈在先生的呼喊下睡眼惺忪地醒來。

「我不是因為睡在這裡所以累，美菈尿溼被單你怎麼不醒來幫她清洗、整理，哄她重新入睡，非得要叫醒我。」

「那是因為娜熙只找媽媽啊……，而且我一早還要出門去上班。」

「那我還有工作的時候呢？難道是因為我早上不用出門上班所以才要負責凌晨熬夜哄女兒入睡嗎？你能不能找一些像話的藉口，或者乾脆坦白承認就是懶得弄這些事。」

原本努力壓抑情緒的美菈勃然大怒。

自從娜熙出生以後，夫妻倆便發現要兩個人都賺錢才能維持家庭生計，所以將女兒送至幼兒園全日班，兩人都出去上班。美菈從婚前就一直在一間位於弘大外圍的市區內免稅店工作，以中國觀光客為對象進行化妝品販售，但是在美菈放完育嬰假、重新回歸工作崗位時，發現物價早已高得離譜。

要再請一位幼兒園放學後能夠照顧娜熙的保母，費用實在可觀，平均兩週就要一百八十萬韓元，要是請保母照顧一個月，等於就要支付比一個月薪水還要高的費用，這樣就沒有出門工作的意義了。因此，美菈已經留在家裡全職照顧娜熙第二年，仰賴擔任暖房設備修理技師的宇哲一個人微薄的薪水維生。原本在一旁熟睡的娜熙抖動了一下身體。

「娜熙要被吵醒了，對不起，老婆，我應該要做更好才對，我先去上班了，再賺很多錢回來喔！」

眼看一大早就垂著肩膀出門去上班的宇哲背影，美菈不禁感到懊悔。「應該再忍一次的」。美菈坐起身，開始準備娜熙的早餐。隨著空氣裡飄散著蛋花湯和甜滋滋的涼拌櫛瓜味，娜熙自動睜開眼睛，主動找媽媽撒嬌。

「媽媽！是蛋花湯！一定會很好喝！」

「嗯，是我們娜熙最愛喝的蛋花湯，快去刷牙洗臉，現在會自己刷牙了吧？」

「嗯！娜熙已經六歲了啊！」

也不曉得為什麼，多虧從一大早就心情好的娜熙，感覺今天的上學準備會一切順利。

載著娜熙的黃色小巴士從眼前駛離，直到小巴士消失無蹤為止，美菈一直向女兒揮手道別，然後再從巷子走回家。美菈的家位於距離延央公園稍遠的延南洞河口灣，在一棟老舊透天厝裡，只有兩房的小屋。由於房屋老舊，所以陽台窗戶是單層玻璃窗，而陽台空間又被拿來作為倉庫使用，導致陽光也不容易照射進來，再加上房子不是坐北朝南，只要過了上午十一點鐘，就很難再看見陽光。

美菈把前一晚娜熙尿溼的棉被和其他衣物放入洗衣機內，再加入洗衣粉、蓋上直立式洗衣機蓋，然後按下啟動鍵。正當她在打掃家裡時，聽聞某處傳來嗒嗒嗒的聲響，然後又出現類似呻吟的嗚咽聲，瞬間，美菈的臉部漲紅，不曉得是哪一戶人家一大清早就在享受魚水之歡，面對不停傳來的呻吟聲害她忍不住想笑。然而，就連洗完碗也持續不斷傳來聲響，美菈走向多用途室，原來那令人臉紅害羞的呻吟聲主角正是洗衣機。

搬來這間屋子也已經四年了，當初原本是打算搬到小公寓生活，甚至要動用到美菈的名義向銀行貸款，也就是俗話說的連靈魂都差點被抽乾，然而，銀行並未核准沒有工作的美菈貸款，所以才會在火燒眉睫的情況下倉促挑選到這間屋子。屋主是以有含洗衣機和冷氣來推銷，而美菈則是不打算在買房前自行添購家電用品及家具，所以這點令她很是滿意，更何況要是買了家具又再搬家，可能又會面臨家具不符合新空間的問題，最主要是她的口袋也不夠深，找不到比這間更好的屋子了。

搬來這裡生活後，美菈開始愈來愈懷疑屋主當初說家電用品都是新添購的那番話，因為家電用品頻頻故障，甚至懷疑屋主買的是不是二手貨。有一次，宇哲還說要自己修理洗衣機，所以做了各種嘗試，可能那次就成了壓死駱駝的最後一根稻草，現如今不只會搖晃到感覺快要解體，還會發出詭異的呻吟聲！

叮咚！

門鈴聲響起，美菈拿起對講機的話筒與門外的人進行對話。原來是樓下鄰居，鄰居表示自己正在居家辦公，但是因為老是傳來呻吟聲，害她開視訊會議很是尷尬。

「抱歉，真的很抱歉，並不是我在看什麼影片或做那件事，而是洗衣機……」

美菈把對講機話筒重新掛上，匆匆忙忙地將洗衣機電源關閉。這該死的洗衣機！早已超過六個月沒有和先生行房的美菈，伸腳奮力踹向了洗衣機。她從尚未脫水完成的洗衣機裡取出溼答答的衣物，徒手用力擰乾。水滴落在多用途室地板碎裂的藍色磁磚上，愈擰愈出不了力。美菈開始感到怒火中燒，她直接致電給房仲業者。

「老闆您好，這裡是圓珍透天厝三樓，我家洗衣機故障了，上網查是說這種有含家電的租屋處應該由屋主負責修繕家電用品——」

一名年近四十的男房仲直接打斷好不容易靜下心來冷靜發言的美菈，說道：

「您好～我正打算要打電話給您……」

美菈聽聞這名平時活力充沛的房仲突然放低音量，本能地察覺到有不祥的預感。

「正巧屋主有提到這次租約到期後打算漲房租，您應該也知道最近這裡的租金行情吧？畢竟當初也是用很便宜的價格讓您租這間……」

「已經快要滿兩年了？時間過太快，我連要重新簽約都忘記了。請問屋主打算漲多少……？」

「五千萬韓元。」

「五千萬？」

美菈原本預想就算租金調漲頂多也只會漲三千萬左右，她驚訝地重新再確認了一遍。

「是的，屋主原本說要漲七千萬，是我一直拜託她才好不容易降到五千萬。」

「老闆，五千萬真的太多了，而且這裡離地鐵站也遠、只有兩間房……能否幫我們重新和屋主商量看看呢？」

「那我就連同洗衣機更換的問題也一併向屋主反映好了。」

「沒關係！洗衣機我們就湊合著用吧，只要幫我們好好拜託房東考慮重新簽約的問題就好，再麻煩您了，要是每隔幾年就要搬家一次，那仲介費、搬家費等等……我們家娜熙也才剛適應幼兒園生活，接下來還要分發國小……，總之真的拜託您了，今晚前請您務必要聯絡我。」

美菈直到掛斷電話前都還在再三拜託房仲。她拿著手機，長嘆了一口氣，心跳莫名加速。雖然她打了一通電話給宇哲，但宇哲可能在忙著維修別人家的暖房設備，總之沒有接到電話。美菈先將洗好的衣物繼續一件一件擰乾，攤開來抖一抖，晾在曬衣架上。

晚餐時間，她向宇哲提到關於租金上漲一事，於是氣氛頓時像冷掉的泡菜鍋一樣冰冷。娜熙一邊看著大人的臉色，一邊詢問美菈：

「媽媽，什麼是全租？」

「娜熙啊，妳還太小，所以不需要知道這是什麼。」

「媽媽，我們搬家的話可不可以搬去有鞦韆的房子？或者我們搬去大賢公寓怎麼樣？我的朋友們都住在同一棟公寓，所以幼兒園放學後都在那邊的小公園玩，但是要住在那裡才能進去，而且聽說有很多好玩的設施欸，我們也搬去大賢公寓住好了！」

娜熙突然嚷嚷起想要搬去公寓居住，她根本不曉得宇哲和美菈正在為即將調漲的五千萬韓元擔心得食不下嚥。隨即，美菈的手機正好響起，是房仲打來，她直接開擴音接起電話。

「喂～您好？老闆，您和屋主有好好聊過了嗎……？」

「那個……應該沒辦法，屋主態度滿強硬的，他其實是想要這次設定好全租的金額，再將整棟建物拿出來賣……，所以站在屋主的立場，保證金一千萬都會左右房價，因此更沒有議價的空間。」

「……老闆，那如果我們用現在的租金還有適合遷入的住處嗎？」

美菈沉默了許久，才脫口而出這句話。

「有點困難……您也知道，這五年來新成屋的價格都翻了兩倍多，所以全租的租金可能也要這樣看待，我這邊會再為您找找看有沒有適合的房子，但不要抱太高期待，我再與您聯絡。對了，假如您可以接受比較靠近郊區的房子，或許也可以往京畿道那一代尋找。」

聽完通話內容以後，宇哲不禁摀臉。

「五千萬……」

「絕對不行，以我們的條件怎麼可能再多拿五千萬出來。」

這時，在餐桌邊緣一邊繞圈圈一邊吃著海苔包飯的娜熙說：

「媽，五千萬是什麼？那是好東西嗎？」

「金娜熙！媽媽說過吃飯的時候不可以走來走去了，妳看，地板到處都是海苔屑！妳打算上了國小也還是這樣嗎？其他小朋友都乖乖坐好吃飯，只有妳一個人把海苔屑撒得到處都是！」

美菈大發雷霆，娜熙嚇得張大嘴巴放聲大哭。尚未吞嚥的米粒和眼淚、鼻水混合在一起，從嘴角流了下來。

「妳幹嘛對娜熙生氣。娜熙啊，來這裡，來爸爸這邊，沒事了，沒事。」

宇哲溫柔地抱住娜熙，安撫她的情緒。美菈臉頰發燙，她不滿意下定決心不再動怒卻對女兒生氣的自己。

還在對美菈生悶氣的娜熙，請宇哲哄她入睡。雖然美菈不太放心，但另一方面她又覺得可以有獨自思考的時間好像也不錯。時間已經超過深夜十二點鐘，娜熙像一隻小雞對著宇哲嘰嘰喳喳說個不停，直到她闔上眼睛，疲憊不堪的宇哲也像昏厥般沉睡。

美菈查看了一下洗好的衣物，雖然晾在曬衣架上已經過了大半天，但還在滴水，這都要多虧那台尚未完成脫水就得取出衣物的呻吟型洗衣機，娜熙明天就要穿去幼兒園的衣服也還溼答答的。美菈又重新用力擰了一下衣服，卻依然無法完全擠乾水分。美菈在考慮明天要不要讓娜熙再穿一次今天穿過的衣服，但她想到娜熙光是現在住在兩房透天厝就已經會被住在電梯公寓的同學們隱約排擠了，假如連衣服都連續兩天穿一樣的，說不定還會遭受老師們的差別對待，所以她連忙收拾那些未乾的衣物，準備出門。

走出昏暗的小巷，以延南洞居民中心為界線，呈現著燈火通明、店家林立的商店街道。往延南洞公園路旁延伸出去的樹枝已經冒出鮮綠色的枝椏，有一首流行歌曲裡的歌詞不是說「輕觸彷彿就會爆開的你」嗎？現如今正好是輕觸彷彿就會爆開的春天。身穿鈷藍色迷你短裙、腳踩高跟的年輕女子擦肩而過，散發著濃濃的香水氣味。美菈不自覺停下腳步，站在原地，觀看那名離自己愈來愈遠的女子背影。曾幾何時，自己也和她一樣踩著充滿自信的步伐走路，悵然失落的心情不禁油然而生。

美菈緊握手中的洗衣籃，重新出發。走了約莫五分鐘左右，她注意到一間洗衣店，進去看了一下價格，發現光是烘衣的費用也不便宜。印象中好像還有一間新開的洗衣店……什麼咕嚕咕嚕的吧？美菈走出洗衣店，沿著公園路再走了一段路。

不知道多久沒有一個人在這個時間走路了……光是感受著春風走路就足以轉換心情。美菈的表情比在家裡時開朗許多，她走進延南洞咕嚕咕嚕洗衣店，價格的確比上一間便宜許多，多走一段路是值得的。美菈在烘衣機裡放入洗衣店招牌香味的香氛柔軟片，以及女兒娜熙的衣物，並按下啟動鍵。由於是選擇快速烘乾模式，所以應該只要等待三十分鐘左右即可。她緩緩巡視店內，可能因為室內使用的是黃光，所以顯得溫馨舒適，尤其這個時間點可以一人獨處，更是開心。這時，洗衣店的音響喇叭剛好傳出美菈喜歡的歌曲，那是在美菈二十四歲還沒有在用 YouTube

也沒有智慧型手機的時候，透過電視看著表演舞台跟著哼唱的Wonder Girls歌曲〈Nobody〉。

她跟著節奏自然擺動身體，彷彿回到當時那個時期，全身還有記憶一樣，伸出右手食指向右晃動，再伸出左手食指向左晃動，儘管時隔多年，動作還能恰巧對在拍子上，這讓她感到心情愉悅。隨即又播出了下一首歌曲，「這首歌也是不唱就太對不起自己了」。她回想起大學時期在校慶活動中看到的歌手姿態，雖然沒有像當時那樣，但至少還是有小小跳起來，燃燒一段宛如火紅夕陽般的時光。

不曉得已經多久沒有唱歌唱到氣喘如牛了，她突然情緒激動地流下淚水，和米粒都沒吞下去就嚎啕大哭的娜熙一樣，哭得很是委屈。所幸在美菈宣洩情緒的期間無人光顧洗衣店。

＊＊＊

從使用延南洞咕嚕咕嚕洗衣店招牌香的香氛柔軟片烘乾的衣物上，飄散著陣陣的潔淨棉花香。娜熙嚷嚷著味道好香，不停用臉摩擦棉被和衣物。她甚至自行將襪子穿好，催促美菈趕快帶她去搭幼兒園娃娃車。美菈面帶相比昨日開朗許多的表情，牽著娜熙的手走出家門。黃色幼兒園娃娃車已經停在巷子口。

幼兒園曾以娜熙的住家位在狹窄巷弄內，娃娃車難以迴轉為由，鄭重拜託過美菈帶著娜熙走到巷口處搭娃娃車，而美菈當時雖然臉部漲紅，卻還是接受了老師的這項提議。

美菈對著坐上娃娃車的娜熙微笑揮手，隨後便重新返家。她一看見凌亂的客廳，就先嘆了一口氣，並將娜熙一早把玩的單字卡和冰淇淋商店玩具收拾好，走向廚房。她打開水龍頭，淋溼水槽裡堆積的碗盤，隨即，宇哲吃剩的鯖魚骨漂浮在水面，看著乾淨的魚骨宛如手握海綿的手背上突出的指間關節，美菈的心情有點不是滋味。

美菈把家裡整理乾淨後終於能好好喘口氣。她撥打電話，經過一陣漫長的信號音，最終傳來了對方說話的嗓音。

「喔！美菈啊～」

「爸……最近過得好嗎？」

「還能怎樣過得不好，每天都一樣唄。怎麼啦？有什麼事嗎？」

美菈實在難以向在釜山開計程車的爸爸開口談錢，畢竟新聞上都在大肆報導計程車車隊被大企業壟斷了，自己也明白爸爸的困境卻還要提錢的事情，感覺自己就是個沒出息的女兒。

「哪有什麼事……我也沒事啦。爸，你在開車嗎？」

爸爸用充滿濃濃口音的釜山方言說話，美菈也瞬間轉換成方言。

「我還以為妳已經成了首爾人，看來還沒忘記釜山腔啊！」

「是啊，還不就是釜山人唄！爸，現在車裡有客人嗎？」

「沒啦，我現在在醫院。」

「啊？去醫院幹嘛呢？」

「最近老是消化不良，所以趁看診的時候又多加了胃部內視鏡和大腸鏡檢查。妳媽就在旁邊呢，要不要把電話換給她？」

「不要啦，在醫院的話應該手忙腳亂的，你先好好做檢查吧。什麼時候開始消化不良的啊？」

美菈用充滿擔心的嗓音詢問。

「沒事啦，沒什麼事。娜熙和金女婿也都好嗎？」

「嗯，都好，別擔心我們，你要顧好身體健康。」

「好啦好啦，那就先這樣吧。掛了喔！」

電話那頭傳來大學附設醫院的繁忙聲響，美菈連忙掛斷電話，她聽聞爸爸身體不適的消息以後感到十分擔心，也慶幸自己沒有一開口就談錢的事情。那麼，到底該從哪裡生出五千萬，她重新思考了一遍，又拿起手機撥打電話。

「您好～這裡是陳孝免稅店。」

「田組長您好～我是鄭美菈，之前任職於中國三組。」

面對出乎意外的嗓音，對方沉默了一會兒。

「喔～美菈，這段期間都好嗎？」

「是，經理您也好嗎？其實我是為了……」

「喔！是為了打工的事情，對吧？」

「是，我現在處於不能沒有工作的情況……因為沒有上班，所以銀行也不讓我貸款，唉，真抱歉，很久沒與您聯絡，一聯絡就是要跟您談這種事情。」

「有什麼好抱歉的，我了解妳的情形……不過，雇用工讀生對我們來說還是頗有負擔……」

年近五十的組長用語重心長的口吻回答。

「真的吼？我把女兒交給幼兒園顧全天，可是感覺她愈來愈像小嬰兒，整天被關在那裡也讓人有點心疼……要是有早上九點至下午三點半，不，到下午四點的工作機會就好了……」

「同樣身為女人，我也是過來人，所以會格外替妳留心，但是真的有點困難。」

「是，也是，我了解。很抱歉冒昧打給您，好像盡說了一些灰心喪志的話。」

「有什麼好抱歉的，難得關心一下彼此近況也不錯啊！」

美菈任職於公司時，這位組長也總是會說一些溫暖人心的話，最後她仍用親切的口吻，提醒美菈小孩上國小以後會更需要媽媽的照顧。

美菈感到頭部在隱隱作痛，沒想到要找一個能生財的方法會如此困難，雖然她也有動過要不要致電到婆家的念頭，但最終還是選擇作罷。她重新拿起手機，打開不動產應用程式軟體，將搜尋地區設定為麻浦區，並輸入了全租的租金範圍，於是按下搜尋鍵，竟出現符合的物件有「零」筆，看來現在的住處果然是最佳選擇。美菈認為宇哲任職的暖房設備公司在西橋洞，自己倘若復職也會在弘大商圈上班，所以不要搬離這裡是最好的，而這也表示她其實尚未放棄復職的希望。

以優秀成績畢業於兩年制大學中文系的她，曾經是免稅店中國組的優秀職員，她需要面對客戶銷售化妝品，偶爾會得到中國富太太們出手闊綽的小費，再有時候則是被選為親切職員，領到豐厚的業績獎金。她自認在這方面絕對是有天分的，所以難以輕易轉換跑道。最重要的是，要找到願意給予職場資歷中斷的人工作機會，還能符合上班時間需求的公司，幾乎不可能，她甚至心想，工作和育兒都能兼得的職業婦女角色，應該只會出現在電視劇裡。

「要是男人在天上苦思煩惱，保母們可以像雨滴一樣落下就好了，那我也可以一大早噴著香水迎接清新愉悅的上班通勤路。」美菈噘起嘴唇。隨著她一點一點移動不動產應用程式裡的地圖，符合條件的物件也逐一出現，最終，她發現地圖已經滑到一山新都市，但是要用全租的方式住進公寓裡，預算缺口依然很大。問題永遠在於錢。盯著小小手機螢幕好幾個小時的美菈，突然又感到肚子裡有一股無名火，像這種時候洗個冷水澡是最好的，不然臉上就會起紅疹，搔癢難耐。

美菈用蓮蓬頭噴出的冷水從臉到腳沖洗了一遍，再用毛巾大略擦拭身上的水珠，正當她用一條毛巾包住全裸的身體走出浴室時，玄關大門被打開，映入眼簾的是宇哲牽著正在啼哭的娜熙小手。

「妳！到底在幹嘛？都在家裡做什麼？」

赤裸走出浴室的美菈嚇了一跳，身上包裹的那條浴巾也不慎滑落。究竟發生了什麼事，不得而知，但是眼前的娜熙一直哭個不停，她只好光著身子衝向女兒，將她一把抱住。

「媽媽，媽媽。」

美菈看著明明已經被自己擁入懷中卻還是喊著媽媽的娜熙，直覺一定是發生了什麼事。過一會兒，美菈穿好衣服走出房門，遞了一瓶香蕉牛奶和一根吸管給好不容易情緒穩定下來的娜熙。娜熙從透明塑膠套裡取出黃色吸管，插進牛奶盒。隨即，幼兒園打了一通電話過來，美菈清了清喉嚨，按下通話鍵。

「是，老師，您好~我有聽說了……」

一名年近六十的女院長，一邊安撫美菈一邊說：

「您應該嚇壞了吧？我因為一直聯絡不到您，情急之下，只好先聯絡了娜熙爸爸。」

「是……我有大略聽說了，請問智厚傷得很嚴重嗎？」

「就是……智厚的臉被刮傷了，大約在眼睛旁邊一公分左右的位置。我自己看是覺得傷口很細微，但是智厚媽媽卻不這麼認為，畢竟傷在臉上……所以對方是表示希望可以得到道歉。」

「請問老師，有調閱過監視器了嗎？」

「有，我看了監視器錄到的畫面，智厚從未對娜熙動手，但是我不曉得為什麼娜熙老是說自己有被打，當然，我明白小朋友有時候會因為害怕而選擇說謊……」

美菈嘆了一口氣。

「娜熙媽媽，您知道智厚媽媽的電話號碼吧？」

「聊天群組裡應該能找得到，我再私訊她好了，總之很抱歉，院長。」

「那就祝福這件事情能圓滿落幕了。如果需要調閱監視器畫面，再請隨時與我們聯絡，是我們應該要照顧得更周全才對，我也深感抱歉。」

上次在談娃娃車上下車地點的時候，院長同樣也是用親切溫柔的語調解釋說明，可以感受到她是真心誠意地在體恤對方，所以甚至會對她心存感謝。院長這次依然用親切的口吻，說明今天在幼兒園裡發生事情的來龍去脈。智厚與娜熙為了一個玩具展開爭奪戰，最終，娜熙出手打了智厚的臉。美菈憂心忡忡，智厚是上週才新加入這間幼兒園的小孩，所以她從未看過這孩子的媽媽。「假如是難搞的家長怎麼辦……小孩的傷口究竟多大呢……？」講完電話的美菈思緒紊亂。

「媽媽，我喝完了！還有就是……我也想養狗狗。」

喝完一瓶香蕉牛奶的娜熙小心翼翼地開口說道。

「娜熙啊，妳為什麼要動手打智厚呢？」

「小狗狗……我們也養小狗狗可以嗎？」

「金娜熙，我在問妳到底為什麼要打智厚。」

「可是她也有打我啊。」

眼看美菈都不聽自己說話，娜熙賭氣地說著。

「院長說她都有看到喔！她說智厚沒有打妳呢。娜熙，妳有沒有說謊啊？」

「我真的有被她打，超痛的，妳看這裡。」

娜熙用夾雜著委屈的嗓音指著手肘部位，美菈查看了一下娜熙伸出來的那隻手肘，連帶另一隻手肘也一併檢查，卻沒有看到任何傷口或被人打過的痕跡。她的表情變得更為嚴肅，再次質問娜熙：

「真的嗎？智厚真的有打妳嗎？說謊的話會被我修理喔！我真的會修理妳喔～」

「……真的啊。」

香蕉牛奶的效果可能也剛好用盡，娜熙擺出了委屈的表情，再次流下豆大的淚珠。換完衣服的宇哲從房間裡走了出來。

「妳為什麼沒接電話？娜熙哭個不停，只想要找妳，結果妳也不接電話，到底都在做什麼？」

「我剛在洗澡。」

美菈感覺自己又快要生氣，努力壓抑著內心深處蠢蠢欲動的怒火說道。

「等一下洗不就好了。白天可能還會有幼兒園的電話打來，怎麼不等我回來再洗。」

「等一下？什麼時候？你回來還要幫你先做好飯，在那之前還得先餵娜熙吃零食、吃飯，還要整理沾得到處都是的米粒。這些事情做完以後還得收拾、擦拭玩具，接下來就是幫她洗澡的時間，但我們家有浴缸嗎？有辦法兩個人一起洗嗎？在那小不拉嘰的廁所裡！」

「抱歉。哎唷，為什麼又生氣啦。」

隨著美菈的嗓門愈來愈大，娜熙哭得更厲害了。

「你幫我安撫一下娜熙，我要和智厚的媽媽講一下電話。」

宇哲抱著緊握香蕉牛奶、淚流滿面的娜熙。美菈只套了一件灰色針織衫便走出玄關大門。

巷子裡溼漉漉的，可能因為有下過雨。

「啊，好冰！」

美菈不慎踩到住處圍牆旁的小水坑，皺起眉頭。

「唉，沒有一件事情是順利的，真是的。」

美菈晃了晃拖鞋，抖掉腳上的水珠。然後她深吸一口氣，給智厚的媽媽打了電話。電話一接通，美菈便向對方頻頻道歉，想要當面和解，但智厚的媽媽一口回絕，只要美菈匯一筆治療費用即可。智厚的媽媽表示已經帶女兒去過皮膚科了，之後可能會需要進行雷射治療來改善疤痕，因此要求美菈一次支付一百萬韓元作為賠償，以免日後還要繼續索討治療費用。美菈感覺喉嚨彷彿卡著一顆蛋黃，噎得她好難受。然而，畢竟是自己的女兒犯了錯，她決定匯一百萬韓元給對方，不討價還價。美菈對著電話那頭的智厚媽媽低頭致歉。

當晚，一百萬韓元從宇哲的帳戶匯出。他的銀行帳戶變得更加輕薄，新的租屋處也逐漸遠離市中心。美菈哄娜熙入睡以後，走進了臥室。

「錢已經匯過去了。」

宇哲用淡然的嗓音說道。

「嗯。」

「這個月的生活費……」

「不用說我也知道。只能再勒緊腰帶了。你明天還得工作，快睡吧。」

兩人說著無奈的對話，背對背躺著。美菈雖然一直睡不著，但還是盡量醞釀睡意，唯有如此，才能再熬過明天。正當她即將入睡時，娜熙搖醒了她。

「媽媽……我尿尿了。」

美菈看著沮喪的娜熙感到十分心疼，不論如何，女兒都是第一次經歷社會生活，在幼兒園和其他小朋友打架內心一定也不好受，美菈對於自己未能撫慰女兒的心靈感到抱歉。美菈幫女兒換了一身乾淨的衣服，再把尿溼的棉被放進廁所裡，取出一條新棉被給娜熙。娜熙很快就又睡著，美菈也重回臥室裡的床上躺好，她馬上入眠，然後不知道過了幾個小時，娜熙又再次搖醒美菈。

「媽媽……妳起來一下。」

「嗯？」

「我……又……」

美莅眼看娜熙吞吞吐吐，連忙坐起身。

「又？又尿尿了？」

「媽媽，對不起……」

美莅緊緊抓住娜熙幼小的肩膀。

「娜熙啊，拜託妳，如果真的對不起，就別再尿溼棉被了，媽媽真的很累！」

娜熙再次嚎啕大哭。宇哲感覺到氣氛有些不對勁，便自行起身，急忙安撫娜熙。

「你和娜熙在這裡睡吧。現在也沒有其他被子了，我趕快拿去洗衣店清洗烘乾回來。」

「怎麼不等明天再去，現在已經很晚了。」宇哲用還沒完全從睡夢中醒來的嗓音說道。

「今天下雨，明天就算晾在家裡也不會乾！」

美莅套上一件灰色針織外套，把滴著尿液的棉被拿去廁所裡大略沖洗，隨後就拎著兩條被女兒尿溼的棉被走出了家門。針織外套被溼答答的棉被沾溼，走路的同時也聞到了濃濃的尿騷味。

美菈快步走到了延南洞咕嚕咕嚕洗衣店。她打開洗衣機，將兩條被子塞了進去。美菈坐在窗前的座位，隨手翻開放在桌上的草綠色筆記本，而這本失去主人一段時間、一直留守在位子上的筆記本，也不曉得是誰起的頭，裡面寫著一些無聊沒意義的文字。她對內容一點也不感興趣，就只是純粹認為應該有寫點什麼而翻動著內頁，於是，映入眼簾的是有人寫了一句：「春逝」。美菈的眼淚頓時湧現，有如剛才一路踩過的污水變成淤積的水坑般，凹陷的眼眶也滿是淚水，熱淚沿著臉頰落下，滴到了桌子上。她連忙用手擦去淚水，搓揉臉部，然後翻到下一頁。白紙上寫著別人的煩惱和回覆。美菈拿起桌上的筆，迅速寫了一句話。

不想活了。為什麼活著這麼辛苦。

寫完以後，她覺得自己彷彿變成透明人一樣無助，腦中不停盤旋「這樣活著還有希望嗎？」的念頭。美菈的每一天都像身後不停運轉的洗衣機一樣努力生活；未婚時，她整天被工作追趕，成為母親以後，則是被育兒佔據，但現在，她感覺自己像一台嘎吱作響、在家被視為古董的故障洗衣機，不管去任何地方都只是個無名小卒，並對於這樣的自己感到可憐、鼻酸。她抬起頭仰望天花板，卻依然淚流不止。即使深呼吸，努力嚥下唾液，也無法抑制熱淚湧現。

＊＊＊

美菈和宇哲因為五千萬的押金而放棄了延南洞，把目光轉向首爾市郊。正當他們要去看一間位於京畿道的房子，準備走出家門時，美菈的手機響了。

「嗯，媽。我現在有點忙，等晚上再聯絡妳。」

「……」

「媽，妳在哭喔？」

「美菈啊，妳爸該怎麼辦才好？」

站在門口的美菈脫掉鞋子走回客廳，把包包放在沙發上。

「發生什麼事？別哭了，妳說說看。」

電話那頭傳來了啜泣聲。

「媽！妳打算哭到什麼時候？妳這樣會害我很焦慮，快告訴我，嗯？」

宇哲看著美菈的臉，立刻意識到一定是發生了什麼嚴重的事情。

「爸發生意外事故了嗎？」

「不，不是，妳爸……得了胃癌。」

美菈跌坐在地，就像掉落的手機一樣。

「我今天過去。不，不對，現在，現在就過去。」

「不用啦，如果要動手術，現在就要馬上住院，但醫院的政策好像改了，現在只允許一個家屬進去。」

「所以就算去了也見不到爸嗎？手術前至少得讓我見他一面吧！」

「我本來打算手術後再告訴妳，但我自己一個人實在太害怕了，所以才會打這通電話跟妳說。」

「我明天過去。不，我現在就過去。」

「美菈啊……妳留在家裡吧。媽應該先等爸動完手術再打電話給妳的，是我不好，現在女婿得上班，娜熙也要去幼兒園，妳還是待在家裡吧。」

美菈想要放下一切直衝機場，也想要搭乘通往釜山的列車去見爸爸。她想起婚禮當天，站在場外等待主持人喊新娘入場時，爸爸看著身穿一襲婚紗的她，對她說過的話。「我的寶貝女兒，爸沒什麼能力給妳穿漂亮衣服，也沒能好好栽培妳，像別人家的女兒那樣，可是我的女兒還是好漂亮，真是對不起啊，美菈。」美菈想要像爸爸當年用顫抖的左手緊握住她的右手一樣牢牢地牽住他。

「都已經到了這個節骨眼，女婿上班還重要嗎？」

美菈訂了機票。即使明天手術結束後無法立刻看到躺在恢復室裡的爸爸，她仍想要待在離他較近的地方。宇哲也向公司請了假，抱著失魂落魄的美菈說他會照顧好娜熙，叫她不要擔心。

由於沒能去看那間位於京畿道、至少租金符合預算的房子，當天晚上，她便收到了那間房子已經承租給其他人的消息。爸爸病倒了，洗衣機依然嘎吱嘎吱作響，發出恐怖的呻吟聲，一切都亂七八糟的。她長嘆一口氣，決定重新振作，打起精神。她把娜熙那套印有草莓圖案的衛生衣、宇哲的工作服，以及自己的灰色針織外套和幾條毛巾統統放進了洗衣籃，然後走出家門。

不知不覺間，美菈變得很享受在所有人都入睡後獨自一人前往洗衣店。她光是看著那些穿著隨意、頭髮造型隨性、隨處而坐、享受青春的年輕人，就覺得自己彷彿能從一切困難中解脫。

美菈推開咕嚕咕嚕洗衣店的門，看到一位站在桌子前的老先生。她停下腳步，然後又走了進去。她覺得比起用「爺爺」這個稱呼來形容，「老紳士」似乎更為貼切。他身穿整潔的藏青色格子襯衫和灰色棉褲，給人溫暖的印象，在濃密的髮絲間露出的白髮，則給人舒服、好相處的感覺。美菈小心翼翼地經過乖乖坐在店門口的珍島犬，老先生牽著牠的胸背帶，緩緩走出洗衣店。

雖然她有點在意老先生是否看到了她在洗衣店筆記本上寫的字，但因為是匿名寫的，所以不太擔心。她也好奇會不會有人在她寫的那句話底下回覆留言，但因為老先生還沒有走遠，所以她從肩膀側邊看向窗外，等到珍島犬完全從視線裡消失無蹤以後，她才坐到放著大罐能量飲的桌前。

筆記本就放在桌上，攤開的頁面呈現著自己寫的那句話，底下還有一段留言，是以嚴肅認真又富含智慧的字體書寫回覆。難道是剛剛離開洗衣店的老先生寫的？

那字體正合他的風範，很有格調。其實無論是誰寫的留言，美菈都心存感激，因為就像是有人聆聽自己訴說過去一直只有自己聽得見、宛如回音般的心聲，彷彿有人站在另一頭告訴她：「我在聆聽妳說話。」

美菈認真考慮留言中提到的建議——藉由種養植物讓自己煥然一新，並轉開一旁的維他命飲料瓶蓋，喀啦一聲，飄散出一股能量飲特有的酸味。美菈思考著該養什麼植物才好，然後在那段感受得到品味格調的留言底下，留下了道謝與準備搬離此地的字句。

＊＊＊

美菈從釜山回來已經一週多了。父親的手術一切順利，幸運的是，開刀後發現還不到特別嚴重的程度，日後也會在住院時專心接受抗癌治療。隨著搬家日期愈漸逼近，美菈因為忙於找尋新家而根本無暇去洗衣店，但值得慶幸的是，娜熙也逐漸減少了晚上尿床的次數。

張老先生對於寫下「不想活了」的美莅依舊感到擔憂，她那雙無神的眼睛、發青的黑眼圈，都在張老先生的腦海中揮之不去。

「她有喝飲料嗎？只放一瓶會不會太少？還是應該買一盒放在那裡……至少還能帶回家慢慢喝……」

張老先生看著搖尾巴的珍寶說道。

張老先生下定決心，下次要買一盒提神飲放在那裡，並將烘乾的柔軟棉被鋪在地板上，棉被上還殘留著烘衣機的熱氣。珍寶似乎也覺得舒服，直接靠在張老先生身旁趴下，把身體蜷縮成圓。珍寶的體溫加上延南洞咕嚕咕嚕洗衣店的香氣，變成了更為溫暖的春夜。

張老先生徒手拍打著沐浴在春陽下的花圃土壤，他用滿意的表情欣賞著開始開枝散葉、茁壯成長的小番茄。到上週還是翠綠色的小番茄，如今已經透出鮮紅色澤。他摘下一顆小番茄，放入口中。

「哎呀，真好吃。甜，真甜，根本是砂糖。」

珍寶聞著張老先生手上的氣味。

「你也想吃嗎？可惜這東西你不能吃。不如，我做一份雞胸肉泥特餐給你吧！如何？」

珍寶奮力地搖晃著尾巴。張老先生脫下頭戴的草帽，天空萬里無雲，十分晴朗。

張老先生將一塊雞胸肉放進瓦斯爐上的鍋子裡，裡面有水正在滾煮沸騰，肉塊漸漸由紅轉白，水面上也漂著一些雜質，張老先生熟練地用網篩將它們撈掉。

「我們珍寶最愛的特餐，爺爺做給你吃喔～再等一下，馬上好。」

面對市售的零食點心，珍寶通常只會嗅一嗅味道便離開，但這款自製點心卻是牠特別喜歡吃的。張老先生只要一想到珍寶吃著自己做的點心開心的模樣，就不自覺地哼起了小曲。正好到了午餐時間，他從冰箱裡拿出裝在一次性容器裡的大骨湯和冷凍餃子，今天的午餐打算吃餃子湯。

嚶嚶！

院子裡傳來了珍寶的哭聲，那是刺耳、高亢的哭聲。張老先生急忙關上瓦斯，衝到院子裡。珍寶在大門前站不起來，像隻狼一樣，發出長長哀號。

「發生什麼事！」

緊接著，大門被打開，兒子和媳婦走了進來。原來是兒子在打開大門時，剛好站在門前的珍寶被大門撞到，珍寶的左後腿扭曲，張老先生見狀呼吸加速、手心冒汗，他一心只想著要趕快帶珍寶去醫院。

「爸，我們來了。」

「為什麼大門這麼難開，獨棟住宅果然不讓人省心，倒不如趁此機會搬到公寓——」

「又提那該死的公寓！給我閉上嘴巴！」

張老先生對著腋下夾著一只大信封袋、上頭寫著建築公司名字的兒子怒吼。他心疼地看著努力嘗試用前腳使力撐起身體卻往側邊摔倒，然後又不斷用盡力氣站起身的珍寶。

「沒關係，珍寶，別站起來了，好好躺著，我們去醫院吧。你們有開車吧？」

「有，天啊，你怎麼剛好就在那裡？傷得很嚴重嗎？不過，爸，您是打算載牠嗎？」

兒子看著眼前正在痛苦呻吟的珍寶說道。

「趕快去發動車子，我去準備一下就出來。」

「這台可是新車啊……我幫您叫計程車吧，我猜應該是左腿骨折，不是什麼大事，我看最近還有出寵物狗輪椅，戴上去就能健步如飛了。」

嘤嘤——

張老先生用拳頭猛力朝兒子的頭部敲了一下，他無法容忍都已經看見珍寶痛倒在草地上呻吟，卻還能說出這種話的兒子。

「爸！」

「你這人還是醫生嗎？你對待你的病人也這樣？彷彿沒什麼大不了一樣。你沒有資格，放下醫師手術刀吧，這種傢伙竟然是我兒子，把這種人當醫生到處炫耀的我才可悲，可憐啊！」

「爸，您這話說得有點太過分……」

「妳別插話。爸，為什麼要這麼激動。就只是一隻狗受了——」

「你想再挨一拳嗎？閉嘴！」

張老先生情緒激動到太陽穴都爆出青筋，他連忙帶著錢包和手機走了出來，一把將珍寶抱起。附著在珍寶腹部周遭的黃色枯草隨風飄蕩，隨即又掉落在院子裡。

張老先生抱著珍寶走路，額頭上已結滿汗珠。

要在住宅區裡攔到一輛計程車實在困難，好不容易看到的計程車，也都是開著「預約」燈號的車輛。早知如此，應該再過一陣子才歸還駕照的。和珍寶一起去鄰近的西海旅行，是他最後一次開車，回來後便自行歸還了放在皮夾裡近六十年的駕照。

他知道社會對老年駕駛者會投以擔憂的目光，自己也的確經歷過幾次冷汗直流的瞬間，所以沒有太大遺憾，只是對於歲月會讓自己承認不再具有駕駛能力、自願歸還駕照這件事感到不近人情罷了。

歸還駕照後，他經常像這樣感到後悔不已。他對於不能再把珍寶放在副駕駛座，載著牠一起聽輕柔的音樂出去兜風感到遺憾，每當想要到郊外透透氣都必須拜託兒子，否則只有在老人中心舉辦出遊活動時，才能稍微出去放風。

張老先生在住處前的巷子與隔壁巷子來回踱步約莫五分鐘。珍寶的呻吟聲愈來愈大，張老先生等不及了，決定直接走去寵物醫院。就在他邁出一步時，被一輛計程車按了喇叭。一輛放有「休息中」標誌的釜山計程車停在了張老先生的面前。他看著車牌，倍感訝異。那台車沒有開任何「預約」或「空車」燈號。他心想，難道是要問我路的？

這時，副駕駛座的車窗緩緩搖下。一名看起來年約七十歲的女子向他搭話。

「老先生，上車吧。我來找我女兒，結果沒找到，一直在這附近徘徊，我看您也在這裡跟著我們繞來繞去的，所以上車吧。去寵物醫院嗎？」

手握方向盤、年齡相仿的一名男子也說道。

「老先生，您快上車，我這就載您過去。」

雖然張老先生的腦海有一瞬間閃過該不會是綁架老人的手法，但是面對已經無力哀號、全身癱軟的珍寶，實在無法坐視不管，所以只好連忙上車，坐進後座。

「那就不好意思麻煩了。從那邊第二條巷子出去，就會看到一條大馬路。再一直沿著那條路朝新村方向直行就會抵達了。」

「好的，我知道了。」

這位面相看起來友善的男子熟練地按下了手機的語音搜尋鍵，說出張老先生告訴他的醫院名稱。多虧他按照導航的指示，穿梭在各條小巷之間，不到十分鐘的時間就抵達醫院。當張老先生準備掏出錢包時，女子和男子都紛紛揮手，表示不必付錢。

「您快帶牠進去吧，沒關係。我今天休假。」

「可是……」

「我也沒開跳表機呢，快下車吧。」

張老先生一邊道謝，一邊抱著珍寶下車。他向這對善心人士頷首致意，以表感謝。計程車離開後，張老先生用身體推開醫院大門，走了進去。

即使是平日午餐時段，醫院裡也擠滿了生病的寵物和滿臉擔憂的飼主。由於是經常報到的醫院，所以護士一眼就看出珍寶情況不妙，連忙將牠分類為急診寵物，以利盡快給醫生看診。被送進診間的珍寶全身顫抖，與此同時，主治獸醫師也走了進來，牠輕輕搖著尾巴。

獸醫師先透過觸診確認珍寶的狀態，然後表示需要再照個X光才能做進一步更精準的檢查。張老先生坐在等候區的椅子上，懸著一顆心靜靜等待。他腦海中浮現了公園裡那些穿戴輔助輪的小狗散步的模樣。

「珍寶，拜託……我真的很抱歉……」

獸醫師走到臉色蒼白的張老先生身邊，溫暖地握住他的手。

「不要太擔心。目前看起來可能需要做緊急手術，但我會處理好的。您信任我吧？而且珍寶也很喜歡我。」

張老先生也握住獸醫師的手。雖然醫生的手可能是因為頻繁使用酒精消毒的關係，肌膚有些粗糙，卻很溫暖。

「再拜託您了。」

獸醫師進入手術室。就在手術室門準備關上的一剎那，看到了躺在銀色冰冷手術台上的珍寶。珍寶在接受手術的兩小時期間，張老先生一直都留守在手術室外，甚至連廁所都沒有去上，不斷祈禱著珍寶接下來還能繼續在喜歡的公園裡散步。

過了一段時間，一名護士終於呼喊張老先生。

「珍寶的家屬，請進一號診間。」

走進診間時，剛完成手術的獸醫師在螢幕上秀出珍寶的X光片。

「辛苦了。珍寶沒事吧？」

「是，手術進行得很順利。」

「那就不需要配戴類似輪椅的輔助器了嗎？牠能正常走路嗎？」

「是的，應該會好起來。」

聽聞醫生這麼一說，張老先生終於安心地鬆了一口氣。

「謝謝您，真的非常感謝。」

「珍寶很堅強，多虧牠在手術過程中一直保持心律穩定，手術才有辦法提早結束。」

獸醫師看著X光片，向張老先生仔細說明珍寶的狀態，並表示現在珍寶還要待在恢復室裡觀察，等牠轉到住院病房就可以探望了。張老先生走向診間門口，再次向醫生鞠躬道謝，獸醫師也禮貌地做出了回應。

「珍寶啊……很痛吧？」

不久後，張老先生走進住院病房，看見珍寶虛弱地躺著。可能是麻醉逐漸退去，愈來愈能感受到疼痛，牠撐著顫抖的身體，想要努力站起迎接張老先生，最後又體力不支地坐了下來，左後腿上打著綠色的石膏。

「珍寶啊，乖乖待著，別又傷到了，躺著吧。」

張老先生的聲音比平時溫柔許多，珍寶感到安心地把頭趴在前腳上，滾動著黑色眼珠。張老先生對著告訴他珍寶要住院一週的護士表示明天會再來探望，然後就從動物醫院走了出來。

張老先生搭乘通往住家的公車，在弘大入口站下車。他用手背擦去額頭上的汗水，這時才發現，原來身穿的襯衫早已被汗水浸溼。

「呼，好累。」

延南洞公園入口處有滑板車一台一台排列，他沿著兩側樹木林立的街道行走，樹上早已冒出含苞待放的花苞，感覺很快就會開滿櫻花。張老先生心想，要是在花開之前珍寶可以完全康復就好了，他想要帶著珍寶一起走在這條公園小徑上，盡情享受牠最喜歡的櫻花雨。

回到家的時候，張老先生看見一輛發亮的保時捷停在大門口前，便知兒子尚未回去，雖然他一點也不想見到兒子，但除了回家他也無處可去。下午四點老人中心已打烊，附近也沒有一間適合獨自光顧的茶館。張老先生不得已，只好打開大門，走了進去。當他一進屋裡，媳婦便從座位上站起身。

「爸，您還好嗎？我看您滿身大汗的——」

媳婦話還沒說完，兒子便乾咳了幾聲。

「如果不是今天，我可能也沒有其他時間了，所以只好等您回來。麻煩您看一下這個，我們再來聊聊。」

攤放在客廳的設計圖上，寫著張老先生目前腳踩的土地地址，麻浦區延南洞二十二番地，一旁則有土地面積、容積率、建築覆蓋率等文字，用粗體字標示著。

「我說的話你都沒在聽嗎？」

「您不要意氣用事，仔細聽我說說看嘛，我光是取得這張設計圖就花了三百多萬耶，還要多虧朋友是開建築公司的才有優惠，看在我這麼誠心誠意弄到這張圖的份上，您至少先坐下來吧，拜託了！」

「我可沒要你展現這種誠意，都當到大學附設醫院醫生的人了，難道就這麼缺錢嗎？不然孝昌洞那間出租房給你好了，就連那間也讓你吃乾抹淨啊，怎麼樣？要不要把我的退休金也提早撥給你？」

張老先生心裡的那把火已經燒到了喉嚨，他說話時漲紅著臉，脖子上還爆出青筋。

「爸……」

「爸，您不要一味反對，我這樣做可不只是為了錢，是要搭上這一波，好好改建收租金然後再賣出去，不然之後就虧大了！我聽說現在已經有許多老闆因為這裡的店家權利金太高而紛紛搬走，往乙支路或文來洞方向發展，所以我們也要趁那之前賣掉，才不會虧本啊！」

「我的回憶沒有虧不虧本的問題，什麼建築覆蓋率、容積率那些有的沒的……

和你媽一起種植維護的那些樹木、花圃，精打細算後領到那幾毛錢，你覺得我會幸福嗎？我今年都已經八十歲了，八十！拜託你就讓我過自己想過的生活吧。」

面對張老先生頑強的堅持，兒子決定先暫時退讓。他不顧設計圖會不會被摺壞，一把用力抓起，走出了家門。

「老婆，走啊！」

媳婦跟在憤怒的兒子身後走了出去。正當兒子準備打開大門時，還順便踹了花圃上結滿小番茄的花盆一腳，陶盆碎得四分五裂，泥土也四處噴濺。兒子用手拍了拍西裝褲，憤而離家。

張老先生透過客廳的窗戶目睹了兒子的舉動，但是他已經沒有多餘的力氣追上前去斥責怒罵，也不曉得是因為喝酒太費力，還是生氣太費力，抑或是帶珍寶去看醫生耗費太多力氣，總之，他的身體再也使不了力。他直接癱坐在沙發上，闔上雙眼，仰頭將後腦勺貼在沙發靠背上。

「呼，真累……」

幾天過去了，都沒有接到兒子的聯絡電話，張老先生也不想退讓。雖然都說如今是百歲時代，但也不保證能活到一百歲，他不想以每坪多少錢的價格出售這間用心維護多年的房子。更何況，如果搬去兒子說的公寓居住，他也擔心該如何在那樣的環境裡養珍寶，每當珍寶吼叫或者哭號，可想而知一定會收到來自樓下住戶及周圍鄰居的投訴，若是如此，珍寶最終很可能就會需要接受聲帶手術，無法再發出聲音，只能靠尾巴來表達自己的情感，這是張老先生絕對不樂見的情形。

珍寶住院邁入第二週時，張老先生接到了來自動物醫院的電話。一名護士用親切又充滿活力的嗓音喊道：「珍寶的家屬！」

「是，我是珍寶的家屬。」

「今天來探望珍寶時請準備好出院需要用到的物品，院長說珍寶可以出院了。再麻煩記得攜帶胸背帶、排泄物塑膠袋、水，有這些物品就差不多了。」

聽聞今天不只去病房探望，還可以把珍寶帶回家，張老先生感到欣喜萬分。雖然櫻花早已被春雨打落，所剩無幾，但他光是想到可以和珍寶一起走在延南洞的道路上就滿心期待。

「好，我會把東西帶齊，放心。所以牠現在已經可以出院了，是嗎？」

「是的，牠可能也知道要準備出院了，開心得一直在搖屁股呢。」

珍寶汪汪叫的聲音從護士說話聲背後傳來。「天啊，這傢伙總算活過來了⋯⋯」

通完電話的張老先生連忙先準備午餐，因為等等就要出門去接預計中午出院的珍寶。他拿出上週老人中心洪女士分給他的米鍋巴，在鍋中倒入水，放入幾塊米鍋巴以後，加熱煮沸，再從冰箱裡拿出泡菜、蒜苗、小魚乾、醬煮蓮藕，開始用餐。

＊＊＊

都還未好好欣賞盛開的花朵，春天就已接近尾聲。美菈原本決定這個春天一定要和娜熙、宇哲一起去輪中路走走，所以她難得買了一件白色棉質、袖口有紅花刺繡的洋裝，花了五萬九千韓元。然而，就在她看房子看到一山地區時，花很快就謝了。美菈看著掛在衣櫥裡連吊牌都還沒摘掉的洋裝，不禁感到有些遺憾。

「既然都過了退貨期，不如乾脆刊登到二手賣場上賣掉？」

為了迎接即將到來的搬家，她決定提前整理那些平時不穿的衣服。美菈從抽屜裡拿出衣服，以幾乎不穿的衣服為主開始進行分類。原本打算等瘦下來再穿的衣服，至今依然穿不下，拉鍊也拉不上去；想等參加婚禮時穿的衣服，則因景氣不佳，婚禮和滿月等活動規模都愈辦愈小，所以也沒什麼機會穿。身為一名養育七歲女兒的母親兼家庭主婦，需要穿著正式套裝的機會可說是少之又少。她果斷地將這些衣服放進紙箱裡。打開抽屜，看了一下那些在免稅店工作時佩戴的耳環、項鍊和手環，噗哧一笑，因為早已想不起何時戴過如此華麗的飾品。

手機提示音響起，是二手賣場應用程式傳來消息，通知有人想要購買美菈刊登的衣物，也就是那件連吊牌都還沒拆的洋裝。有人傳了私訊過來。

——可以便宜一萬嗎？

面對這則連一聲問好都沒有的無禮訊息，美菈皺起了眉頭，但她還是盡可能親切回答，以免在這款應用程式裡累積多年的親切指數被扣分。

——因為是全新從未穿過，所以沒有辦法再便宜賣了，貨況非常良好喔！^^

——但還是二手貨啊，就算我便宜一點嘛。

參雜半語（對晚輩使用，語氣較隨意）的說話口吻讓美菈怒火中燒，但她還是努力壓抑控制。

——不好意思沒辦法喔～畢竟這件衣服可以穿到夏季，這點可能也要請您考量進去。

——那算了。

「沒能去賞花就已經夠讓人生氣了，非要逼我大吵一架不可嗎？到底憑什麼直接對我說半語？真想把不想要的衣服扔進舊衣回收箱裡，就可以簡單結束這件事了！」雖然美莅不滿意對方一直用半語說話，但她也不想與對方起爭執，所以沒有多做回應。當她關掉聊天視窗時，看見了一則家庭主婦也絕對做得來的工讀生招募廣告，不僅工作內容簡單，還支付高額薪水。美莅對於工作簡單這件事感到滿意，高薪工讀生這點也引起了她的興趣。她的手比眼睛更快做出反應，點開廣告，開始閱讀徵人條件和招募資訊。

「每週只要一兩次到指定地點搬運貨物即可？為什麼要用家庭主婦來當首爾麻浦區的快遞人員呢？一般不是都會優先選擇健壯的男性嗎？」廣告上還寫著不可使用私家車，需使用計程車或大眾交通工具。這讓美莅覺得非比尋常。

美莅把手機收好，重新整理起衣服。她把要帶走的衣服裝進了從超市帶回來的紙箱裡。原本打算把收在衣櫃深處的冬天棉被放進真空袋減少體積，但因為有些異味，決定先洗乾淨再收起來。

她的額頭結滿汗珠。雖然也有考慮過要不要在直逼夏日的異常氣溫下吹電風扇，但是一想到要清潔風扇葉片和縫隙便選擇作罷。她用沾滿灰塵的手擦去了額頭上的汗水。

雖然整理物品讓她感到身體疲憊，但想到晚上要去洗衣店洗冬天的棉被，頓時又覺得有了力氣。因為只要坐在有好幾台轉來轉去的洗衣機、飄散著柔軟劑香味的洗衣店裡，整個人就會變得神清氣爽。

鏘啷，宇哲的洗碗聲傳進了房間，晚餐時間，美菈正在唸故事書給娜熙聽，娜熙努力撐著沉重的眼皮，看著書上的插圖，那是她最喜歡的故事書——《灰姑娘》。

「媽媽，精靈奶奶真的長這樣嗎？」

「不知道欸……媽媽也沒親眼見過精靈奶奶。」

娜熙立刻用失望的口吻追問：

「真的嗎？可是精靈奶奶不是會在我們遇到困難時出現嗎？在我們感到痛苦、疲倦、絕望的時候。」

「絕望？」

「嗯，絕望。」

「娜熙啊，妳知道絕望是什麼嗎？」

美菈把手中的故事書闔上，再問了一次。

「我知道啊，就是希望的相反詞。」

「那希望又是什麼呢？」

「娜熙！」

面對出乎意外的回答，美菈睜大了眼睛。

「娜熙？」

「嗯，上次釜山外婆來的時候有說我就是家裡的希望，所以等明年上學時，要聽老師的話，認真讀書學習。」

「她幹嘛對孩子說這些……」

闔上故事書的最後一頁之後，娜熙依舊嘰哩呱啦說個不停，轉眼間又發現她已經睡著。美菈一邊撫摸娜熙的頭髮，一邊喃喃自語：「對不起。」

美菈認為，每到深夜就會對孩子感到抱歉，應該是每一位母親的共同點。

在眾人皆睡的夜晚，美菈帶著冬天的棉被走出家門，那是一條灰色超細纖維棉被，上頭還有小花圖案。雖然她也曾考慮過是否要趁搬家時乾脆買一條新的棉被，但終究還是一筆花費，所以決定清洗乾淨繼續使用。「能省多少是多少」。美菈因為找不到大塑膠袋來裝，所以決定直接一路抱著走去洗衣店。

雖然路邊櫻花樹上的櫻花早已全數凋謝，但卻像是被用螢光筆塗抹過一樣，展現著鮮明的綠色枝椏。美菈抱著柔軟的高細纖維棉被走到滿身大汗，但是迎面而來的徐徐夜風為她吹乾汗水，感覺心情也自動變得清爽。

她久違地推開洗衣店大門，筆記本旁放著一盆小番茄盆栽，黃土色的花盆裡，結著一顆顆紅色小番茄和尚未成熟的綠色小番茄，美菈猜想，這盆栽應該是在自己寫的那句話底下留言的老先生放的。她翻開桌上的筆記本，在她上次寫的那句話底下，又有人用相同的字體新增了一些留言。

這是在我家院子裡種出來的小番茄，土壤也是從鄉下帶來的優良土，所以不論帶去哪裡養，只要按時澆水就能長得很好。這些尚未成熟的綠色小番茄只要再耐心等候一陣子，很快就會由綠轉紅。即使是這種拇指指甲般大小的番茄，也有它最美味的時候，人又何嘗不是如此呢？苦味會過去，澀味也會消散，人生終究會迎來最美味的時刻，所以再等等看吧，一定會等得到。到時候，不論身在何處，都請多保重。

看著這一連串橫寫的長長字句和字體，美菈腦海中掠過了張老先生的身影，他給人一種溫暖舒服的印象，而在那張臉上，又重疊著前不久才剛動完手術的父親面孔。美菈忍不住流下眼淚，剛好落在張老先生的字跡上，字跡頓時暈開模糊。美菈連忙闔上筆記本，然後拉起袖子，擦去鼻尖上的鼻水。

叮鈴，掛在洗衣店大門上的小鈴鐺發出聲響，張老先生走了進來。他一手牽著珍寶的胸背帶，另一手則拿著一條薄棉被。美菈連忙擦乾眼淚，從位子上站起身。張老先生原本打算裝作沒看見，但是看著美菈淚流不止，只好先開口搭話。

「小番茄長得好圓啊，是吧？」

「嗯……」

張老先生一邊將薄棉被塞進洗衣機裡，一邊說道。他故意用日常的話題向美菈搭話，因為不想要讓對方感到有負擔。

「我已經把夏天的涼被拿出來了，天氣突然變好熱啊！都說韓國已經不再是四季分明的國家了，說得真沒錯。」

美菈雙眼泛紅，她向張老先生鞠躬道謝。

「謝謝您，真的非常感謝。」

張老先生面露微笑，示意別客氣。

「這樣我會不好意思，畢竟這是在我家院子裡種出來的，也不是多麼貴重的東西，不需要這麼鄭重道謝——」

「有讓我重拾力量。」

美菈打斷了張老先生說話，突然脫口而出的這句話充滿了力量。至今一直都是支離破碎、模糊不清的嗓音，也瞬間變得清晰明確。

「有讓我重拾力量，我很感謝有個人在聽我說話，自從只有在家顧小孩以後，從早到晚就不再有人聽我說話，和先生也只聊小孩，我甚至覺得早已忘記如何聊自己的故事，就連去到最常去的場所——超市，也只會被詢問『有需要集點嗎？』唯有您是第一位對我的人生拋出問號的長輩。」

美菈用濃濃的鼻音說著每一個字的音節，張老先生也忍不住感到哽咽。

「謝謝，雖然搬家後我可能不會再有機會來這裡了……」

張老先生代替忙著吞下眼淚而說不下去的美菈開口說道：

「其實我對妳拋出的不是問號，而是驚嘆號，確信妳做得很好的驚嘆號。妳應該曉得，一句話以問號結尾和用驚嘆號結尾差異多大吧？」

張老先生說著說著，美菈也啜泣得愈發厲害。然後洗衣店門被打開，原來是娜熙又尿床了，她焦急不安地尋找媽媽，於是宇哲只好帶著她來洗衣店。

「媽媽！妳為什麼哭！」

「老婆，妳怎麼了？」

和美菈一樣眼眶裡噙著淚水的娜熙，注視著張老先生說：

「媽媽，這個爺爺罵妳了嗎？」

面對小女孩天真浪漫的提問，張老先生的臉泛起了微笑。他想起為了去美國而在英語補習班奮鬥到很晚的孫子秀燦。

「沒有啦，媽媽是因為太高興所以才哭，因為很開心。」

美菈話一說完，娜熙彷彿終於感到安心似地投入了美菈的懷抱中。然後她又伸手摸了摸放在美菈面前的小番茄盆栽。

「哇，是小番茄！」

「是這位爺爺送給我們的，要跟爺爺說謝謝喔！」

娜熙從位子上起身，雙手交疊在肚臍上，向張老先生鞠躬道謝：「謝謝～」

宇哲看著這樣的光景，依舊不曉得究竟是什麼情形，納悶不已。

「老婆，這到底怎麼回事？」

「等等回家再跟你說。」

這時，娜熙看著攤開在美菈面前的筆記本，一字一字清楚地唸了出來。

「不想活了，為什麼活著這麼辛苦。哦？這是媽媽的字。」

美菈的臉瞬間漲紅，她用錯愕的眼神輪流看向宇哲和娜熙，張老先生也用相同的眼神輪流看著他們父女倆。

「呃……那個……」

「媽媽，妳不想活了嗎？是因為我每天晚上都尿溼被單讓妳很辛苦的關係嗎？」

話未說完，娜熙的雙眼就已經流下了豆大的淚珠。宇哲見狀，直接長嘆了一口氣，他似乎沒有意識到張老先生就在一旁。張老先生同樣不發一語，珍寶似乎察覺到了現場氣氛，緩緩移動著漆黑的眼珠。

「美菈，妳怎麼能不想活，妳以為有人是因為覺得活著有趣而活著嗎？真正想活的人又有幾個呢？假如是因為搬家讓妳感到辛苦，那就在這附近再找找看有沒有更小的房子吧，我們又不一定需要兩房，我再多值幾個大夜班就可以增加收入了。現在是因為娜熙還小所以……」

「所以你認為現在住的地方還不錯嗎？只有兩個房間欸，主臥房和娜熙的房間，她的衣服、書、玩具都因為沒有地方收納而堆放在客廳裡，亂七八糟的，房間裡連張書桌都擺不下，所以老師來我們家教課的時候還要在客廳裡攤開一張摺疊桌才能寫習題，這你知道嗎？」

「可是如果妳還是很喜歡這一區……」

「我以為今年可以回去上班啊！那我就能在這裡工作賺錢，娜熙放學後我還可以去接她回家。你整天喊著自己快要累死，我也不想老是跟你提『錢、錢、錢』啊！」

美莅放聲尖叫，彷彿是在宣洩最後一口怒氣，宇哲低下了頭，娜熙的哭聲變得更加淒厲，美莅連忙安撫娜熙，但是她的哭聲沒有馬上停止。

張老先生盯著正在清洗他那條涼被的洗衣機，距離脫水還剩下三十一分鐘。為了留點空間給他們一家人，張老先生決定和珍寶一起先離開洗衣店。珍寶臉上的白毛有著明顯的紫色淚痕，張老先生感到一陣鼻酸，連忙起身離開了那裡。他從洗衣店走出來後，便和珍寶一起沿著延南洞的街道行走，雖然夜已深，但這個地方似乎是在宣示才剛開始，變得更加喧鬧繁忙。

「珍寶，我們兩個走走吧。」

珍寶用搖尾巴來回答。出院後體力完全恢復的珍寶，配合著張老先生的步伐邁出每一步。那是在喧譁的延南洞裡最安靜的腳步聲。張老先生走著走著，娜熙的哭聲依然繚繞於耳，害得他沒走多遠就只好坐在路邊的一張長椅上。

「錢究竟算什麼，真是讓人苦不堪言啊，珍寶。」

儘管坐在長椅上，張老先生也一直心繫著美菈一家人，他忍不住再次嘆息。

「怎麼辦才好呢，珍寶啊？」

留在洗衣店裡的美菈緊緊抱住娜熙，宇哲則是轉過身努力吞下淚水，也不曉得是因為自尊心還是因為身為一家之長的身分，他不想在家人面前展現軟弱的一面。張老先生等過了一小時左右才重回洗衣店，而那時美菈一家人早已離開，小番茄花盆也不在原來位置，桌上只有放著一本攤開的筆記本，上頭有著娜熙用歪歪扭扭的字體所寫下的字句。

謝謝爺爺。我們會好好種植小蕃茄，下次我可以模模看您的狗狗嗎？

——娜熙敬上

張老先生閱讀完帶有幾個小錯字的這段話，臉上泛起了笑容。雖然孫子秀燦在數學補習班的測驗中被判定為英才，但他也還沒完全學會韓文字。張老先生突然很想聽秀燦的聲音，所以考慮要不要打一通電話給媳婦，但是他擔心媳婦又會拿著那張把房子拆解的設計圖過來想盡辦法說服他同意改建，於是還是選擇作罷。張老先生在娜熙的文字底下留言。

我家住在延南洞居民中心轉個彎，就會看見一間有著藍色大門的房子，假如想要看狗狗的話，隨時都可以和媽媽一起來。小狗的名字叫珍寶。

＊＊＊

青綠色的小番茄逐漸轉紅，擺放在廚房窗邊的盆栽，因為每天都有按時澆一次水，所以莖部也成長茁壯。娜熙每次只要看見小番茄，都會忍不住催促媽媽趕快摘下來吃吃看。美菈洗著碗，看了一眼熟到變紅的小番茄。

「已經可以吃了嗎……？真想親自向他道謝。」

自那天起，美菈一家人變得更會用各自的方式互相關心安慰。宇哲從那天起，每天都會對美菈說「我愛妳」，一開始會因為羞於表達而透過文字訊息的方式傳達，但是不知不覺間，他每天都會在睡前說一句「今天也辛苦妳了，愛妳。」才連忙轉過身睡覺。

美菈看著盆栽，不禁莞爾。雖然客廳、廚房到處堆放著大大小小的紙箱，裡面裝著準備搬走的物品，就連走路的空間都沒有，但是她的頭腦無比清爽，她將「我們一家人一定會幸福」這句話放在心裡，準備搬家。

幼兒園放學後，娜熙回到家中。她自行洗手、將書包歸位，也不會在吃點心的時間前吵著要吃麵包，也許這就是娜熙自己設定的好孩子標準。

「媽媽！今天可以摘小番茄來吃了嗎？」

娜熙獨自換好在家中穿的室內衣走了出來，她向美菈問道。

「妳這麼想吃番茄？」

坐在客廳正在整理搬家物品的美菈反問。

「不是啦，其實是因為……」

「因為什麼？」

「因為我想見珍寶。我們可不可以摘一些小番茄拿去送給爺爺呢？還能順便看看珍寶，爺爺不是有在筆記本上寫他住哪裡嗎？」

從那天之後，只要美菈去洗衣店，娜熙就一定會跟在她身邊。尤其半夜尿溼的被單她會堅持要自己拿，嘴巴還會一邊複誦著「明天絕對不能再尿床」的咒語，緊跟在美菈身後。

「嗯……那我們不如就做一道番茄小菜，再買一些珍寶的零食帶過去？」

「好啊！」

娜熙一直吞著口水，等待美菈的回答。當她一聽見美菈同意去見爺爺，便興高采烈地跳了起來。美菈輕輕摘下掛在莖上的小番茄，娜熙看著美菈的示範小心翼翼地照做，然後露出了開朗笑容。她本想直接塞進自己的口中，卻還是忍住，放進了美菈手拿的小籃子裡。

「我要忍住，昨天才學到的，食物要等大人先吃小孩才能吃。」

「我們的娜熙真乖，是乖小孩呢，不過妳要改用敬語來說大人先『吃』這個動詞喔～」

「大人先享用！娜熙是個乖孩子！」

娜熙興奮不已的嗓音在家中迴盪，她連穿衣服都哼唱著「小珍寶～小珍寶～」

美菈把小番茄放入滾水中汆燙，她撈出脫皮的小番茄，放進不鏽鋼盆裡，再加入一杓蜂蜜、兩杓白醋，用手攪拌均勻。她將散發著酸甜味的涼拌小番茄裝進了玻璃保鮮盒裡，然後再將娜熙在彩色紙上描繪的張老先生和珍寶貼於盒子上。

雖然才五月初，天氣卻已經宛如盛夏。美菈和娜熙一起按照洗衣店筆記本裡寫的路線徒步行走，在延南洞，很難看見沒有改建成商店、依舊保持原樣的住家，所以要找到張老先生的家其實比想像中來得容易許多。

藍色大門旁連著一道長長圍牆，竟然是一間有院子、可以種植鬱鬱蔥蔥樹木的住宅，美菈站在大門前，心情莫名地感到愉快。弘大裡究竟有幾間這樣的房子呢？這是一棟看得出有歷史歲月且散發著一股自豪感的房子。門鈴上方掛有一片木製名牌，上頭寫著「張勇」，端正地懸掛在那裡。

正當娜熙準備要按門鈴的那一剎那，珍寶先叫了幾聲，而珍寶在家其實就表示張老先生也在家，所以她連忙按下了門鈴。美菈用欣慰的表情看了看手上拿著的小菜和珍寶的零食，但是大門後方遲遲沒有回應，只有珍寶的叫聲愈漸激動。

「難道是出門了嗎？好像不在家呢……」

「媽媽，珍寶一直在叫！」

透過門縫查看內部的娜熙說道。然後她蹲下身子，往裡面仔細查看，於是大聲喊叫：

「媽媽！爺爺是躺著的！躺在地上！」

「什麼？」

美菈拍打大門，不停呼喊張老先生。娜熙也跟著媽媽一起敲打大門。

「爺爺！爺爺！」

「老先生！您還好嗎？」

她無暇思考，擔心著要是再耽擱下去會出大事，於是連忙拿出手機撥打一一九，向急救人員告知老先生家的地址。不到五分鐘的時間，救護車便抵達現場，最後是急救人員翻牆進去打開大門，美莛和娜熙也連忙進入院子。

張老先生倒臥在院子裡，珍寶正在用前腳不斷地踹著張老先生的頭部、踩踏他的腹部，並在他肚子上奮力跳躍。他圍繞在張老先生的周圍，用幾近沙啞的嗓音狂吠。急救人員確認了張老先生的瞳孔反射。

「應該是腦出血，我們要將他立即送往醫院，請問您是家屬嗎？」

「不是……但我想要一起去！」

當鳴笛聲在車道上響起，路上的車輛開始紛紛為救護車讓路。美莛看著躺在救護車上的張老先生，內心很是不安。「究竟是何時昏倒在那裡的呢？他會醒來嗎？應該不會出大事吧。」美莛焦急地緊握住娜熙的小手，娜熙的小小胸膛也緊張地上下起伏。

「媽媽，爺爺要死掉了嗎？」

「娜熙，不會的，我們現在就要去醫院，沒事的。妳來幫爺爺禱告吧。」

美莛話才剛說完，娜熙就已經閉上眼睛，雙手合十，然後開始用小小的嘴唇默唸禱告。

「您知道家屬的聯絡方式嗎？」

急救人員問美菈。

「我不曉得。」

美菈搖搖頭，急救人員開始翻找張老先生的口袋，所幸褲子裡有著他總是隨身攜帶的身分證，張老先生知道自己身為高齡人士，萬一某天有什麼閃失，一定會需要先確認身分，所以總是將身分證放在褲子的後側口袋裡。急救人員透過無線對講機說著張老先生的姓名與出生年月日，並請求對方確認身分、聯絡家屬，然而，另一頭傳來的回應卻只有「已確認戶籍謄本，聯絡不到家屬。」美菈口乾舌燥，她暗自下定決心，今天要當張老先生的一日家屬。

雖然在救護車裡的時間感覺很漫長，但事實上不到十分鐘就已抵達急診室。當急救人員將張老先生躺著的簡易床一放下車，現場待命的急診科醫生們便迅速地將床推向手術室。美菈和娜熙也想盡自己一份微薄之力，幫忙一起推床。

張老先生被推進了手術室，隨即，手術中的顯示燈亮起。一位穿著白袍的醫生從走廊末端跑來，他輪流看向禱告中的娜熙和面帶焦慮坐在椅子上的美菈。

「請問妳是？」

醫生用冷淡的語氣問美菈。

「啊，我是他的臨時家屬……」

「臨時家屬？」

一邊撓著額頭一邊發出煩悶嘆息的男子，白袍上繡著「整形外科張大周」這幾個字，美菈的直覺告訴她，這個人就是張老先生的兒子。

「我們是第一個發現的，爺爺當時倒臥在院子裡！」

娜熙從位子上起身，睜大眼睛說道。

「院子裡？妳怎麼會知道我們家在哪裡？」

「我們是在社區附近認識的，本來打算送小菜過去……」

男子用手搓了搓臉，然後抬起頭。

「謝謝，總之幸好有及早發現。啊，我是他的兒子，張大周。」

「真的是好險。」

美菈回覆著臉色蒼白、注視著手術室的張大周，並將自己與張老先生的認識經過告訴了他。張大周深感自責，認為是自己不孝，害老父親昏倒。他雖然沒有直接對美菈說，但是他抓住自己的胸口喃喃自語：一定是因為那張設計圖的關係。

隨即，一名貌似張大周妻子的女人走了過來。

「老公！爸怎麼樣了？」

「還在手術中。」

「我剛去參加秀燦的家長會，接到通知就馬上趕了過來，秀燦已經送去補習班了。」

她一臉好奇地看著美菈，張大周連忙向妻子做了介紹。

「這位是發現爸昏倒在地的人，附近鄰居。」

「您好，真的很感謝，其實要被附近鄰居發現也不容易……」

「我們也認為是運氣好。」

美菈開口說道。

「現在有我在這裡，兩位可以先回去了，非常感謝。」

「沒關係，還不是很放心，我再多待一會兒好了。」

美菈實在離不開，也擔心獨自留在院子裡的珍寶。

約莫兩小時以後，手術室的門打開了，醫生表示幸好發現得早，手術進行得很順利，只要等張老先生恢復意識，應該不會有任何後遺症。張大周與妻子、美菈、娜熙，四人同時鬆了一口氣，美菈覺得終於可以安心返家了。

「媽媽！所以是因為我們迅速打電話求救，爺爺才沒事的，對吧？」

娜熙興奮地喊道。

「嗯，沒錯，醫生說爺爺會好起來。」

「媽媽，可是珍寶自己在家，誰給牠飯吃呢？牠應該已經餓了吧……」

眼看晚餐時間將至，美菈小心翼翼地開口詢問：

「兩位應該無暇處理，不如由我們去為珍寶餵食晚餐，可以嗎？」

「要是能這麼做就太感謝了。」

張大周一口答應，但是一旁的妻子戳了他一下。

「可是把鑰匙交給陌生人……」

「那妳要去處理嗎？」

「我本來在參加早期留學家長會，中途出來一下而已，還得趕回去。」

＊＊＊

美菈和娜熙又回到藍色大門前，珍寶的長長哀號聲從裡面傳了出來。美菈將張大周交給她的鑰匙插進鑰匙孔裡，往右旋轉半圈左右，發出喀啦聲響，大門也隨即被打開。這是娜熙第一次走進兩層樓含庭院的住宅，她驚訝地張大嘴巴。

「哇，媽媽，這是兩層樓的房子耶，房子上面還有一層房子！」

「是呢，好漂亮的房子。」

「好像公主住的城堡。」

站在門前一整天的珍寶，再次發出長長哀號。

「珍寶啊，爺爺很快就會回來了。」

美菈看著珍寶，心想牠一定是獨自在原地打轉、不斷尋找爺爺，不禁感到心疼。

「是啊，珍寶，爺爺馬上就會回來喔～」

美菈打電話給張大周，告訴他已經順利進入大門，餵珍寶吃完飯便會離開。張大周想要答謝她，但是美菈表示只願意接受這份心意，就掛上了電話。

美菈按下張大周告訴她的門鎖密碼，玄關門開啟了，屋內就像被妥善打理的院子一樣井然有序，雖然看得出來已經有歲月的痕跡，但是一塵不染的皮沙發和暗櫻桃色的木餐桌尤其引人注目。

張老先生對那張餐桌情有獨鍾，餐桌是用胡桃木製成，有著原木紋路，給人高級又端莊的感覺，餐椅的靠背則像是套上了皇冠般華麗，但是隨著歲月流逝，不免也有些斑駁脫落的地方。

餐桌旁擺放著珍寶的餐具，張老先生特地為身材高大的珍寶安裝了可調高低的飼料碗，著實體貼用心。美菈將一旁的飼料袋打開，在碗裡填滿飼料，還幫忙換了新的開水。珍寶用頭磨蹭娜熙的腿，伸出舌頭喝水。

「媽媽，珍寶自己在這裡睡覺應該會很害怕，可以把牠帶回我們家嗎？」

美菈其實也擔心把珍寶獨自留在如此偌大的房子裡，所以她打電話給張大周，詢問能否把珍寶帶走，而張大周也很爽快地答應了。

美菈和娜熙、珍寶一起沿著延南洞的森林小徑行走，美菈牽著珍寶的胸背帶，娜熙則是手拿飼料袋。原本在張老先生家獨自哭啼的珍寶，在美菈溫暖的撫摸下安心地跟隨她們走出了家門，溫暖的空氣將三人包覆環繞。

「媽媽，妳很會用牽繩耶，還以為妳不會牽呢。」

娜熙似乎對此感到神奇。

「媽媽小時候也有養過這種白色的珍島犬喔！小時候住的地方也像張爺爺家一樣有庭院，所以當時有養一隻白色珍島犬，也不曉得釜山外公從哪裡帶回來的，總之那隻狗也像珍寶一樣眼睛又黑又亮。」

「真的嗎？可是為什麼不讓娜熙養狗呢？」

「娜熙很想養狗嗎？」

「嗯！智厚一直炫耀她們家的狗，所以我說我很快也會養狗，但她嘲笑我，說我們家太小所以不可能養狗，我們真的是因為家裡太小所以不能養狗嗎？」

美菈突然停下腳步，蹲了下來，她盯著娜熙又黑又亮的瞳孔。

「智厚這樣說啊？」

「嗯！我說才不是這樣，但她就直接把我推倒了！」

「……」

「所以我才會打她。我記得妳有叫我要和同學好好相處，對不起。」

「是媽媽對不起，媽媽沒有相信我們娜熙說的話，對不起。智厚真的有打妳嗎？」

「嗯，在滑梯下面，所以沒有人相信我，娜熙好難過，不對，是好委屈！」

美菈默默將娜熙擁入懷中，也許是想起了當時的委屈，美菈感受到娜熙的小小胸膛鼓起，再長長吐氣。珍寶用臉磨蹭著美菈拱起的背部，珍寶的體溫宛如人的體溫般暖和。

＊＊＊

張老先生從長長沉睡中甦醒，他一睜開眼睛就先想起珍寶。失去意識前，在他身上跳來跳去、大聲吼叫的模樣，是他記憶中的最後畫面。張大周告訴父親，幸好美菈及時發現，所以手術也很順利，應該不會有任何後遺症，並表示要不是美菈出手相救，應該會出大事，珍寶也已經被美菈帶回家照料。張老先生聽聞此話，終於安心不少。

張大周特地為父親安排了單人病房，張老先生卻感到寂寞孤獨，就連在病房都像在家裡一樣，獨自一人。張老先生用舌頭發出嘖嘖聲響，認為孩子們怎麼這麼不了解父母的心思。甚至就連珍寶都不能帶進病房，所以更沒有說話的對象了。四周鴉雀無聲，安靜到連加溼機排出蒸氣的聲音都能聽得一清二楚。然而，張大周的態度已經不同於以往，雖然他不是有親和力的性格，所以無法與人長時間閒聊，但他還是每到用餐時間就會來探望張老先生。

今天是美菈要來探望的日子，張老先生站到洗手台前，用水將手沾溼，把頭髮整齊側分貼平，由於沒有看護，他只能這樣洗頭。

叩叩。

「是，請進。」

病房門被打開，提著一箱飲料的美菈和面露燦爛笑容的娜熙走了進來。

「爺爺！現在沒事了嗎？」

「沒想到會在這裡碰面啊～」

「您好，老先生，身體有好一點嗎？」

三人圍坐在床旁邊的小圓桌，美菈看著三週以來消瘦許多的張老先生，難掩心疼，但至少看起來恢復得不錯，所以也感到慶幸。

「謝謝妳幫我照顧珍寶，這小傢伙上廁所還得帶出去散步，滿麻煩的……」

「娜熙做得很好，和珍寶一起在延南洞散步就會解決大小便問題，娜熙會帶著拋棄式手套把排泄物裝進塑膠袋裡，然後拿回家裡丟掉。」

「簡直是達人了，太感謝。」

「珍寶也很喜歡我喔！」

娜熙露齒微笑。

「預計何時可以出院呢？我們也要開始準備搬家了。」

美莅小心翼翼開口問道。

「我也正打算要和妳談這件事。」

「嗯？」

「妳在筆記本上寫說要搬走的時候，感覺妳的心情很不好。」

「因為不是真的想離開，是被情勢所迫……」

美莅放低視線，凝視著桌上的蘋果汁。這時，張老先生彷彿下定決心，開口提議：

「還是把我家重新裝潢好，你們再用全租的方式租我家，如何？」

「什麼？」

面對突如其來的提議，美莅驚訝地望向娜熙。

「媽媽！那太棒了啊！有院子還有珍寶呢！」

「我家一樓和二樓分別有三間房間，樓上還有洗手間，也有廚房和客廳。我太太生前的心願就是等兒子結婚以後要一起住，所以樓上也有安裝暖房設備、洗手間，就連窗戶都是選用當時最高級的。」

「可是我們怎麼能……」

「我可以把一樓通往二樓的樓梯改成收納櫃，這樣就無法通行，然後在室外重新蓋一條樓梯，不過畢竟是娜熙也要使用的，我就把樓梯高度設定得低一點，如何？妳應該還沒付新住處的押金吧？」

「我本來打算今天去看最後一次，然後做決定……」

張老先生面露燦爛笑容，開心地拍著膝蓋說道：

「太好了！」

「不，老先生，您的好意我心領了。」

「我兒子都告訴我了，聽說妳連答謝金都不願意收，只接受心意。其實現在的人比起心意更喜歡物質，我看妳應該比較老派喔～既然如此，妳應該也很聽長輩的話，那就聽我的吧！施工期不會超過兩週的，今天已經拿到兒子引介的建設公司報價了，就當作是我的心願吧，生命恩人。」

美菈依舊低頭，張老先生拍了拍她的背。

「我從以前就對太太說想要生個女兒，只有一個兒子等我們老了會很孤單，結果今天直接多了個女兒和孫女呢。」

「謝謝您。」

美菈的眼淚不爭氣地滴在了圓桌上，她覺得自己彷彿是在一片漆黑的汪洋大海上遇見燈塔，忍不住發出短嘆，過去直衝腦門的緊張感頓時解除。

「真的很感謝您。」

＊＊＊

初夏，花圃裡結實纍纍的小番茄已經熟到發紅，今天是藍色大門房子裡落地生根的樹木和花朵攝取養分的日子。頭戴草帽的張老先生和宇哲先為棗子樹施肥。

「老先生，等秋天的時候我們再用棗樹葉來煮茶喝，如何？」

宇哲用掛在脖子上的毛巾一邊擦拭汗水一邊說道。

「紅棗茶也不錯，要是把紅棗曬乾，和當歸、川芎等藥材混合在一起煮成雙和湯的話，冬天來一杯熱呼呼的喝下肚，可舒服了，整天的疲勞都能一次消除喔！」

「紅棗雙和湯嗎？」

「我們家的紅棗可不是一般的紅棗，煮出來是甜的，喝一杯根本不用擔心感冒問題。」

「那看來冬天也很令人期待呢！」

當張老先生的臉上浮現滿意笑容時，娜熙正好從二樓走下來喊道：
「爺爺！先吃點這個吧！」
美菈端著一盤鋪滿魷魚、蝦子、海瓜子、小蔥的海鮮煎餅，和一瓶瑪格麗酒放到了平床上。
「老公，你也先來吃。」
「我正好想喝一杯瑪格麗酒呢！走，我們先去喝一杯消消暑。」
張老先生口袋裡的手機鈴聲響起，那是一通來自美國的電話，他按下通話鍵，立刻出現秀燦的臉龐。
「爺爺！好想你！這次放假我也想去爺爺家和珍寶一起玩，Miss you! Grandpa.」
張老先生開懷大笑，點了點頭。珍寶聽見秀燦在說牠，立刻爬上平床坐好。
叩叩叩～大門外傳來敲門聲，美菈熱情歡迎地問道：
「媽，是妳嗎？」
「嗯，妳爸也一起來了～」
「我爸剛做完抗癌治療，他們說好今天要來看我。」
「哎呀，這樣啊，那我也得和他們問聲好才行。」
張老先生從位子上起身，整理了一下衣服，美菈打開大門，她的父母一走進來，珍寶便熱情歡迎，不停汪汪叫，一鼓作氣衝向前，不斷在兩人周遭繞圈、搖尾巴。

「哎呀，就是上次開計程車載我的……」

「天啊！真的耶，上次腿受傷的那隻狗！」

「怎麼會有這樣的巧合，珍寶啊，這兩位可是你的救命恩人啊。」

「不不，才不是呢，您才是我孩子的恩人，竟然把這麼好的房子用那麼便宜的價格租給他們……」

美菈的爸爸在默默拭淚的妻子身旁開口說道：

「那就等於扯平了喔！我從釜山帶了生魚片來，可新鮮了，一起吃吧！我看你們剛好還開了一瓶瑪格麗酒。」

汪汪！

珍寶也搖著尾巴一起走去平床，在所有人圍坐成圓的平床後方，晾在曬衣繩上的棉被散發著咕嚕咕嚕洗衣店的棉花香。張老先生聞著隨風飄來的洗衣店味，不禁想起那本青綠色筆記本裡描繪的年輕男子臉龐。

「明明在哪裡見過啊……」

第二章 ｜ 仲夏之戀

走進一間從入口處就一塵不染、物品也擺放得井然有序的工作室，先打開客廳的窗戶，通風換氣，再打開客廳對面的廚房窗戶，初夏清晨的空氣從兩邊吹了進來，在客廳中央相撞。風吹到了工作室的各個角落，公園路邊盛開的紫丁香花香味透過窗戶飄了進來，無需任何芳香劑，只要打開窗戶，這裡就會充滿芳香。

客廳牆上的低矮書架，擺滿了書和紅色、黃色、藍色劇本。雖然封面已經有些磨損，粗厚的紙張有些翹起，但這是一本費盡心血、充滿榮耀的作品。劇本封面上用粗體字寫著「劇本：吳京熙」。伸手順便摸了一下名字，夏天走到了窗前最角落、吹得到風的位子坐下。是的，這裡是編劇助理韓夏天的座位。

夏天拿出了在陽台曬乾的拖把，然後走進一間最大的房間，那是電視劇編劇京熙的工作空間，房間裡有著一張米色皮椅和暖灰色的大書桌，椅子後方則有一條白色遮光簾，書桌上放著一台白色筆電、可以調五種不同亮度的白色檯燈，還有白色陶器材質的筆筒，筆筒裡插著三支帶有橡皮擦的鉛筆，筆芯都被削得十分銳利。

她用乾抹布輕輕擦拭筆電上的灰塵，然後把連接筆電的低噪音鍵盤保護套上的薄灰塵抖掉，再取下鍵盤保護套，用溼紙巾擦拭鍵盤一遍，並用乾抹布重新擦拭，以免留下水痕。

「夏天，妳這麼早就來啦？」

身穿白襯衫配牛仔褲的中年女子，明星作家京熙開門進來說道。

「是，老師，您來了喔？」

「今天早上醒得早，所以很早就來了。來的時候順路買了一些麵包，一起吃吧。」

京熙把裝有各種麵包的透明塑料袋遞給了夏天。

「哇，是可頌？」

「因為妳喜歡吃可頌嘛，聽說這間可頌很好吃。」

「謝謝。那您要配牛奶嗎？還是準備咖啡給您？」

「要不要喝一杯晨間咖啡呢？」

京熙話才剛說完，夏天就走向廚房。

京熙在三十三歲時被電視台錄取，至今每三年都會固定推出一部熱門作品，是一名能夠獨自面對電視台、戲劇公司的高層，討論編排剪輯的明星編劇。正因為她是領著大筆簽約金和高額稿費的編劇，所以也曾考慮過是否要在江南開一間工作室，但她認為弘大比大樓林立的江南更好，尤其延南洞可以在來回工作室的途中看見許多年輕人，所以會覺得自己也跟著變年輕，有時還會激發出新的靈感。

夏天非常尊敬京熙，她善於精準安排故事情節、細膩處理角色之間的情感線，因此，即便是普通的故事，京熙的劇本也會顯得強烈又新穎。然而，京熙的強迫症讓夏天苦不堪言，不只夏天，就連其他兩名助理編劇也工作得十分痛苦，這就是為什麼她們會為追求白色衣物與純潔的京熙取綽號叫安德烈❶．京熙的原因。

夏天小心翼翼拿出了裝在透明塑料袋裡的原味可頌、奶油紅豆可頌以及夾著白色鮮奶油和新鮮草莓的可頌，用麵包刀進行分切，再將它們放在一個邊緣繪有天藍色絲帶的白色碟子上。

夏天將那盤可頌端到餐桌上，再把冰滴咖啡濾掛包放進了茶杯裡，然後一點一點注入用咖啡壺煮出來的熱水。隨著咖啡香氣四溢，京熙從工作室走了出來，坐在餐桌旁。

「咖啡香真不錯。妳這次有參加劇本創作徵選吧？」

京熙一邊用衛生紙擦著掉落在碟子旁邊的可頌碎屑，一邊問道。

「是，但不太有把握……」

夏天的聲音有些畏縮，和平時的她不太一樣。

「妳會綻放的，只是要遇到妳的季節，因為妳肯定是一朵花。」
「其實最近心裡總是七上八下的，謝謝老師這麼說。」
「夏天啊，春天往往比我們想的提早到喔！在我看來，妳現在正處春天來臨的前一刻，但是妳要知道，春暖花開前一定會迎來乍暖還寒的時候，千萬不要因為那一小段的波動而氣餒，好嗎？」
京熙用充滿確信的眼神看著夏天，夏天大口咬下夾著白色奶油的可頌。
「太好吃了。」
「多吃點，今明兩天應該會接到電視台的電話，如果要承受得了結果，可得吃飽才行，對吧？」
京熙做出她特有的表情，面帶微笑地皺了一下鼻子。
今天是徵選結果公布日，也就是在電視台官網公布結果前，先電話通知那些選拔過後的編劇們要準備進入最終面試的日子。雖然是匿名徵選，但是在編劇志願生

❶ 韓國知名時尚設計師，也是國際時裝界極具聲望的頂尖設計師，本名金鳳男，藝名安德烈・金，每次出現都是身穿一襲白色套裝，為其經典招牌。

共享的社群網站上，早已有人發布自己接到電話通知的消息，那麼通常都會在一小時內結束最終面試審查通知。夏天拍掉嘴角上沾著的可頌碎屑，拿起手機確認，原本不停響起民調、投保、貸款、本週樂透號碼等通知的手機，竟一次都未響起。

夏天如坐針氈，她無緣無故地去了兩次廁所，走來走去，查看手錶。其他助理編劇亦然。接著，放在書桌上的三支手機當中，有一支突然發出震動聲響。是夏天的手機！來電號碼顯示為〇二開頭。是汝矣島？還是上岩洞？終於有人要找我了嗎？夏天清了清喉嚨，接起電話。

「喂？」

「您好，這裡是西部地方法院檢察官辦公室，我們發現您的名下被人開設了一個假的銀行帳戶，是用於經濟犯罪的。」

要是真有一個存滿現金的人頭帳戶在她名下，她比誰都會第一個先知道，倒不如說自己昨晚喝醉酒，在辣炒軟骨店裡先賒了帳，叫她趕快來付錢還比較可信。她頓時渾身無力。

「你最好趁我還沒發飆之前掛上這通電話。」

夏天用冷淡低沉的口吻警告對方。原本說話流利的對方突然表現錯愕，夏天也趁機毫不客氣地掛斷了電話。由於當下所有人都在注視著夏天，所以她也不太好意思說是一通詐騙電話。就在那時，書桌上的手機又再次響起震動。

「喂？謝謝！真的很感謝您！」

與夏天對面而坐的米珍接起了電話，頻頻鞠躬道謝。

「電視台打來的？」夏天開口詢問。

米珍點點頭，面露燦爛笑容。

「謝謝姊姊，姊姊也很快就會接到電話的，看來他們是從現在開始一一撥打電話通知，我先去打個電話給爸媽。」

「好，趕快跟他們說，他們一定會很高興。」

夏天藏起了羨慕之情，面帶微笑。

「真為妳感到開心，米珍啊。」

一臉遺憾的寶英對米珍說。

「寶英，妳也好好拿著手機，很快就會有人打電話給妳了。」

米珍露出了喜悅笑容，走進洗手間。夏天聽聞廁所外傳來的笑聲，好生羨慕。

媽媽激動喜悅的聲音、爸爸替女兒感到驕傲的聲音，雖然聽不到實際對話內容，但彷彿聽見了一樣。夏天的耳邊傳來了自己父母的說話聲，「真棒。好厲害啊！看妳那麼努力，終於熬出頭了。看吧，都說我們女兒一定會成功的吧，兩千比一的競爭率一點也難不倒她吧！」

然而，電話再也沒有響起，京熙也沒再走出她的工作室，只有叫了米珍過去，把祝賀信封遞給她，叫她和家人一起出去吃個飯，並叮嚀一定要拍一張打卡照回來，甚至還體恤她，請她工作到聘用下一任助理編劇為止就好。

所有人都下班了，只剩夏天和京熙。京熙站在夏天的書桌前。

「要是碰上難以下嚥的日子，那就『呸！』吐出來，沒有必要把那麼苦的東西硬生生嚥下去，人心也是會不消化的喔！夏天。」

京熙用溫暖的手拍了拍夏天的肩膀，然後走進房間。緊閉雙唇的夏天站起身，雖然沒有人要她這麼做，但她自願把掛在客廳的白色窗簾拿去清洗，儘管在摘掉窗簾的時候還被鉤針刺到手指，滴出一滴紅色鮮血，但她還是緊咬住無名指走了出去。

延南洞今日依舊生氣勃勃，走出工作室後在公園路上會看見有些人正在約會散步，有些人手裡拿著小花束，也有老紳士牽著白色珍島犬一同散步。人們的臉上洋溢著幸福笑容，「呿，除了我以外每個人都很幸福嘛～還以為這次能接到電視台打來的電話……」雖然忍不住眼眶泛淚，但是夏天依然目不轉睛地盯著前方向前走，一手還拿著環保袋，裡面裝著整齊摺疊的窗簾。

每每走進延南洞咕嚕咕嚕洗衣店，都會感受到一股類似薰衣草香的舒適淡雅棉花香，使人心情愉悅。夏天站在自助服務機台前，點選了要使用的洗衣機，再掏出京熙的信用卡來付生活用品、零食、洗衣等費用。她看著窗外經過的路人個個面帶笑容，不免顯得自己有些淒涼。「電視劇編劇要愛人、寫一些關於人的故事，但我可能還差得遠吧，在我的內心世界裡還是有太多的我自己，是啊。」

夏天用茫然若失的眼神凝望虛空，著實悲哀，都已經努力做了五年的助理編劇，竟然會輸給決心寫作不到兩年的後輩……，她甚至對於無法真心祝賀對方的自己以及懷有那份嫉妒之心的自己感到無比羞愧。

在洗衣機運轉的過程中，她看見桌上擺有一本筆記本。「這本筆記本上次也放在這裡，怎麼還沒被主人拿走。」她翻開內頁，看起來像是被人遺忘在這裡，不過裡面寫著各式各樣的內容，從抱怨自己不想活開始，到種植小番茄盆栽的建議等，其中有一段文字引起了夏天的注意，因為字體有些凌亂，彷彿是國小生寫的，任誰看了都會覺得是男生的字。

我已經厭倦了沒有觀眾的街頭表演，到底該選唱哪一首歌才會有觀眾願意聆聽我的歌聲呢？

夏天對這位找不到觀眾的街頭藝人產生了微妙的同病相憐感。寫著沒有讀者閱讀的小說的小說家；唱著沒有聽眾聆聽的歌曲的歌手；寫著沒能被拍成影片的劇本的電視劇編劇。夏天長嘆了一口氣，然後寫下自己現在想聽的歌曲。

儘管這首歌曲好像不太適合綠油油的初夏時節，但〈一起走走〉怎麼樣呢？對我來說，今天這樣的夏日感覺比冬天還要寒冷，真的好希望能有個人陪我一起走走，我已經不曉得自己在做什麼，也不知道選擇走這條路對不對，甚至不曉得繼續走下去能否抵達自己想去的地方，真是個令人感到茫然的一天。

From：點歌精靈

看著自己寫下的「點歌精靈」，不禁尷尬地笑了出來，因為夏天自知與嬌小珍貴的精靈形象大相逕庭。「算了，有什麼關係，又不會真的見到面！」夏天嘛起嘴唇，露出了調皮笑容。不過至少能向處境相似的人傾訴心底話，她覺得就像是吃了一大口巧克力蛋糕一樣滿足，彷彿世界上多了個和自己站在同一邊的人似的。

當夏天走進工作室，裡面沒有任何人。她重新將洗淨的窗簾掛上鉤針，在獨自一人的工作室裡哼唱著〈一起走走〉這首歌曲，然後嘗試重新提起原本跌到谷底的心情。就如同白天京熙對她說過的那番話，她下定決心，絕對不會輕易被那波乍暖還寒給摺倒，於是走出了工作室。

雖然外頭天色已暗，但是多虧那些不知名的樹葉俏皮搖擺，使周遭也跟著變得明亮了起來。從延南洞一路走到東橋洞三岔路口，再走到還不到新村站的現代百貨店，拐進那棟大樓旁的小路。今天不知道為什麼，夏天想要再多走一點路，她的腳步改往新村現代百貨分館前，有著被稱作潛水面鏡的紅色水管造型物的廣場方向前進。

年輕人正隨著吱吱作響的廉價音箱所傳出的吵雜舞曲搖擺，路人將他們包圍環繞，為他們鼓掌，並用手機錄影。而他們像是在回應路人的歡呼聲似地，播放著拍子更為強烈的音樂，由七名男子組成的霹靂舞團體延續舞台表演。夏天從人群中穿了過去，這時，她聽見一名男子在用菸嗓閉著嘴巴哼唱旋律，她像是被這段從吵雜歡呼聲之間傳來的低沉穩重的男聲引領，往該處走去。夏天彷彿被某種東西吸引、不停地邁開步伐，而最終抵達的地方是新村站三號出口前。

一起走走，今晚我們一起走走，看著流星一起走到那遙遠的天邊，我會一直在你身邊……

原本只有在夏天的耳機裡才會傳出的音樂，現在是從某人的嗓音流竄出來。小小一台四方形音箱，孤伶伶地插在立架上的一支麥克風，一名男子淡定地站在那裡，吉他硬盒裡放著一片寫有其YouTube頻道名稱「賀俊」的板子，他正在獨自彈奏吉他演唱。

夏天走到他面前，不得不駐足停留，宛如電影裡的畫面靜止不動一樣。夏天靜靜地站在那裡，直到這位名叫賀俊的男子唱完歌曲。她的腦海裡閃過今天的點點滴滴，就像跑馬燈一樣一幕幕在眼前掠過，而在這些畫面的最後，則有著準備參加徵選的期間，每天坐在筆電前獨自熬夜到凌晨不停奮鬥的夏天。她的眼淚從臉頰上滑落，她連忙用手擦去淚水，回過神以後，從環保袋裡掏出了錢包，那是別人送給她的禮物，一只紅色錢包，據說每天攜帶會容易招財，結果裡面只剩下一張萬元鈔。她想要為自己受到賀俊的嗓音安慰付出一點代價，與此同時，她也想要為賀俊加油打氣。

「這裡有一個想和你一起散步的人！」夏天大方地拿出了一張萬元鈔票。在她走向吉他箱的那幾步路期間，腦海中閃過了無數個念頭，若要選出其中幾項的話，包括一萬韓元可以買三十顆章魚燒，也能在便利商店買三明治三次，還可以趁熬夜工作後真的很疲憊的日子搭計程車回家。原本大方的心意頓時退縮，不知不覺間，夏天的手已經在顫抖，因此，她像是在唸咒語一樣，反覆默唸。

「這只是一萬元，不是十萬也不是百萬，就只是一張一萬韓元而已！窮困的藝術家互相贊助是值得驕傲的事情！絕對不是被那張臉蛋所迷惑而花錢！」

當夏天走向正在唱歌的賀俊身旁，剛好飄來一陣微風。她看著略顯驚訝的賀俊暗自心想：「什麼嘛，我看起來這麼具有威脅性嗎？應該不至於吧。」雖然她差點要感到不悅，但是看著賀俊那高挺的鼻梁和柔軟的嘴唇，心情又自然好了起來，不，應該用那份心昇華了來形容較為貼切。

夏天緊閉雙眼，硬著頭皮將那一張萬元鈔票投入了吉他箱。賀俊和夏天四目相交，輕輕點頭，以表謝意，然後又繼續對著無人的街道演唱歌曲。面對他那看似不經意投來的眼神，夏天感覺自己的心臟彷彿漏了一拍。她擔心通紅的臉會被對方發現，連忙轉身直奔新村站，也不曉得是因為賀俊還是因為奔跑，她的心臟一直跳個不停。

「啊，太熱了，呼，心臟怎麼跳這麼快，不對，我現在跟誰說話呢？」

夏天以手為扇，不停揮動搧風，然後拿出錢包感應地鐵站的驗票閘門，結果傳來了嗶嗶聲響。

——餘額不足，請儲值後再使用。

「嗯？這又是什麼意思？」

夏天拿出錢包裡的兩張卡，依序在驗票處感應，卻只有得到相同的語音回覆。夏天連忙用手機打開網路銀行查看帳戶，就在今天下午，也就是米珍接到電視台徵選錄取電話通知時，帳戶正在被銀行扣取夏天上個月吃的辣炒年糕、辣炒軟骨、炸雞和酒錢等費用。

「哇，韓夏天未免也吃太多了吧。」

戶頭只剩下九百韓元。偏偏存有緊急預備金的現金提款卡放在書桌抽屜裡，妥善完好地封印著。情急之下，她只好打電話拜託媽媽，連同說不定需要附加的手續費共一萬一千韓元匯進她的帳戶裡，但是手機螢幕逐漸變暗，突然關機。

「嗯？到底為什麼要這樣對我？拜託，拜託……」

她的心臟愈跳愈快，比和賀俊四目相交時還要快。雖然她用力按著手機電源鍵，但遺憾的是，螢幕上並未出現蘋果標示。夏天尋找附近有無公用電話，但那早已是博物館裡才會出現的稀有物品。她隨機拜託三名路過的人借她手機使用，但也都被無情拒絕。夏天別無選擇，只能重新走上樓梯，離開地鐵站。

「好吧，我不是要拿回全額，只要他找我五千韓元就好，我只是要他找錢給我而已，沒事，沒關係的，這也是情有可原，幹，實在太丟臉……」

夏天低著頭、頂著一頭亂髮走上樓梯，她看見依舊在對著沒有觀眾的廣場演唱的賀俊。先用力嚥了一口口水，再輕緩地走到吉他箱前。再次看到夏天的賀俊眉眼含笑，以表歡迎。夏天也尷尬地擠出笑咪咪的眼睛，彎下身子，連忙取回一張五千元鈔票，轉身離開。

「喂！等等，妳怎麼能直接把我的錢拿走！」

一臉錯愕的賀俊唱歌唱到一半停了下來，直接對著直立式麥克風喊住夏天，要她停下來。行走的路人停下了腳步，議論紛紛地聚集到賀俊和夏天的周圍。

「抱歉，我剛才不自量力地投了太多錢給你……，就當作我是在跟你換錢吧！」

夏天背對著他，由於實在太丟臉，所以連頭都抬不起來，話也說得吞吞吐吐。賀俊再次問道：

「什麼？即便妳再怎麼不滿意我唱的歌，也不能投了錢又收回吧……我唱得就那麼難聽嗎？」

夏天緊閉雙眼，依舊背對著他回答：

「我上個月喝太多酒，沒發現已經被銀行扣信用卡費，還把僅剩的一萬韓元都給了你，所以現在連地鐵都不能搭，搞得自己無法回家。我也不喜歡給了又收回，所以我只拿一半，五千韓元就好，但絕對不表示你唱得不值一萬元喔！」

賀俊這下才明白了情況，他似乎覺得坦率又有自信的夏天很可愛，露出了淺淺微笑，點點頭。圍觀的路人笑了出來，成為笑柄的夏天則是緊握著五千韓元趕忙重回地鐵站。

＊＊＊

賀俊推開位於延南洞巷子轉角處的閣樓門走了出來。他一邊曬著太陽一邊伸懶腰，那模樣簡直像極了青春連續劇裡的男主角，青春俊秀。然而，現實生活中的閣樓與電視劇裡的樣子截然不同，沒有像露天酒吧一樣的燈泡裝飾，也沒有可以彈奏吉他、享受浪漫的光滑平床，取而代之的是一張充滿木頭小刺的簡陋平床，而現在是光想就會感到畏懼厭煩的夏季正在來臨。賀俊提著一袋裝有髒衣物的塑膠袋走下樓梯，那是在延南洞咕嚕咕嚕洗衣店用三百韓元購買的透明塑膠袋，還滿耐用的，所以也用了好長一段時間。

當賀俊抵達洗衣店，遇見了昨天也在夏威夷投幣式卡拉OK巧遇的世雄，他的嗓門大到就連賀俊那間都聽得到他演唱的BUZZ樂團歌曲——〈不懂男人〉。既然在投幣式卡拉OK和洗衣店都巧遇過幾次，已經是熟面孔了，世雄決定先輕輕點頭打招呼，於是賀俊也尷尬地笑著頷首示意。

幾天前，世雄把掛在脖子上多年的員工識別證歸還給公司。說好聽是歸還，其實是被公司強制收回。雖然他認為上班族只因為數字輸入錯誤而慘遭解雇，公司未免也太小題大作，但是他任職的地方是證券公司。最終，他被部長用怒吼的方式耳提面命，不論去到哪裡，都應該要在數字面前保持警惕，永遠都要比別人多懷疑確認一次才行。於是世雄從一名汝矣島證券人重新變成了待業人士，平日白天會悠閒地在投幣式卡拉OK唱歌，也會去洗洗衣服。略顯尷尬的世雄空手走出洗衣店，朝陽光公寓二〇一室走去。

「他沒洗衣服嗎？」賀俊歪頭思索，用熟練的手勢操作著自助服務機台，然後點選了咕嚕咕嚕洗衣店特有的香氛柔軟片，那是琥珀香和溫暖的柔軟劑香味混合在一起所散發出來的愉悅氣味。

從圓形洗衣機玻璃門可以看見逐漸注滿的溫水，經過幾次翻滾過後，開始出現白色泡沫，表示已經投入洗衣劑。賀俊這下才感到比較放心，他打開了擺放在桌上的青綠色筆記本，看見自己寫的煩惱底下有人留言可以唱唱看〈一起走走〉這首歌曲，於是他想起了昨晚遇見的那名女子，不知道姓名也不知道年齡，只有一面之緣的女子，突然掠過他的腦海。賀俊噗哧一笑。

「不知道她有沒有順利回到家，怎麼能連個五千韓元都沒有呢。」

訊。

叮咚~自言自語完以後，賀俊的手機響了，是信用卡費被自動扣款的通知簡

「這裡也有一個——沒錢的人。」

賀俊一臉苦笑，點開YouTube應用程式。他進入自己的頻道查看，但訂閱人數依然只有十二人，明明昨天也有去街頭表演，但訂閱人數一直沒有變化，應該就是自己的歌聲有問題，或者選歌有問題，抑或是天生沒有走紅的特質。正當他為此苦惱時，訂閱人數剛好新增了一人，賀俊眼神一亮。

「是啊，慢慢一個一個累積，總有一天我也能得到白銀創作者獎！一定可以！那我就立刻搬去有冷氣的房子生活！」

賀俊為自己加油打氣完以後，翻開了那本青綠色筆記本，他在那位點歌精靈的回覆底下寫了一段留言。

有些夏天是充滿活力的，有些夏天則是令人心動的，不過對我來說，夏天也是殘酷的，是難以忍受的炙熱刺痛。讓人無法入眠的首爾熱帶夜會使人產生迷失方向的感覺，就好比生活在冷水域的青色魚，毫無自知之明地來到繁華城

市一樣。

多虧點歌精靈，我昨天終於唱了一首自己深感滿意的歌曲，比起人氣流行歌曲，我更喜歡這種可以表達自己內心的歌曲，謝謝你讓我體會到這番樂趣。

而且昨天我還遇到了一名有趣的觀眾，日後若有機會，我想再把昨天的趣事說給你聽。再次感謝，我的點歌精靈！

＊＊＊

夏天注視著劇本被錄取後離開的米珍座位。原本說好要接替她職位擔任助理編劇的新人，上了幾天班以後因體力欠佳而隱藏不住黑眼圈，最終已經兩天沒來上班了，也找不到她。是啊，寫作的確需要體力。夏天拆開放在自己書桌前的巧克力，邊吃邊對自己說：

「百分之百的黑巧克力是不會胖的。」

當所有人都去吃午餐，只有夏天說自己腸胃不適而想要跳過午餐，但她已經開了好幾條巧克力和餅乾。

「與其吃這些東西不如吃飯了。」

夏天對自己說話。獨自一人的工作室很安靜，這點讓她感覺很好。有時會因為聽見其他助理編劇敲打鍵盤的聲音而使人分心，這樣就會達不到寫作所需要的節奏感。不只夏天，其他助理編劇一定也這麼認為，果然都是敏感的人……因此，每個人都戴著耳機工作，包括夏天也是。

夏天突然想起了賀俊，她試著搜尋擺放在吉他箱上那張紙上的YouTube頻道，比自己皮膚白皙、髮質也很好的賀俊出現在縮圖上，題目顯示「新村站街頭演唱，〈一起走走〉」是夏天找回五千韓元的那一天。她擔心地點開影片，拉到影片最後面的部分，但是有出現夏天的段落都已經被剪輯處理掉了。她鬆了一口氣，要是那天發生的事情也被上傳到網路上，她覺得自己應該無法再抬頭挺胸地在新村站附近行走了。

夏天對賀俊心懷感謝，要是以「街頭表演，打賞完又收回的乞丐觀眾」這種聳動的方式下標題，一定能吸引點閱率或訂閱者人數，但他只有乾淨俐落地放自己的演唱片段，夏天很滿意他如此簡單率真。出於感謝，她點選了訂閱按鈕，並從頭重新播放了影片一遍。影片從不論怎麼看都像紅色水管、但取名叫做潛水面鏡的造型物廣場開始，也就是夏天在看街舞表演時錯過的前半段演唱。

今天我要為各位演唱一首有人點播的歌曲，那個人說，今天這樣的夏日感覺比冬天還要寒冷，真的好希望能有個人陪我一起走走，我想要為這樣的一天給予一些安慰。

「哇！哇賽！」

夏天用手摀住嘴巴，她想起自己在延南洞咕嚕咕嚕洗衣店裡寫的那段文字。雖然午餐時間還剩二十分鐘，但是假如她說自己要去洗衣店的話，京熙一定會欣然同意，所以她連忙拿起幾片放在椅子上的坐墊，匆匆離開工作室。

同一時間，裝有賀俊衣物的烘衣機發出了完成的提示聲，他一邊用鼻子哼歌，一邊將烘乾的衣服裝進塑膠袋裡。夏天雖然不曉得自己在期待什麼，但是她帶著一顆期盼的心，逐漸加快腳步。她直線穿越了週六中午人來人往的延南洞公園路，快步行走，而在此時，賀俊則是為了去便利店打工而快步走向住處閣樓，兩人就此錯過了相遇的機會。

當夏天推開延南洞咕嚕咕嚕洗衣店的大門時，裡面空無一人。不過或許是剛才有人使用了烘乾機，可以感受到空間裡圍繞著一股溫熱的氣息與舒服的香氣，青綠色筆記本上又有了新留言，夏天很肯定一定是賀俊寫下的留言。夏天馬上用手機搜尋冷水魚，然後認識到一種魚叫做太平洋鯡。她點點頭，繁華城市裡的熱帶夜，一條迷失方向的青色魚；她對賀俊產生好奇，但是與此同時，又對「我的點歌精靈」這句話感到有些後悔，「精靈，精靈……真是的，有點太超過了。」

「哇，這是緣分還是命運？這個人真的是那個人嗎？可是那又怎樣，他應該只會把我當成身上連個五千韓元都沒有的女人。」

夏天敲了一下自己的頭，然後提筆，她在思考該寫些什麼才能讓彼此繼續有來有往的留言。她很喜歡這種久違的感受，有點類似肚子裡癢癢的感覺。正當夏天準備在筆記本上寫字時，她的手機響了。

「喂？寶英。」

「姊，我跟老師剛吃完飯回來，發現妳不在工作室，妳現在在哪裡呢？」

「啊，我在洗衣店。我看老師和我們的坐墊都太髒了，我用快速清潔模式馬上洗好就回去。」

「好的，我再轉告老師。」

從寶英的聲音背後，傳來了京熙平靜的說話聲。

「她應該午餐也沒吃好，叫她洗好坐墊以後用我的卡去買點東西吃。」

「姊，妳聽到了嗎？」

「嗯，知道了。幫我跟老師說聲謝謝。」

夏天匆忙掛斷電話。雖然她覺得自己其實是在用京熙不得不接受的藉口來合法摸魚，所以感到心情沉重，但是心臟實在跳得好厲害。夏天在賀俊的留言底下盡量用工整的字體寫下一字一句。

說到青色魚，讓我忍不住想要分享一個TMI（多餘的資訊）給您，我的星座就是雙魚座。據說雙魚座最亮的那顆星星也只有四等星，是一個很難被人發現的星座，所以到目前為止，我也還沒有從夜空中看過兩條魚連在一起的形狀，但總有一天我會看到吧？而且總有一天，也會有人欣賞我寫的故事吧？

再來一個TMI！我是一名寫故事的人，哈哈，雖說最亮的星星是四等星所以很難被發現，但星星終究還是星星，所以我相信總有一天會被人看見。今天要點的歌曲就是〈星星〉嘍！

From：點歌精靈！

當初自稱是點歌精靈時，夏天並沒有多想，因為不會有機會需要向陌生人解釋自己長得是否漂亮、是否像精靈般可愛，但是現在情況不同了。「該不會碰巧遇到的時候，還嘲笑我怎麼好意思叫自己精靈吧？」夏天一方面擔心說不定某天會巧遇並且認出彼此，另一方面則是感到有點害羞又帶著一絲期待。

不過精靈又不一定是小仙女，即便經過幾百年也歷久不衰的《灰姑娘》，故事裡真正的英雄仙女奶奶也是體態豐腴，就是這個意思！夏天找回自信，堅定地在點歌精靈的後方加上了一個驚嘆號。

夏天總是被京熙指出對於浪漫愛情類的劇情掌握度比較不高，在描述兩名主角對決的場面時，有時會扭轉、翻轉情感，也會讓關係產生戲劇性的轉折。京熙看見這幾天表情變得開朗、容光煥發的夏天，也主動詢問是否有了新戀情，夏天只是害羞地搖搖頭。

後來，夏天光是看到坐墊沾染到小小的咖啡漬，也會主動表示要拿去洗衣店清洗，光是看見白色遮光窗簾積了一點點灰塵，也會馬上拆掉拿去清洗。京熙看著比自己還要愛乾淨的夏天，不免擔心是不是自己的潔癖症影響到她，但其實夏天只是找藉口去洗衣店罷了。她今天甚至還勉強找了一個藉口，說小毛毯太髒，所以要拿去洗衣店清洗，但她依舊沒有看到賀俊有任何新留言，都已經沒有消息一整週了。

這時，世雄一邊嚼著口香糖一邊走了進來，他身穿一件印有大片椰子樹的無袖上衣。

夏天默默自言自語：「難道是太忙？都已經一個星期了，再怎麼忙應該也會一週洗一次衣服吧，還是已經覺得這樣留言不好玩了？」

夏天噘著嘴，一臉無奈，她試著翻開下一頁，確認是否有留言，卻發現有一張紙被撕掉的痕跡，而且撕掉的部分還留有一些子音和母音。

「什麼嘛！這一看就是為了吐口香糖而撕掉的啊！新留言該不會就寫在這裡吧？啊，應該是耶！到底寫了些什麼嘛！」

夏天的視線注意到正在一邊吹著口香糖泡泡、發出砰聲響，一邊從烘衣機裡取出烘乾衣物的世雄。

「請問，這裡，這一張，是您撕下來吐口香糖的嗎？」

面對夏天眼神用力地瞪著他，世雄錯愕地直接讓口香糖沾在嘴唇上。

「啊，沒事！您就繼續做您的事情好了，大叔。」

「大叔？我才剛過三十歲耶，這位大嬸。那本筆記本是什麼？」

「什麼？大嬸？怎麼不乾脆直接叫我奶奶？你快去忙你的吧。」

就在那時，夏天的手機響了，她收到賀俊的頻道有上傳新影片的通知。她連忙打開YouTube，看著賀俊演唱〈星星〉這首歌曲，雖然內心又產生悸動，但是看到撕碎的紙張，她變得更想要知道上面究竟寫了什麼。夏天瞇著眼睛，對著正在整理烘好的衣物的世雄哼了一聲。她沒有再提筆留言，因為覺得如果在不確定賀俊是不是寫有留言的那張紙後面繼續點歌似乎有些尷尬，所以她只帶著烘乾的毛毯重回工作室。

＊＊＊

在夏天使用過的洗衣機尚未冷卻前，賀俊帶著興奮的心情打開桌上的筆記本，卻未找到精靈的留言。他對於精靈沒有回應自己寫的留言感到有些失望，但他決定先把這種感覺擱置一旁，基於好奇精靈的消息，他重新翻閱筆記本，結果發現自己回覆留言的那一頁已經被人撕破。

「怎麼回事！是誰撕的……！」

儘管他努力用手攤平被人撕破的紙張，內容卻早已無法辨識。

「那可是我好不容易鼓起勇氣寫的欸……」

賀俊嚥了一口口水。

「也是，一定是因為這樣的關係她才沒繼續回覆留言吧？應該不是看完內容卻不回吧？」

焦慮不安的賀俊不禁思考，自己寫的內容會不會太操之過急，然後搖了搖頭。

「再留言可能會讓對方感到有壓力吧，不，不！她可能根本沒看到也不一定，還沒閱讀就被別人撕掉了。不不，假如是閱讀完覺得太有負擔才親手撕毀的呢？」

不知不覺間，賀俊體內冒出的戀愛細胞在互相衝撞，點歌精靈點播的兩首歌曲在街頭表演時都得到了滿好的迴響，而且訂閱人數也增加了三十人左右。賀俊想要向點歌精靈道謝，當然，不是用這種歪七扭八的筆跡而是透過口頭表達。他很想念精靈，所以前不久他還在筆記本上留下「您好，精靈，方便詢問一下聯絡方式嗎？」然而，如今看見有人把那一頁撕毀，實在難以再鼓起勇氣，反而先擔心自己該不會是惹怒了精靈。

就在烘衣機烘衣完成前三分鐘左右的時候，賀俊匆匆拿起筆，然後在那張被人撕毀的下一頁，又寫了一段文字。

請問有看到被撕毀的那一頁文字嗎？我本來有留言：「您好，精靈，方便詢問一下聯絡方式嗎？」因為擔心您沒看見，所以想重新再問一次，我可以詢問您的聯絡方式嗎？也想和您喝杯咖啡。

賀俊用簡單直率的語句如實表達了自己的心意。烘衣機發出了完成的提示音，於是他拿著自己洗好的衣服回家。當然，充滿期待的那顆心則是留在了洗衣店。

＊＊＊

賀俊在便利商店打工四小時後回到家，完成了街頭表演的準備。但他還沒選好演唱歌曲。雖然考慮過要不要再唱一次精靈點過的歌，但是因為要上傳新影片到YouTube平台上，所以他決定唱別首。他走到寫有「京義線森林公園」的造型物前，再轉往東橋洞三岔路口方向繼續行走。他揹著吉他，一隻手提著音箱的把手走路，腦海裡則思考著到底該唱哪些歌曲。

他在新村站三號出口前放置了直立式麥克風，他調整好麥克風的高度，並對著麥克風小聲地說：「啊，啊，麥克風測試，一，二，三。」完成了聲音測試。他打開吉他箱，YouTube頻道宣傳板子也擺好，然後噗哧一笑，因為他突然想起那天在自己的打賞箱裡拿走五千韓元的女子，賀俊認為自那天起就一直有好運降臨，因此他也將那天女子投放的萬元鈔票一直收藏在皮夾裡，彷彿成了某種護身符一樣，甚至在鈔票上寫下日期。

到了八點鐘，賀俊撥了一下吉他弦，他清了清喉嚨，手握成拳頭，砰砰砰砰，輕輕敲了吉他四下，然後開始演唱。

我想起了不知名的妳，總覺得能一眼認出妳，我遇見了像精靈般嬌小可愛的妳，我的小精靈，妳願意帶我去向何方？我們一起在深夜裡飛翔，請牽住我的手。

賀俊打開YouTube直播，開始演唱，他想著精靈，憑直覺即興演唱，按壓琴弦的左手也自然移動，右手則是在弦上跳舞般反覆輕快地撥動。人潮開始漸漸聚集，從賀俊的雙唇之間唱出的甜蜜歌詞吸引路過的人們停下腳步聆聽。賀俊閉起眼睛，陶醉歌唱，濃密的眉毛底下有著緊閉的雙眼和高挺的鼻梁，他的外表極具魅力，就算不靠歌聲也足以使人回頭駐足。

留下迷人香氣便離開的妳，我該如何稱呼妳呢？我的精靈，請告訴我妳叫什麼名字？請讓我看看妳的容顏，除了妳身上散發的棉花香，我一無所知，一無所知。

演唱完，他緩緩睜開眼睛，發現眼前聚集著滿滿人潮，甚至比過往每一場演出吸引到的聽眾人數加總還要多。在夜幕下，開著閃光燈拍照或錄影的人非常多，然後在茫茫人海當中，賀俊注意到遮著臉聽歌、當初連五千韓元都沒有的那名女子，他開心地噗哧笑了。

「很高興見到妳。」

賀俊開口說道。

「安可，安可！」

人們高喊著安可，打賞箱裡滿是五千與萬元鈔票。比起賺錢，賀俊對於今晚大家願意停下腳步聽他唱歌這件事更感開心，他覺得現在才比較像進行了一場真正的演出，無比自豪。他仔細留意每一個人的面孔，這時，當初那名連五千韓元都沒有的女子走到了打賞箱前，放了一張萬元鈔票。

「看來上個月沒有喝太多酒喔？」

賀俊主動向夏天搭話。

「因為上個月的人生沒有很苦，甚至還滿甜的。」

雖然略微驚訝，但是夏天故作鎮定地回答。面對夏天如此坦率的回答，賀俊露出整齊潔白的牙齒笑了。什麼嘛，用這麼帥的臉近距離看著我笑，是要我怎麼辦啦。

「嗯？」

賀俊訝異地問道。

「我有說什麼嗎？」

「沒有，但妳不是有話要說嗎？」

「沒有！完全沒有～我可是把錢全還給你了喔！不對，是雙倍喔，嗯，聽清楚了。」

夏天漲紅著臉，連忙轉身離開。賀俊看著夏天離去的背影，這次直接笑出了聲音。他覺得這名女子好可愛。「什麼嘛，為什麼我會覺得她很可愛？」

為了回應觀眾的安可要求，賀俊再次刷弦，都是之前洗衣店精靈點選的歌曲。那天的街頭表演非常成功，在賀俊的印象裡，自己的歌聲總是在那些低頭看著智慧型手機加快腳步移動的人，還有頂多瞟一眼又再度面帶冷漠地走路的那些人之間破碎四散，但是如今終於不再被忽略，所以直到睡前，他都閉著眼睛嘗試記住那一瞬間。

夏天原本打算安安靜靜地以觀眾身分聆聽演唱就好，但最終計畫落空了，她聽完賀俊的自創曲〈精靈〉，不由自主地走向打賞箱，她想要連同之前的錯誤都一併挽回，然後她看著賀俊對她面露燦爛笑容，又會感覺心臟彷彿直直墜落，就連腹部深處都感受到搔癢難耐。

當賀俊的自創曲一結束，夏天便朝公車站跑了過去，她的腳程變快，想要確認賀俊所寫的關於精靈的歌曲究竟蘊含著何種意義。事實上，她現在最想做的就是去某個地方——賀俊不知情，卻留有兩人文字留言的延南洞咕嚕咕嚕洗衣店。

夏天搭上公車，心臟跳得飛快，賀俊的歌聲彷彿一直迴盪在耳邊，儘管已經過了下班時間，往弘大方向的公車依然人潮擁擠。她無意間看到了玻璃窗上反射的自身倒影。

所幸今天早晨有洗頭髮才出門，但是有如珍珠光澤般的髮質早已不見，取而代之的是看起來像受損嚴重毛燥分岔的自然捲，比較不符合精靈的樣子；再下來是圓潤又飽滿的額頭，經常被媽媽誇獎很有福氣，甚至形容是天然紀念物等級；鼻子則是半傳統布襪的形狀，還算高挺，但是被擔任助理編劇的五年期間增胖的十公斤淹沒，看起來變得不那麼立體；而雙頰就像含著糖果一樣鼓鼓的。雖然去年夏天，在親戚的婚禮上遇見外婆，勸她要維持現狀不要減肥，看起來才有福氣，但這樣一點也都不符合精靈的形象。

是啊，眼睛！作為高中畢業禮物的雙眼皮整形手術不僅使她找回了自信，兩眼還有著明顯的外雙，也許是因為花錢做的，那是她認為全臉當中最有自信的部位。然而，就連用銳利刀片割出來、認為應該永遠都會長那樣的雙眼皮，也隨著變胖而變得像一條香腸躺在雙眼皮摺痕與眼睛之間的樣子，看起來不怎麼樣。「這還能叫精靈嗎？哪是仙女，根本是吃播精靈。」夏天內心膨脹的期待感彷彿被人硬生生按下了終止鍵，無力地洩氣。

夏天走進了延南洞咕嚕咕嚕洗衣店，裡面有一隻珍島犬和正在洗衣服的爺爺，爺爺看上去年紀頗大，但還是能熟練地操作自助服務機台。坐在桌邊的白色珍島犬搖著尾巴，熱情歡迎夏天；多虧牠讓夏天的臉揚起了微笑。

「我馬上好。」

風度翩翩的爺爺一邊累積點數，一邊說著。

「您慢慢來，沒關係。咦？我……根本沒帶東西來洗欸，那我為什麼要來這裡呢？」

「來休息一會兒也不錯啊，這裡不也寫著嘛。我雖然從未見過這間店的老闆，但我猜應該是個好人。」

爺爺用手指著寫有英文單字「Notice」的布告欄說道。夏天看見上面用整齊的宮書體寫著，「稍作休息也無妨」。

「是呢，感覺是個很好的人。」

爺爺面帶仁慈微笑，和珍島犬一起走出店外，並留下一句「讓頭腦好好放空」作為道別。

夏天翻開筆記本，看完賀俊寫的留言，再次闔上。她不是翻頁，而是直接整本闔上。她在心中問自己：「到底哪裡來的自信稱自己是精靈。」
「我當然以為不會見到面啊！」
她也很氣自己，總是以擔任助理編劇為由，吃了一堆對身體不好的速食，不僅如此，還把兩杯濃縮起跳的冰美式和巧克力當成輸血般注入體內，身體自然不可能不腫不胖。夏天掐了掐腰上的肉。
「啊！超痛的耶，好啦，對不起，你也是我身上的肉，老是討厭你是我不對。是啊，這不是脂肪，是我長期久坐在書桌前所累積的字句！和賀俊見面又怎樣，我長這樣也不算差啊，就算醜八怪玩偶也會有人說她可愛，不是嗎？」
當爺爺拿來清洗的衣物只剩下十分鐘就結束之際，夏天拿起了桌上的筆。這時，手機訊息通知響起，夏天放下筆，再次確認了螢幕上顯示的訊息內容。
——請問您為什麼沒有成為編劇？
這封訊息來自一名男子，他是夏天為了投入新作品需要進行採訪而提出訪談邀約的人，也是夏天五年前開始從事助理編劇工作遇到的第一個採訪對象，是新人棒球員。當時夏天和同年齡的他結束愉快的採訪之後，還保持歡愉的氛圍又相約喝了幾次啤酒。

兩人甚至還相約過好幾次吃飯、喝酒、看電影，用手指都數不清的程度。雖然男子一直都有向夏天傳遞戀愛的信號，但夏天總是展現自己更需要專注投入於工作而非戀愛的閃避態度。然後，五年後又再度因為有運動相關的採訪而聯絡對方。

這五年來，對方已經不同於以往。曾經在某間辣椒醬尤其好吃的店裡點一份酥炸馬鈴薯套餐和兩杯生啤酒，嘻嘻哈哈閒聊的那個新人時期的他已不復在。他被選為今年的賽季MVP，也成功談到高額年薪。如今的他，已經是很習慣在高檔飯店酒吧或位於青潭洞的高級紅酒吧，把車鑰匙交給泊車小弟的那種人。就這樣在五年期間擺脫了新人的標籤。「那我呢？都已經寫到指紋模糊，卻還沒有一部作品是掛著我的名字，成為真正的編劇。不過儘管如此，他怎麼能問我這麼失禮的問題？」夏天頓時腦袋一片空白。

「什麼？」夏天回了一句簡短的訊息，對方又馬上傳來了回覆。

——我說妳為什麼還是助理編劇韓夏天？當初不是為了寫作而不跟我談戀愛嗎？ㄎㄎㄎ

「這小子現在是想跟我吵架是吧？」夏天深吸一口氣，努力發揮自己的文筆實力，打算回覆對方，但她實在想不到適合的字句。她不曉得自己究竟為何還是助理編劇，也不知道為什麼這五年期間寫的短劇一次都沒被錄取，所以才會放棄了戀愛和青春，整天面對著滑鼠游標一閃一閃的空白文件畫面，一年四季都坐在書桌前，直到坐墊凹陷到無法回彈為止吧。自己究竟為什麼還沒成為編劇？她想不到要回什麼。夏天甚至還忘了要把自己的手機電話留在賀俊的留言底下，而光是這樣的瞬間對自己來說也宛如奢侈。

精靈其實只出現在童話故事裡，現實生活中可沒有一根魔法棒揮一揮就能變出南瓜馬車這種神奇的事情，所以精靈自然是只存在於童話故事裡的吧？

等我們見到彼此時，應該會馬上意識到我們不是活在飄散著甜蜜蛋糕烘焙香的童話裡，而是活在充滿著鹹澀味的紀錄片裡，太……鹹了。因為人生不是多彩繽紛的迪士尼電影，而是枯燥乏味的黑白電影。

夏天蓋上筆記本，走出洗衣店，她的步伐略顯沉重。說不定賀俊其實是在尋找他的靈感精靈繆思啊……。她雖然想要再走回去，但不知不覺間早已走到了延南洞的盡頭。

她坐在便利商店前的陽傘桌下，開了一罐啤酒。感受著啤酒刺激清爽的滋味，一飲而盡。「啊，真爽，什麼都可以放棄，就是不能放棄啤酒。」當她把喝完的空罐放到桌上，馬上又補來了四罐啤酒。

「要再多喝幾罐嗎？」

夏天抬起頭，發現是世雄站在眼前，他今天依舊穿著那件印有椰子樹葉的無袖上衣。

「請店員將兩罐放冰箱裡幫忙保管，溫掉就不好喝了。」

也許是因為在延南洞咕嚕咕嚕洗衣店共用洗衣機，夏天對世雄有著微妙的同夥感，所以一起喝酒也不尷尬。再說了，雖然也沒到特別喜歡，但是以居住圈朋友身分相處是無負擔的。

「溫溫的又怎樣？」

世雄在夏天面前坐了下來，問道。

「就不好喝了啊。你都不用工作嗎？怎麼每天都像個無業遊民一樣到處閒晃？是中了彩券嗎？」

「前陣子被公司炒魷魚了，也被女朋友甩了。」

「天啊！抱歉，怎麼會這樣？」

「她說她不喜歡談溫溫的戀愛，我也對於要為五斗米折腰的蟹殼湯匙❷人生感到厭倦。唉，找工作什麼的好想統統都拋在腦後，直接收拾行李去夏威夷算了。上學時為了讀書，整天被名次、考試成績、多益成績等數字追著跑，出社會以後則是在那些數字面前每天戰戰兢兢……，結果現在又要重新找工作，只能淪為厭煩的數字奴隸了。」

「蟹殼湯匙人生？」

「因為我爸媽在大田開生醃螃蟹店。」

「噗，但蟹殼湯匙人生也太誇張，可是好羨慕你，我超愛吃生醃醬油蟹。不過，大叔，你的夢想是什麼？有打算做什麼事嗎？」

「夢想？」

「是啊，夢想。」夏天把冰涼的罐裝啤酒靠到嘴邊，問道。

「夢想……，那不是睡著時才在做的嗎？」

「真不浪漫，難怪會因為太溫而被甩。」

明明被解雇、被分手的人是世雄，但是將世雄買來的四罐啤酒統統喝光，彷彿將初夏的翠綠直接吞下肚的人卻是夏天，然後收拾包包，以Z字形行走在公園路上。

夏天轉過身，對一臉困惑的世雄大聲喊：

「喂！大叔！有什麼煩惱就去洗衣店，延南洞咕嚕咕嚕洗衣店！嗝。那裡有一本青綠色的筆記本，答案都在那裡面。嗝！」

那天晚上，世雄帶著要清洗的棉被去洗衣店，由於他每天都像個故意搞叛逆的人一樣，永遠只穿那件會出現在威基基海邊的椰子樹葉無袖上衣，所以沒什麼衣服需要清洗。他尋找要清洗的衣物找了許久，最終則是拿著那條沾有分手女友香水味的棉被，走出了陽光公寓二〇一室。

他將有如倉鼠輪般固定旋轉的洗衣機按下啟動鍵，翻開了過去從未關注過的那本青綠色筆記本。裡面有著密密麻麻的留言，分別都是不同字跡。到底答案都在這裡面是什麼意思？難不成會有道士為我解惑？

❷以出生就含著金湯匙、銀湯匙的「湯匙」來比喻。

世雄早已陷入嚴重無力的狀態，就連百分之一的意欲都所剩無幾，他帶著反正沒有任何損失的心情提筆寫字。

我沒什麼煩惱，告訴我會中樂透的號碼就好。

＊＊＊

中午的陽光灑落在床上，夏天皺著眉頭不停翻身。她感到胃裡一陣翻騰，有點噁心，這感覺比較像躺在衝浪板上，乘著波濤洶湧的巨浪，而不是躺在床上。她覺得光是有人給她看酒瓶，她就會立刻把臉埋進馬桶裡，與地獄使者擊掌。不幸中的大幸是，京熙在自己執筆的電視劇開播前，給了她最後一週的休假，所以可以在這股宿醉的浪潮消失退散前，繼續以大字形躺著。夏天直到十一點才又重新睜開眼睛，然後看了手機一眼，又再度用腳踢開了棉被。

「啊！這又是什麼事！」

夏天努力搓揉著難以對焦的雙眼，仔細查看手機螢幕，不論她重看多少回，都顯示著「嗨，精靈。」天啊，這是怎麼一回事，昨晚夏夜的醉意為她點了一把火，四罐啤酒為她帶來的勇氣促使她走向延南洞咕嚕咕嚕洗衣店，並且攤開那本筆記本。然後她在自己上次寫的留言底下豪邁地寫了十一位數的號碼，以〇一〇開始的那組數字正是夏天的電話號碼。

夏天連忙查看自己的聊天軟體大頭照，自從開始從事助理編劇以後就鮮少管理外貌的她，所幸並沒有放自拍照或正面照，而是放上次在洗衣店裡拍下的布告欄上那句話：「稍作休息也無妨」。除此之外，過去的大頭照也大部分都是延南洞公園的風景照，本人的照片只有一張以前去拍攝現場時米珍幫她拍下的背影，看起來還不錯。

呼，夏天鬆了一口氣，抓住頭髮將其撥亂。這到底是怎麼回事，自己在筆記本上寫精靈，應該要像海市蜃樓，實際看到時就會瞬間消失不見。結果到底是在想什麼，竟然又去在那底下留自己的電話號碼。就在那時，訊息通知音又響起。是賀俊。

——精靈，妳該不會……還沒起床吧？快起床，太陽要曬到屁股了啊，精靈～都說美人愛睡美容覺，精靈該不會是……美女吧？害我好期待呢。

面對美人兩個字，夏天又再度語塞，她踹開棉被，坐在床邊。

——今天的天氣的確讓人期待呢。

——妳終於醒了！我等了好久，一直在等。

——為什麼？

——因為想要向妳道謝。

——道謝什麼？

——謝謝妳留下電話，謝謝妳當我的繆思。

——我昨天喝多了，一氣之下去留了電話。

——一氣之下？妳生很大的氣嗎？

——不，這倒不是，但昨天應該是有生氣。

——為什麼？

——有時候就是會對自己生氣，昨天就是那種日子。

——所以昨天又喝了酒，導致今天睡到很晚才醒喔？就算是星期六也不能睡到這麼晚吧。

——你根本是算命師，我看要在延央公園為你鋪一張草蓆[3]。

——妳先讓我請妳吃頓飯，再慢慢找鋪設草蓆的位置。

——吃飯？

——我要請精靈吃頓飯才行，多虧妳，我的YouTube訂閱人數突然變好多，我想著妳自創了一首歌曲，結果沒想到爆紅，人氣很高呢！

夏天揉了揉眼睛，賀俊的YouTube訂閱人數的確暴漲，不論重看多少次顯示的數字都一樣。自從昨天賀俊唱完那首名為精靈的自創曲以後，一夕之間訂閱人數就超過了十萬人。不僅如此，還以熱門影片登上了較前排的版面。「所以不是只有我喜歡這首歌？」夏天點開了賀俊的影片，他那嘶啞又低沉的嗓音與溫柔的外型產生了反差魅力，因此，才會逐漸變成熱門影片。夏天思緒放空地聽著賀俊唱歌，最後是被手機訊息提示音打斷，才回過神來。

——要是不想吃飯，我請妳喝酒吧！慶祝酒！

——其實我不知道我當時是用什麼心態留電話給你的……但我不太想見面，有壓力，不好意思。都是因為我留了電話，害你期待了，真的很抱歉。

❸韓國俗語，意指對方像是算命師，能說出精準的話。韓國以前的算命師都是坐在草蓆上替人算命。

夏天用力按著手機螢幕鍵盤，將打好的訊息傳了出去。她其實私心早已想過和賀俊一起喝酒，甚至連接下來的進度都想過，包括連見對方父母的穿著打扮也都想好了。然而，相較於如今已經開始往真正的歌手一步步邁進的他，每次都在徵選活動中落榜的自己實在顯得微不足道，就好比擺在櫥窗好幾季也賣不出去的衣服一樣，從未跟上流行，所以不曾被人選走的那種商品。彷彿自己就是在寫那種劇本的人一樣。

「其實我就是精靈本人。」夏天只要一想到自己說出這句話的瞬間，賀俊一定會面露不知該如何是好的尷尬表情，於是在幾經思量過後按下了訊息傳送鍵，然後隔了很久，都沒有再收到賀俊的回覆。

＊＊＊

「這是買二送一的商品。」

當賀俊掃描甜筒冰淇淋包裝上的條碼，收銀機便響起了提示音，兩名女國中生目不轉睛地盯著賀俊的臉觀看。

「再去拿一個吧，剛好有買二送一的活動。」

女學生掏出印有冰淇淋圖案的錢包，小心翼翼地詢問：

「請問是……YouTuber賀俊，對嗎？就是那個精靈男！」

「啊……是。」

賀俊靦腆地露出微笑，於是兩名女國中生咯咯笑了。

「你真的好帥，歌也很好聽！訂閱、點讚，我都有按喔！」

「謝謝。」

女國中生看著害羞的賀俊，遞了一個甜筒冰淇淋給他。

「這個給哥哥吃！」

當賀俊伸手接過冰淇淋，兩名女國中生便展現心花怒放、小鹿亂撞的樣子，走出了便利商店。賀俊對於有人認出自己還感到有些神奇、不知所措。這時，他收到了電子郵件通知，那是一封來自大型企劃公司的邀約信，請賀俊到公司辦公室開個會。「現在到底怎麼回事？我該不會真的紅了吧？」而當下一位客人也認出賀俊時，他逐漸開始切身體會到究竟發生了什麼事。

「中了，終於中了。」

一個人北上首爾，在延南洞轉角處的一間閣樓裡，獨自彈著吉他，在沒有觀眾的街道上唱歌，然後還剪輯、上傳不到十人觀賞的影片，每天到便利商店打卡上班，刷商品條碼、撿戶外座位區客人隨手亂丟的菸蒂，有時還要整理客人丟下的空燒酒瓶，清理那些看得到泡麵渣的嘔吐物等等……，他彷彿聽見了一種提示音，提醒他這樣的日子已宣告結束。賀俊的腦海裡只有想起精靈，想要向她道謝，也想第一個告訴對方多虧她才發生了許多好事。

＊＊＊

夏天無力地趴在鍵盤前，與其用趴著來形容，不如說是癱倒在鍵盤前更為貼切。

「夏天，要下班了嗎？」

京熙從工作室裡走了出來，面對她的提問，夏天又再度抬起上身。

「還不行，下週就要播出第一集了，怎麼能下班，我喝杯咖啡好了。」

「不然就去汗蒸幕蒸一下身體，可以和寶英、恩芝一起去，只要在等會企劃製作人來之前回來就好。妳知道會議時間吧？」

「真的可以嗎？」

夏天睜大眼睛，注視著京熙；坐在對面的寶英與新來的助理編劇恩芝也一同看向了京熙。

「記得用這個買甜米露。啊！那間汗蒸幕的炒肉包飯很好吃，知道吧？也要喝海帶湯、吃烤蛋喔！」

京熙從錢包裡拿出信用卡遞給夏天。

「謝謝！」

三名助理編劇用平時不可能出現的高八度嗓音答謝，那是比任何時候都還要開朗的嗓音。

她們去了西江大站附近的女性專用汗蒸幕，在那裡消除疲勞。她們在溫度高的房間裡將身體逼出一身汗，然後再到隔壁的淋浴間沖冷水，如此反覆進行，還在汗蒸幕內以炒肉包飯好吃聞名的餐廳裡用餐。

在汆燙得恰到好處的高麗菜葉上，加上一口晶瑩剔透的白米飯和流著紅色辣油的炒豬肉，再放上一片大蒜，將其妥善包好，塞進嘴巴裡一口吃下去，簡直就是天堂般的滋味。夏天閉上眼睛，細細咀嚼，慢慢品味，彷彿是在保存這份幸福。

「姊，妳有把電視台官網的手機號碼資料更新了嗎？要是劇本被選中了，卻聯絡不到妳的話怎麼辦？」

寶英一口咬下清脆的小黃瓜，向夏天問道。

「當然，我早就更新過了，而且還留了第二支聯絡電話，所以要是聯絡不到我，也會打給我媽。不過這些都不是問題，問題在於我寫的劇本在兩千多篇競爭者當中能否被評審們注意到。」

「可是為什麼要突然換電話號碼呢？」

這次換劉海剪成一字、給人可愛印象的恩芝問道。

「嗯……」

夏天一時之間不知該如何回答。

「其實現在光是換個電話就很麻煩，因為有太多東西是靠手機電話號碼來認證，所以會很不方便。我看妳也不是換電信公司啊，手機也還是用同一支。」

寶英在一旁附和。

「嗯，我去算塔羅牌占卜，說我原本使用的電話號碼和我不合。」

「塔羅還能看得出這種事情？」

恩芝一臉天真地問。

「當然不是，妳也太天真！就只是因為老是會等待，我討厭等待的感覺……所以乾脆換了新的號碼。」

夏天無奈地回答。

「是因為等待徵選結果通知喔？也是，我有時也會想要把電話號碼刪掉，一切從頭開始。」

嘴角沾著包飯醬的寶英一邊點頭一邊附和。

「啊，對了！姊，妳有聽過這首嗎？最近這位歌手人氣超高！」

滑手機的恩芝轉移了話題，開始播放歌曲。這時寶英馬上回答：

「賀俊？那位精靈？這首歌真的好好聽，會覺得好像有人在耳朵裡撒糖的感覺，長得也超帥。」

隨著恩芝的手機傳出賀俊的歌聲，原本在喝水的夏天反而被嗆到咳嗽不停。

「真的超帥，聽說他前陣子加入了大型企劃公司，現在在音源排行榜上也都第一名，可是更誇張的是他當初創作這首歌曲的背後故事。」

恩芝激動地說著，寶英也隨即補充：

「沒錯，沒錯！好像是在洗衣店吧？他說他在那間店裡的筆記本上寫下拜託大家為他點歌，結果就和另一個人在筆記本上互相留言來、留言去，對方那個女生還自稱是精靈，所以他才會一邊想著那個女生，一邊即興創作出這首歌曲，然後就一炮而紅了！超扯吧？可是聽說他到現在都還沒見到那個女生，昨天不是還有接受採訪說他一定要見到對方！」

「採訪？什麼時候有影片的？我怎麼沒看見……」

恩芝睜大眼睛問寶英。

「他昨天有接受採訪，我看影片有上傳到他自己的頻道上啊，說真的想和精靈見一面。」

大家不僅對賀俊帥氣的外貌感興趣，就連對那首自創曲的背後故事也充滿好奇，尤其每個人都想知道精靈究竟是誰。網路上還有一些粉絲整理了延南洞的自助洗衣店清單，提議要一間一間去實地走訪查看。

賀俊不再做街頭表演，所以夏天也不再從遙遠的新村站搭車，而是改由較近的弘大入口站搭地鐵。至於賀俊的頻道似乎是由經紀公司接管，原本偶爾會更新的

Vlog影片也不再出現。然而，竟然在這樣的情況下只上傳想要找尋精靈本人的影片，自然會使大家更感好奇。夏天感到有些擔心，要是被揭露出來其實她就是精靈本人的話，她猜想全世界的人應該都會感到無比失望。

「不過，那個女生到底為什麼不露面呢？」

恩芝問道。寶英回答：

「應該是因為有壓力吧？最近光是在社交軟體上輸入某人的名字就會出現所有資料，用Google搜尋一下就會翻出那個人的所有黑歷史，甚至就連畢業照都能被找到，所以妳想想看怎麼會有人敢主動露面。夏天姊，這件事情妳怎麼看呢？」

「可能是個不愛自己的精靈吧，黑歷史畢業照又怎樣？反正那也是她自己的一部分啊，可是為什麼會想要把它隱藏起來？不就是因為不愛當時的自己嗎？抑或是不愛現在的自己……所以才會想要躲起來吧？」

恩芝和寶英默默點頭，隨即，寶英又開口說道：

「可是這個故事簡直比電視劇還要更像電視劇，要是精靈能出現就好了。」

恩芝再次點頭附和：

「沒錯！既然都已經上傳影片了，精靈一定會出現的。嗯？有人留言了耶，說她本人就是精靈，今天會去現場耶！」

夏天驚訝地問：

「真的嗎？精靈親自回覆留言了？說要出現在他之前街頭演唱的地方？」

寶英滿心期待地拿起手機，點進賀俊的YouTube頻道；恩芝也繼續轉述現場情況。

「沒錯！哇，天啊，這女生也太厲害，等於是把自己公諸於世啊！她又留言了，『我不想再讓賀俊先生等待，今天請為我唱一首歌吧，在我們第一次相遇的街頭演唱地點，晚上八點見，你的精靈會出現的。』」

恩芝話才剛說完，夏天又再次反問：

「她真的說自己是精靈？那首歌的女主角？」

「對啊！她說今天終於要現身，太扯了，今天要是會議提早結束，我們也去現場湊熱鬧吧！」

寶英說賀俊又有上傳新影片，於是按下了播放鍵，影片中的賀俊用充滿期待的表情說：「今晚見，我的精靈。」然後洋溢笑容。

夏天搖搖頭，覺得怪異。「明明精靈是我啊，在洗衣店從一開始寫留言聊天的人也是我……八點鐘，新村站三號出口，街頭演唱，兩人第一次相遇的地點。這女生怎麼會知道這一切？」

寶英叫醒了陷入沉思的夏天。

「夏天姊！我們好像該走了，企劃製作人要來了，徐製作人！」

夏天被寶英脫口而出的企劃製作人這個單字打斷了思緒。徐製作人是和夏天同年的女生，她會隱隱約約透露出瞧不起助理編劇的態度，有時還會使喚她們去買咖啡，做一些跑腿的雜事。每當發生這種情形，京熙都會比夏天更早展現出不悅的神情，而觀察力敏銳的製作人則會連忙轉換態度。三人加快腳步趕往會議室，以免遲到。

「夏天，妳都已經當助理編劇多少年了，怎麼連一份場景表都還整理不好？非得要我事情做兩次嗎？」

一進到工作室，徐製作人便對著夏天劈哩啪啦唸一頓。光是同儕變成上司就已經令她很難受了，偶爾還會隱約感覺是甲方和乙方在說話，讓夏天心裡很不是滋味。

「因為我最近有點——」

「有點忙就可以這樣做事喔？這就是為什麼妳聽不到別人說妳專業的原因。」

寶英和恩芝屏住呼吸觀看著兩人的緊張對話。

「所以妳才會是萬年助理編劇啊！之前的米珍做事情精準俐落，馬上就被選中了，不是嗎？我看妳現在也老大不小了，要繼續這樣下去嗎？落後那些比妳晚進來的人，都不感到羞愧嗎？沒實力就趕快收拾收拾，別做了，去找別的工作吧！年紀一大把卻這也做不好、那也做不好的人，我可是見多了。」

夏天的眼淚終於忍不住潰堤，徐製作人十分錯愕，因為夏天從來都不是會因為這種程度的言語刺激就流淚哭啼的人，她總是會回嘴辯駁或者立刻道歉，是性格堅強的人。京熙聽聞夏天哭得委屈，從小房間裡走了出來。

「夏天，妳怎麼啦？徐製作，這怎麼回事？」

「沒有……就，我其實說的都是實話，但她就哭了。」

京熙帶著夏天走進了小房間。夏天的眼睛早已哭得紅腫。

「徐製作說的一點也沒有錯，她說的話全部都對。為什麼我還是現在這個樣子呢？老師。」

「夏天，好，妳想哭就哭吧，哭一下也好，但是哭完了記得要跟我說。妳最近一定是有什麼心事，對吧？」

夏天哭了許久，彷彿內心的烏雲再也承受不了重量，下起了滂沱大雨，她嚎啕大哭完一段時間以後才感到心裡輕鬆舒爽許多。於是她小心翼翼地開口回答：

「老師，那個……」

夏天向京熙坦白說了一切，從她第一次在延南洞咕嚕咕嚕洗衣店裡的筆記本上留言那一刻起，到沒有勇氣站在尋找精靈的賀俊面前，宛如被困在神燈裡的現在，再到新的精靈宣告自己會在晚上八點出現等。京熙默默聽著夏天訴說這一連串的事情，並輕輕撫摸她的背，給予安慰。眼淚沿著夏天的雙頰滴到了地上。

「我本來不是這種性格的人……我覺得自己格局太小，我變得好渺小，好不起眼，根本不曉得能在他面前展現什麼，所以我才會像現在這樣躲著，可是躲著也不表示沒事，我很氣自己為什麼一直只能躲著，為什麼不能站出來公開自己，但另一方面又對自己感到抱歉……」

京熙目不轉睛地看著夏天，溫柔地對她說：

「原來妳這麼不喜歡還沒當上編劇的自己啊？這真的是我認識的夏天嗎？怎麼

不像妳的名字一樣爽朗呢?我所認識的妳可是比誰都還要熱情充沛呢。妳就熱情地飛奔過去，然後告訴他，妳是韓夏天，妳就是那個精靈!」

夏天哭到肩膀顫抖，她用手掌擦去臉上的淚水。

「哪有我這樣的精靈。」

「就是妳這樣的人才能被叫做精靈，見到妳心情自然就會好起來，這不是精靈是什麼?快去吧!韓夏天。」

京熙想起自己永遠回不去的彼時彼刻，想起當時沒能好好把握的男子，鼓勵著夏天勇敢追愛。她不希望看到夏天也隨著年紀愈來愈大，和自己一樣執著於白色衣服、白色筆電以及白色的各種物品。

＊＊＊

當夏天在京熙面前流淚時，賀俊正在準備街頭演唱。他與大型企劃公司簽約時，堅持要求的條件之一就是公司不得干涉他談戀愛，但是他也承諾公司，他會比任何人都還要嚴格管理自己的私生活，所以請公司放心並且相信他。雖然公司代表不甚滿意這一點，但是由於已經決定讓賀俊以公司的作曲家兼創作歌手身分活動，而非打造成男偶像，所以最後還是同意了他提的這項條件。

在他搬進位於首爾江南區驛三洞的公寓——公司為他提供的住宿——那天，他也有想起精靈，那個他說不定認得出長相、說不定早已相遇過、如今電話號碼已是空號的精靈。他覺得一旦搬離延南洞，就會和精靈變得更遙遠。

賀俊乘坐的車輛停在了新村站附近的公共停車場，他那調整吉他的手微微顫抖著，對方竟然願意公開露面……他對於也許比自己鼓起更多勇氣的精靈深感謝意。距離約定的見面時間八點只剩下十分鐘的時間，他像初次手握吉他的那天一樣心跳加速。

看過賀俊在YouTube上預告會有街頭演唱的粉絲們，早已把新村延世路擠得水洩不通，所有人統統聚集在新村站三號出口前，等候著八點鐘的到來。在車內也能聽得見人們交頭接耳的窸窣聲，雖然還有五分鐘，但是賀俊為了要比精靈提早到現場，所以先下了車。他一如往常地肩上揹著吉他，一手提著音箱，人們看見出現在現場的他，歡呼聲此起彼落。

賀俊熟稔地把街頭演唱設備布置好，口乾舌燥地吞了一口唾液，開口說道：

「各位，請問現在幾點？」

正在用手機錄影並且等待演唱的人們異口同聲地喊道：

「七點五十九分！」

賀俊再次深呼吸，回答：

「我會在八點鐘準時開唱。」

圍繞著賀俊的人們同時為他獻上了歡呼聲與掌聲，然後所有人齊心等待精靈本人的出現。「八點應該會出現吧？該不會真的像精靈一樣漂亮吧？」人們議論紛紛的聲音也傳到了賀俊的耳裡。

「拜託出現吧，就算真的沒有來也無所謂，我的電話號碼還是同一個，所以請妳聯絡我。」賀俊在心中暗自默唸。

然後時間來到八點整，賀俊溫柔地刷著吉他弦，他開始唱起自己想著她所創作的歌曲。周遭頓時安靜，直到歌曲唱完副歌為止，都未見精靈本人出現。人們開始露出失望的神情，議論著該不會是有人惡作劇。這時，一名身穿白色飄逸洋裝、留著一頭及腰長髮、臉蛋白皙的女子走了過來，任誰看都會認為像極了精靈。

「等我很久嗎？很高興見到你。」

女子走到暫停演唱的賀俊面前，伸出手，想要與他握手。賀俊愣了一會兒，看著眼前的女子，然後閉上眼睛，深呼吸。微風徐徐吹來，賀俊再度深吸一口氣，女子似乎感到訝異，重新開口問：

「你見到我不高興嗎？是我啊。」

賀俊表情僵硬地看著面露燦爛笑容的女子，女子為了不讓賀俊看穿自己其實是在欺騙他、演出這一場鬧劇而笑得更加燦爛。那瞬間，天空突然下起了暴雨，雨勢大到根本看不見前方，面對突如其來的大雨，人們紛紛用雙手遮擋頭部，往地鐵站出口或書店前躲雨，雨勢愈下愈猛。

然後一名女子走到了賀俊面前，她頂著一頭下雨天會更毛燥的自然捲頭髮，帶著一雙彷彿香腸躺在眼皮上的腫脹眼睛，還有一張毫無妝感的素顏，身穿被雨淋溼的牛仔褲和黯淡的灰色T恤，夏天站到了賀俊面前。

賀俊一看到夏天便露出開朗笑容，人們反而歪頭困惑，看著一身打扮毫不起眼的夏天議論紛紛。原本好不容易鼓起勇氣跑來這裡的夏天，又再次畏縮了。她原以為自己可以充滿自信地對賀俊公開自己，實際上卻遲遲開不了口。身穿白色洋裝的女子再次走到賀俊面前，她從包包裡掏出小手帕，為賀俊擦去被雨淋溼的頭髮。

站在賀俊面前的夏天準備轉身離開，雨下得更大了，嘩啦啦，周遭所有雜音都被滂沱大雨聲淹沒，聽不見任何聲音。她想要逃離這裡。「我果然離精靈很遙遠，趁還沒丟人現眼之前還是趕快回去吧！回到我的位子，最角落，助理編劇韓夏天的位子！」

夏天開始慢跑離開，但身後卻傳來了腳步聲。賀俊用更快的速度用力踩踏著地上的雨水，追了上來。他脫去身上的襯衫，遮擋在夏天的頭頂上為她遮雨。夏天停下腳步，抬頭望向賀俊。

「妳都淋溼了，我們一起去洗衣服，如何？」

賀俊面帶微笑地詢問夏天。

「什麼？」

「要不要一起去延南洞的洗衣店洗衣服？」

面對突如其來的邀約，夏天驚訝地再次反問：

「你說什麼？」

「精靈小姐，妳聽不見我說話嗎？」

「你……你是怎麼知道的？」

夏天驚愕不已，好奇地詢問賀俊。

「怎麼可能不知道，我們身上散發著同樣的氣味啊，延南洞咕嚕咕嚕洗衣店，就是那裡的味道。」

夏天聞了聞身上的衣服味道，洗衣店特有的招牌芳香劑味道更顯濃郁。

「你是什麼時候知道的？」

賀俊看著夏天的眼睛睜大成圓滾滾的形狀，覺得十分可愛。他回答：

「在妳找回五千韓元時有懷疑，後來妳又打賞一萬韓元，我就有把握是妳了。」

賀俊早就知道夏天其實是精靈，從她在打賞箱裡找回五千韓元起，賀俊便看出這名和自己散發著同款味道的夏天正是精靈本人。後來在他首次演唱精靈這首自創曲時，透過打賞一萬韓元的夏天身上所散發出來的味道，使他更加確信這個女人就是精靈本人。

夏天感到錯愕。最終，這頭自然捲每一撮、每一根頭髮都是自己的一部分，結果卻被自己討厭、否定、羞於見人。她對於老是選擇躲藏的自己感到羞愧，也對自己感到抱歉。

「那當你發現是我以後，難道都沒有失望嗎？」

夏天原以為只有自己知道賀俊的真實身分，沒想到賀俊其實也知道她就是精靈本人，這讓夏天感到有點不公平，所以氣嘟嘟地問道。

「這雨要下到什麼時候才會停呢？要是感冒就不好了。」

「你看！還轉移話題，看來是真的有失望！」

夏天賭氣地瞪著賀俊。賀俊乾咳了幾聲，開口問道：

「我們一起散步吧？」

夏天臉頰泛紅，紅得像初雪來臨為止只要指甲上仍留有顏色，戀愛就會成真的鳳仙花顏色。他們撐著屬於兩人的雨傘，行走在滴答滴答的雨聲之中。

「我們現在要去哪裡呢？」

「洗衣店，要洗衣服了，都溼透了。」

賀俊看著夏天，夏天則是看著賀俊瞳孔裡的自己——自然捲的精靈，露出燦爛笑容。

第三章 ｜ 雨傘

嗡嗡——放在咖啡廳桌上的手機發出震動聲響，一旁被透明包裝紙包著的一朵玫瑰花也隨之晃動。蓮雨看了一眼閃爍的手機螢幕，從那時起，震動聲就不斷響起，雖然是連續收到一連串好幾封訊息，但是由於震動聲連連，不免讓人誤以為是有人打電話來。去洗手間上廁所的慶浩手機不斷響起，蓮雨的注意力徹底被桌上的手機吸引過去。

「是誰呢？難道有急事？那應該會直接打電話才對啊……還是對方已經打過電話他卻沒接到？該不會是他的研究所打來的吧？」當蓮雨腦海中的問號轉變成驚嘆號時，原本拿著冰美式咖啡的手直接朝手機伸了過去。她敲了敲螢幕，出現請輸入密碼的訊息，蓮雨毫不猶豫地輸入了兩人的紀念日，〇五〇五，一輸入完密碼，便立刻看見聊天軟體的對話視窗。讓訊息通知響不停的發送者是慶浩的同窗好友載萬。

——今天也在陪傻逼玩嗎？

蓮雨面對眼前展開的訊息對話，心臟彷彿砰一下直直墜落在地。她滑動著大拇指，順便查看了過去的聊天訊息，從「傻逼」、「愛愛」、「遊戲道具」，到「搭訕」、「夜店」、「一夜情」，各種話題來來往往，和蓮雨約會的後記或關於發生性關係的細節等，這些聊天內容都被鎖在對話框裡，飄蕩在空中。蓮雨的手微微顫抖，她的視線變得模糊，突然一陣作嘔。正當她沉思著這些訊息是否真由慶浩所傳時，她聽見了慶浩的聲音。

「喂，鄭蓮雨，妳在幹嘛？」

蓮雨連忙將正在查看的手機抱在胸前。

「這是什麼意思……？我是傻逼嗎？」

慶浩坐在椅子上，將身體向前傾，準備要奪走手機，並喊道：

「拿來啦！幹嘛隨便看別人的手機！」

蓮雨坐在椅子上，連忙將身體向後閃躲，她的嘴唇不停顫抖。

「我不是故意要看的，是擔心你研究所打來……要是錯過就不好了，所以才會接起……」

「把我的手機還來！幹嘛隨便看別人的手機？妳本來不是這樣的人啊！」

蓮雨被生氣怒罵的慶浩唬得一愣一愣的，瞬間就畏縮了，手機也很快就被慶浩一把奪走。慶浩一邊查看對話視窗、訊息、相簿，一邊凶狠地瞪著蓮雨。

「妳還有看什麼？」

蓮雨的眼神對焦在桌上的那朵玫瑰花發呆，過一會兒才開口說：
「……給我看。」
「有什麼好看的，就只是朋友們在開玩笑而已。」
慶浩不自在地摸著手機，躲避了蓮雨的視線。
「是不是開玩笑由我來判斷，總之你讓我看！」
隨著蓮雨顫抖的嗓音愈來愈大，錯愕的慶浩反而降低音量，連忙安撫。
「就只是朋友們開玩笑而已，我也只是附和，真的沒有別的意思，好嗎？蓮雨，妳幹嘛這樣，這不像妳啊，妳不是一直都很信任我嗎？不，我們不是一直都很信任彼此嗎？所以才會交往了一年啊，嗯？看看我，別生氣了，真的是誤會。」
誤會？這根本是明擺著的事實，很難認定為誤會。從他回覆的每一則訊息來看，沒有任何一句是可以用「愛」來掩蓋或包裝的，他完全毫不避諱地公開說出蓮雨的私事，從胸部罩杯到高潮時的叫床聲等，本該屬於戀人之間的私事，都被他口無遮攔地發送出去，傳到有三名同校學長的聊天群組裡。
交往這一年來，慶浩從未見過如此情緒激動的蓮雨，他有如作賊的人喊捉賊，搶先開口指責：

「真沒勁，都怪妳，沒事幹嘛看我手機。」

「我真的以為……是研究所急著找你，所以才看的……」

慶浩揉著臉，嘆了一口氣，說道：

「妳想直接回家，對吧？那我訂的飯店怎麼辦？都已經是入住當天了，也不能取消。本來打算慶祝一週年而訂的，早知道就訂以前去過的汽車旅館了……好浪費錢。」

蓮雨從位子上起身，用輕蔑的眼神看著慶浩。

「還是我給你飯店住宿錢？」

「哎唷~我不是這個意思，妳誤會我了……」

沒什麼好再聽他解釋的了。蓮雨轉身離開，她推開咖啡廳大門，走了出去，卻發現外頭正在下著傾盆大雨。慶浩朝蓮雨跑了過來，他手裡拿著一朵玫瑰和一把傘布厚實的黑色長傘。

「這個給妳撐。」

「不用了。淋點雨，沒什麼。」

慶浩皺起眉頭，一把抓住正準備要衝進滂沱大雨的蓮雨。

「所以幹嘛要看別人的手機，把事情鬧大。妳要是沒看不就沒事了，我們還能去預訂的飯店吃蛋糕、吹蠟燭，度過一段美好的時光，不是嗎？」

「你知道我現在腦海中閃過什麼念頭嗎？」

「什麼？」

蓮雨緊緊握住自己依舊在顫抖的手，一字一句地清楚說道：

「我突然不曉得自己究竟是和誰交往了一年，很複雜，也好可怕，我覺得你根本不是我認識的那個人。可是你卻對我說什麼？要是我沒看手機？不是吧，要是你沒說那些話、傳那些訊息，現在也就不會這樣了啊！什麼『陪傻逼玩玩』、『胸部有夠小』……，你把手機交出來，給我看，我想要確認，我想要再讀一次那些訊息。」

慶浩面對蓮雨足以穿過粗大雨滴的嗓音，驚慌錯愕地摸著裝有手機的褲子口袋。蓮雨的表情已經不同於平日，她拉著慶浩的口袋，今天不論如何都得確認手機不可，她要確認二十一世紀版的潘朵拉盒裡究竟都裝著什麼。

經過的路人不停偷瞄著他們，竊竊私語。蓮雨無動於衷，繼續催促著慶浩交出手機。

「啊，好丟臉。」

慶浩似乎覺得頭痛，露出了厭煩的表情。

「所以你給我看一下啊，給我看看手機不就好了！」

面對蓮雨第一次展現如此堅決的態度，慶浩感到驚愕不已，於是他喊得更大聲：

「都叫妳停止了喔！鄭蓮雨。」

「直到你交出手機為止，我是不會停止的。既然你……你都能喊那麼大聲表示坦蕩蕩的話，為什麼不給我看？」

正當蓮雨講完最後一句話的時候，她伸出手突襲了慶浩的口袋，而錯愕的慶浩頓時身體失去重心，在被雨淋溼的地板上拐了一腳，並用雙手推了蓮雨的肩膀。

「喂！鄭蓮雨，清醒一點！」

「你是在對我動手？」

「我可沒動手，妳也有看到啊，我是差點滑倒，別再鬧了，妳直接回家吧！飯店什麼的我就當作是把錢丟進水溝裡了，所以妳快回去。」

當「飯店」這個詞從慶浩的口中出現，蓮雨再次瞪了他一眼。

「……你到現在腦子裡都還只想著飯店是不是？」

「什麼？妳？蓮雨，妳本來可不是這樣的女生啊，不是乖巧賢淑的嗎？校慶的時候也因為不會喝酒，都由我幫妳代喝的啊，妳本來就是這樣的女生嗎？說話這麼粗魯的女生？」

「對啊，你，你真的壞透了。」

「知道了，是我的錯，這樣可以了吧，所以停止了！」

蓮雨看著慶浩對著虛空咆哮怒吼，準備再次發動突襲，將男友口袋裡的手機一把搶過來，然而，她馬上就感受到自己的身體被一根很硬的長條物擊中，是慶浩手裡拿著的那把黑色長傘。

兩人共撐都綽綽有餘的雨傘在地上滾動，慶浩手上的那朵經過精美包裝的玫瑰花束也掉落在地。即使玫瑰象徵著永恆的愛，花瓣依舊被雨水打落，甚至還被轉身離開的慶浩踐踏，早已變成分不清是花瓣還是垃圾的形態，極其髒亂。

那天是氣象預報預測神準的日子，預報表示因天氣潮溼，民眾的不舒適指數將來到百分之九十八。九月一日，即使時序已入初秋，溫度依舊居高不下。被雨傘襲擊的手臂開始發熱腫痛。蓮雨發愣地站在慶浩離開的地方，她撿起掉落在地的雨傘，然後一路淋著雨，拖著那把黑色長傘，走到了陽光公寓入口處。這把傘不再是幫忙遮雨的東西，而是個連碰都不想碰的廢物。

蓮雨打開陽光公寓三〇一號玄關門，過去和慶浩共處一室時會感到擁擠的套房，如今則感覺空蕩蕩的。她直接以淋溼的狀態走進房間，坐在放於床前的地毯上。放在玄關門前的黑色長傘正在滴著水滴，倚著床架坐在地板上的蓮雨縮起身子，她感覺頭頂上依舊在下雨，她用雙手抱住膝蓋，把頭埋在膝蓋之間。

漆黑的夜晚悄然消逝，黎明來臨，蓮雨思索了好一陣子，然後睡著，又夢見自己重回那間咖啡廳、坐在同一張椅子上，再次醒來，就這樣不停重複。「要是我當時沒有看他的手機，會有什麼不同嗎？」蓮雨再次低頭，當那把傘碰觸到她的身體時，傳來的「啪」一聲並不是傘骨斷裂的聲音，而是她內心深處某個東西應聲裂開。

蓮雨緩緩拾起手機，確認了沒有任何電話、訊息的手機螢幕畫面。諷刺的是，螢幕上還顯示著慶浩與蓮雨的微笑合照，她已經不曉得朴慶浩這個人的真面目究竟是什麼模樣……。我到底做錯了什麼？難道我有做什麼事情讓他失望了？所以要透過和朋友們聊天才能排解嗎？總之，未經同意就看他手機是我的錯，所以我應該要向他道歉嗎？蓮雨思緒一團亂，遭受背叛而破洞的心逐漸被不必要的自我反省填滿。

蓮雨為了今天，還特地用打工的一半月薪添購一件黑色蓬裙洋裝，如今已被雨淋溼，滴滴答答的在滴水。她搖搖頭，再次低頭。好沉重，頭髮和腦海裡都很沉重……

＊＊＊

開學第一天，圍繞著美術大學校園的熱門話題無疑是蓮雨和慶浩的分手消息。當初兩人正式宣布成為校園情侶時也是如此，蓮雨是系上若有似無極其安靜的角色，慶浩則是各種活動都搶著要負責的那種人，兩人的組合對於同系的學生來說是非常新鮮的衝擊。然而，如今出現了比當時更勁爆的話題——兩人分手的消息。大家對於兩人分手的理由充滿好奇，而那份好奇有如添加了酵母的麵團般不斷膨脹，逐漸填滿美術大學的狹窄建築物，就連蓮雨行走在建築物裡的走廊上，都能聞到那坨麵團散發著陣陣臭酸味。

「真的是她偷看慶浩學長的手機被抓到嗎？聽說就是因為這樣所以才被男生提分手的啊……」

「聽說她本來就有疑心病，其他學長們都這麼說。而且她還動手推慶浩學長，結果自己也不小心撞到吧。」

平時遇到蓮雨只會用眼神示意問好的兩名同學，不停交頭接耳。

疑心病？我有疑心病嗎？雖說分手原因只有當事人才知道，但是蓮雨實在難以忍受周遭人士議論紛紛的那些傳言。

「你們是知道多少關於我和學長的事情？為什麼要隨便亂說？」

同學們看著平時以安靜出名的蓮雨主動上前搭話，都驚訝地瞪大了眼睛。蓮雨抬頭挺胸，態度堅定地穿過走廊，從背包裡拿出了耳機，戴在耳朵上。其實耳機裡根本沒有在播放音樂，這只是一種宣告對世界按下靜音的行為而已。

雖然她試圖不去在意，但是她可以確信那兩名同學說的「其他學長」一定是指和慶浩在同一個聊天群組的人。原本認為只要自己坦蕩蕩就無所謂的蓮雨，之所以忍不住還是去對兩名同學嗆聲，是因為她想起慶浩那張愛到處亂說話的大嘴巴，一定又有把過去相愛一年的回憶潑上糞水，甚至把那骯髒的分手瞬間也統統說了出去。蓮雨拖著無力的雙腿走在走廊上。

隨著蓮雨愈保持沉默，酸臭的麵團就愈漸膨脹。傳言宛如一顆巨大椪餅——體積很大，但裡面是空心的——在校園內飄啊飄，不停遊蕩。以開學後第三天的星期五所舉辦的第二學期開學總會為起點，蓮雨在大家的腦海中變成了欠揍所以被男友毆打的女生，這都要歸功於群組聊天室裡的人用滿口酒氣的嘴巴四處宣傳「可見慶浩多麼忍無可忍，才會用雨傘打蓮雨」。然而，其他學生並不知道，他們之所以要用如此卑鄙的手段抹黑蓮雨，其實是為了隱藏自己在聊天群組裡的那些稚拙又低級的發言，以及對系上女生的品頭論足，所以才會選擇乾脆把蓮雨說成是奇怪的女生。

不知情的學生自然不會把焦點放在「蓮雨被打」，而是專注在「她為什麼會被打？」抑或是「慶浩學長都已經當到學生會長了，何必要打她呢？」這些話題，並藉由口耳相傳散播著各自的揣測，而談論到最後則會認為是蓮雨安靜的性格與敏感多疑的那些習慣導致問題產生，擅自對兩人的分手原因妄下定論。

沒有任何約會的週六傍晚，雨滴打落在窗戶上，新聞報導是說有秋颱正在逼近。自分手那天起，蓮雨便開始討厭雨天，光是看見雨傘都討厭。每當她握到雨傘的傘柄時，那特有的冰涼材質一碰到手，就會使她不斷想起咖啡廳前的那條街道，包括慶浩踐踏的花瓣、逐漸被雨淋溼的自己，以及儘管如此也還是不停落下的豆大雨滴。

蓮雨打開學校官網，輸入完學號和密碼以後按下了登入鍵，然後出現就學管理選單，她從中點選了休學申請，她想要遞休學申請給這才剛開學三天的學校。假如離開學校一年左右，說不定大家就不會再議論自己了，或者又會有新的槌餠登場，自己的事情就會被遺忘。蓮雨對著筆電螢幕長嘆了一口氣，雖然難以控制沉到谷底的心情，但是她知道自己需要換點新鮮的空氣。

她在書桌前站起身，打開窗戶。外頭的雨停了，開始吹起陣陣涼風。透過三樓窗外看見的延南洞公園，樹木正在被強風吹得左右搖擺。隨著涼風吹進房間內，蓮雨的心情也變好許多。是啊，出門吧，去洗洗衣服，買一份辣炒年糕回來，繼續待在這裡只會被看不見的烏雲吞噬。蓮雨拿起裝有那件溼答答黑色洋裝的袋子，以及連同被沾溼的其他衣服，走出家門。

擺放在公園路旁的咖啡廳立式招牌被風吹倒，發出了厚重的聲響。

「那不是鄭蓮雨嗎？」

「是啊，是鄭蓮雨沒錯。」

使蓮雨停下腳步的人是慶浩加入的聊天群組成員。她聽見背後傳來的聲音，下意識地回頭看了一眼，不曉得該不該打招呼，畢竟是學校的學長，似乎還是得打招呼，但也不是多麼樂見的面孔，所以最後只有選擇微微點頭。

「蓮雨，還好嗎？聽說妳昨天也沒來學校啊？哎呀，幹嘛那麼在意我們的聊天內容……我們又沒聊什麼，何必要那麼生氣呢？」

學長對著重新轉身準備離去的蓮雨背後說道。眼看蓮雨不為所動，另一名身穿灰色T恤的學長又再度補充：

「是啊，就只是我們幾個臭男生在聊天而已。聽說慶浩是妳第一任男朋友，對吧？通常第一次交男朋友都是生疏的。想喝酒就儘管說，我們可以請妳喝酒。」

一開始認出蓮雨的學長大聲地將她叫住。

「學長在對妳說話呢，好歹也要假裝聽一下吧！或者給個回答也好，我們說這些話可都是為了妳好欸。」

蓮雨停下腳步，僵硬的臉部肌肉表面湧現一股熱流。身穿灰色T恤的學長也停下腳步繼續說道：

「慶浩也是不錯的傢伙，別太討厭他，說實話他又沒當著妳的面直接對妳說那些話，所以啊，何必去查他的手機呢？總之，好好走妳的路，下次再見啦！」

「……」

緊閉著嘴巴的蓮雨迴避了學長們的視線，然後看見從遠處朝他們走來的慶浩。蓮雨加快腳步，匆匆走向延南洞咕嚕咕嚕洗衣店。談戀愛時，彼此的住處離得很近是好事，但分手後簡直就是災難。「偶然」和「相遇」這兩個詞本身就涵蓋著期待，可是與分手戀人的偶然相遇，就如同看到有人在柏油路上吐的痰一樣噁心又令人不悅。

難道不只休學，還要搬家嗎……？他要是讀了研究所就會一直住在這裡，那我豈不就要繼續像現在這樣不定時遇到他？蓮雨想要把彷彿沾染著那天的溫度、氣味、溼度以及背叛感的這件黑色洋裝盡快放進洗衣機裡清洗。

蓮雨一踏進洗衣店，原本火冒三丈的內心變得冷靜許多。她平時就對擴香和香水很感興趣，所以立刻聞出這間洗衣店所散發的氣味是琥珀薰衣草與棉花香的組合。她過去也很喜歡這個味道，所以在家中各個角落也有擺放相同的擴香，但是又和這間店裡的味道不盡相同。只要來到這間洗衣店，就會有一股溫暖舒適的感覺，彷彿有人輕輕地說：「弄髒了一點有什麼關係，我會幫妳洗乾淨。」就是如此令人放鬆心情的地方。

所幸店內有一台洗衣機是空著的，所以蓮雨不用等待就能馬上使用。她打開洗衣機門，將沾有那段陰鬱時光的黑色洋裝放了進去。洗衣桶開始微微地左右轉動，像是在感知洋裝上的背叛感重量似的，接下來緩緩注入溫水。蓮雨的臉龐從洗衣機玻璃門上反射而出，泛著一抹淺淺的微笑。隨著滿滿的白色泡沫浮現，蓮雨輕輕張動著嬌小的雙唇。

「統統都洗乾淨吧……」

當洗衣機從清洗轉換到脫水模式以後，她把快速轉動的洗衣機暫時拋諸腦後，坐到了位於窗邊的桌前。青綠色筆記本今天依舊放在那張桌子上。偶爾在等待洗衣服時會攤開在桌上的這本筆記本裡，經常可見「啊，好想拉屎，要等到什麼時候才會洗好？」等亂七八糟的塗鴉。但蓮雨從未碰過這本筆記本，可能是因為她生性內向的關係，儘管是隨便亂寫的塗鴉，她也覺得未經他人同意就擅自閱讀別人的故事好像不是很妥當，心裡總是會覺得過意不去。

但是今天可不一樣，不吐不快的不安感反而更加強烈，她想要至少在這本筆記本的紙張上一吐怨氣。壓抑再壓抑的心情早已生病，要是再不善加處理，她覺得遲早會發炎潰爛。蓮雨小心翼翼地提筆，「反正沒有人知道是我寫的，也不會有人想到是我寫的……」她選擇在一張頗像是發自內心想要知道樂透中獎號碼的留言背面，用小而整齊的字體寫下了自己的煩惱。她邊寫邊擔心要是有人看出是她寫的怎麼辦，所以一字一句都經過深思熟慮。

在一週年紀念日那天，我自行打開了潘朵拉的盒子，偶然看見了男朋友的手機，明明不是故意要看的，總之是我自己先打開了潘朵拉的盒子，裡面有一些說我的壞話，也有一些讓我不禁懷疑是否真的出自我男友之口的言語，所以那天我們分手了。

我不想成為瀰漫在校園裡的傳聞主角，也不想去學校。我會休學，但真的很不想搬家……我很喜歡這個地方。走到中央公園散步聞到的花草樹木味道很迷人，春天時，我也喜歡獨自行走在這條櫻花紛飛的道路上，喝著一杯熱可可。現在的我該如何是好呢？既然打開潘朵拉的盒子的人是我，那麼，逃跑也是屬於我的責任嗎？

如果有人猜得到我是誰，也煩請幫我保密，不要把我在這裡寫的留言說出去，拜託了，我不想再成為大家八卦的對象。

寫完最後一個字以後，裝著洋裝的烘乾機也恰巧發出了完成的提示音。她由衷希望自己經過深思熟慮才寫下的這段煩惱，不要又成為有心人士口耳相傳的話題。她將筆記本闔上，整齊擺放回原位。

蓮雨從烘衣機裡拿出洋裝，咕嚕咕嚕洗衣店的招牌香氣飄浮在溫熱的纖維上，她輕輕將鼻子埋進洋裝裡，聞了一下，帶著一抹淺淺微笑的蓮雨推開玻璃門走出店外。就在這時，彷彿等待已久似地，豆大的雨滴開始從天而降。蓮雨被滴在頭頂上的雨水嚇到，重回洗衣店內。然後就趁那時，一隻白底黃斑的貓咪也跟著她一起溜進了洗衣店。

喵～喵～

蓮雨腳踩米色的Convers帆布鞋，貓咪用臉磨蹭著她的腳踝，發出呼嚕呼嚕的聲音。蓮雨摸著小貓柔軟的毛髮，心情變好許多。

「你也是為了躲雨才進來的吧？你的媽媽呢？」

喵～喵～

小貓的叫聲宛如嬰兒哭聲般嬌小微弱，卻又像彈珠碰撞的聲音般清脆明亮。蓮雨坐下來撫摸牠的頭，小貓馬上發出有如收音機頻率般的呼嚕聲，而且還直接爬上了蓮雨的膝蓋，鑽進蓮雨的懷裡。

「你是肚子餓了嗎？」

蓮雨曾經看過廣告說有一種專門餵幼貓吃的飼料和牛奶，於是她開始思考。

「那你跟姊姊走吧！雖然我不知道你是男孩還是女孩，但跟我走吧！」

喵～喵～

「嗯……我還不曉得你的性別，但就叫你『米雷[4]』怎麼樣？姓米名雷，如

[4] 二〇二二年時的颱風，韓文名叫메아리，意思是「回音」，中文名取作「米雷」。

何？因為是颱風『米雷』把你帶來的。」

小貓像是聽得懂人話似的，漆黑的眼睛閃閃發光，不停哀號。蓮雨情急之下，直接用還殘留著烘衣機熱度的黑色洋裝包住米雷，也許是喜歡這種溫暖的感覺，小貓發出了更大的呼嚕聲。不過反而是蓮雨遇到了問題，她沒有傘能夠遮擋愈漸增強的雨勢。要直接冒雨過去嗎？跑著去應該馬上就能抵達……。一、二、三！她將小貓抱在懷裡，推開洗衣店大門。正當她預備好會有冰冷的雨水打落頭頂時，一把白色的雨傘剛好在她頭上撐開。

「雨很冰，現在也九月了，要是淋到雨應該會很痛喔……」

蓮雨望向手拿白傘的人，看了對方的面孔，是一名身穿杏色襯衫配西裝褲的女子，目測年約三十歲後段班，她優雅的口吻散發著高尚的氣息。

「啊，謝謝。」

「這把傘借妳，我的工作室離這裡很近，等雨停我再趕回去就好。」

女子把手中的傘遞給了蓮雨。

「沒關係，真的很感謝您。我也就住這附近，陽光公寓那邊。」

「喔？妳也住陽光公寓？幾號房呢？很高興認識妳，我是那裡的房東，當初應該是因為忙著籌備電視劇開播，關於出租簽約的事情都是由不動產老闆代為處理，所以才沒能見到妳。」

「喔~您就是那位電視劇編劇……。您好，我住在三〇一號房，我叫鄭蓮雨。」

「您好，我叫吳京熙。既然是我的新租客，那就更不能生病感冒了，更何況蓮雨小姐還帶了一隻小貓呢。這把傘就拿去用吧，要是兩個都感冒可就不好了。」

京熙用眼神指向被蓮雨抱在懷中的小貓，並將傘遞給了她。由於是白色雨傘，所以就算遮住頭頂也不會有沉悶的感覺。蓮雨握著京熙將傘遞給她時的握柄，很溫暖，殘留在握柄上的溫度如實傳到了蓮雨手中。蓮雨低頭道謝。

「謝謝，我回家再拿一把雨傘過來。您也別淋雨，感冒就不好了。」

京熙嘴角上揚，面帶微笑地回答：

「沒事，我打算在這裡趁著等待衣物洗好的期間賞雨，順便喝一杯免費咖啡，過一陣子才會離開。妳先趕快回去吧，小貓也要感冒了，雨傘就作為送妳的禮物吧。」

「這應該不是我可以收下的東西……。總之，很感謝您，謝謝。」

蓮雨看著京熙俏皮地皺起鼻子，推開洗衣店大門，她也連忙轉身準備離開。雨傘的握柄是溫暖的，彷彿有人溫暖地握住她的手。蓮雨走著走著，停下了腳步，再次回頭看向京熙走進的洗衣店。她臉上泛起了燦爛的笑容，對方真是個好人，溫暖的人。究竟都寫了哪些劇本呢？來搜尋看看她的名字好了。

＊＊＊

有別於其溫和的名字，整晚雷電交加、強風暴雨的颱風「米雷」在韓半島上逐漸增強擴大。儘管到了隔天早晨，猛烈的風雨依舊持續。蓮雨雖然害怕出門，但是為了確認不知在外生活了多久的小貓健康狀態，她必須前往動物醫院一趟。

蓮雨對著躺在床上的米雷說：

「我們出發吧？」

多虧一日配送服務，儘管晚上下訂，隔天清晨就能收到物品，所以蓮雨一早就收到了紫色的寵物外出箱。除了讓她每天都能吃到美味食物的農夫以外，她第二個心懷感謝的人就是快遞大叔。果然是大韓民國，快遞外送的強國！蓮雨一打開寵物外出箱門，米雷便豎起尾巴緩緩走進了箱子。

「米雷~你知道要去哪裡嗎？和姊姊一起去一趟吧！喔，對了，我們也順便確認一下你是男生還是女生吧！」

米雷展現好奇心，探索著外出箱，但是隨著外出箱門一關上，牠便表現出不安，不停發出短促的哭聲。蓮雨為了安撫米雷，用小毯子蓋住了外出箱，避免看見外面。這要多虧她徹夜看了如何養貓的影片，才得以知道降低貓咪不安的方法。因此，蓮雨反而整晚都在思考日後要如何與米雷一起生活，而不是在想關於慶浩的事情。她很感謝這隻小貓，沒想到只有比一個手掌再大一點點的毛茸茸小貓，竟已在不知不覺中佔據了她的腦海……

她一手提著外出箱把手，另一手撐著昨天京熙送她的雨傘，她依舊感受得到雨傘握柄是溫熱的。也許是為外出箱蓋上了毛毯的緣故，儘管在計程車上，米雷也依舊乖巧安靜，最終順利抵達了動物醫院。蓮雨在新村站前下車，人生第一次推開了動物醫院大門。

自幼至現年二十三歲為止，蓮雨從未養過任何寵物，她看著櫃檯護士遞給她的初診單不禁感到錯愕，因為要非常詳細地填寫寵物的品種、性別、年齡、食用中的飼料、最後一次健檢日、洗牙次數、有無結紮等內容。蓮雨對於昨天才剛遇見的米雷一無所知，所以她對護士說：

「我是昨天在路上第一次見到牠的，完全不知道牠幾歲、性別，只有幫牠取了個名字，可以只填名字就好嗎？」

「沒問題，您是領養了流浪貓，對吧？那我就先這樣幫您備註，把單子交給醫生。還請您坐著稍等一下。」

蓮雨坐在待診區的椅子上，可能是因為來到陌生的空間感到不安，米雷開始不停哭叫。

喵嗚～嗷嗚～

「米雷，沒事的，就只是確認你有沒有哪裡生病而已，真的沒事，這裡不是可怕的地方，是會幫助你、治療你的地方。」

蓮雨用手輕拍外出箱，米雷的哭聲也逐漸趨緩。正當她等待看診的期間，動物醫院的門被打開，一隻牽著白色珍島犬的爺爺走了進來，護士帶著歡迎的表情問好迎接。

「珍寶家屬，您來了啊？今天是要來做健康檢查嗎？」

「您好，是啊，今天是預約做健康檢查的日子，所以把牠帶來了。」

爺爺從格子襯衫左邊的口袋掏出手帕，擦去額頭上的雨珠。

「外頭雨下那麼大，您是走路過來的嗎？」

「沒有，是我家樓上的租客開車載我來的。好在有他們，我才能舒服地過來，不過風雨實在太大，才這一會兒的工夫就被雨濺得到處都是……」

「他們人真好，我先幫珍寶掛號健檢，請您坐著稍等一下。」

護士用親切的嗓音完成接應，然後敲打著櫃檯的鍵盤。張老先生坐在蓮雨本來坐著的等待區椅子上，珍寶也緊貼在他的腳旁邊，乖巧地坐著靜靜等候。蓮雨看向珍寶，又和張老先生四目相交，於是張老先生輕輕地用眼神示意問好。

喵～

米雷像是代為回答似地，在外出箱裡發出了小小的叫聲。

「看來是一隻幼貓啊。」

張老先生開口說道。他彷彿光想就覺得可愛似的，有如在看孫子般面露微笑。

「是啊……昨天在路上遇到的。」

蓮雨還不習慣和初次見面的陌生人對話，所以小心翼翼地回答。

「聽說貓會自己選主人，看來妳是被牠遴選上的主人喔！」

「遴選？」

「最近領養流浪貓的年輕人都喜歡這樣說。」

蓮雨聽完不禁心想，這隻小巧可愛宛如一團棉花的米雷該不會真的是自願選她為主人？她愈想愈覺得既神奇又開心。

蓮雨的嘴角揚起淺淺微笑。

「以前是稱貓狗為『愛玩動物』，意思是為了提供人類歡樂而飼養的動物，但是如今要是再用這個詞，就會被人認為是無知過時的老人，因為貓狗已經是『伴侶動物』，這個詞的漢字有既為同伴、亦為情侶之意，所以是彼此依賴的關係，你們不妨也試著成為好朋友看看。」

好朋友？蓮雨至今為止還未有過一名真正的朋友，雖然她對於伴侶這個詞感到有些陌生，但還是很喜歡。她再一次心想和這隻小貓真是神奇的緣分，而就在她撫摸米雷的時候，護士呼喚了她。

「米雷的家屬～請至一號診間。」

診間裡有一名身穿藍色手術服的男獸醫師坐在電腦桌前，白皙的臉龐配上整齊分線的髮型，十分合適。

「您好，這是您昨天在路上遇到的流浪貓，對吧？先讓我來見見牠吧！」

醫生說話的聲音低沉，但是親切溫柔，多虧這位容易令人產生信賴的獸醫師，原本擔心兩人獨處在陌生空間裡會很不自在的蓮雨，立刻放心許多。她看著宛如在哄小嬰兒般說著「沒事喔～沒事～」並且仔細查看米雷的牙齒與耳朵的獸醫師，甚至暫時忘記了外頭還颳著颱風的事實。

醫生說米雷是公貓，差不多兩個月大而已，推測應該是和同為流浪貓的媽媽走散了，或者是所有孩子當中最弱小的，所以遭到母貓遺棄。然後也補充說道，米雷的耳朵、牙齒、肌膚狀態統統良好，護士會再告知幼貓可以食用的飼料及牛奶。

看診結束後走到等候區時，珍寶和張老先生早已不見蹤影，只剩下分別帶著毛茸茸白色比熊犬和豎直耳朵的柯基犬的兩名主人坐在等候區的椅子上。

蓮雨對於未能和珍寶的主人爺爺好好道別感到有些掛心，畢竟對方都祝福她，叫她試著和小貓成為好朋友了，結果卻來不及說聲謝謝，她希望下次還有機會能見到這位爺爺。正當她回想起珍寶的臉，思考著貓狗能否成為朋友時，剛好被護士叫住，請她結清今天小貓的看診費、飼料費以及牛奶費用即可。

都說伴侶動物是用心生、用錢養。看看這樣究竟要付多少費用？再次感到有些緊張的蓮雨，看著比想像中便宜的看診價格睜大了眼睛。

「真的是這個金額？」

「是的，我們院長有指示，只要是帶流浪貓或流浪狗來的客人，初診都會是這樣的價格，因為他不想讓好心突然成為流浪貓狗家屬的人被看診費用嚇到，但要是牠們生病來看診的話可就貴了喔～所以要麻煩好好照顧牠們，別讓牠們生病才行。」

護士笑著將結帳完成的信用卡還給了蓮雨。

蓮雨回到家一打開外出箱，米雷彷彿等待已久似地衝了出來。牠像是在表達身體痠痛似地伸直兩隻前腳，伸伸懶腰，甩甩頭，再次開始四處探索。米雷聞了聞床和地毯的味道，然後把臉貼在蓮雨的腿上磨蹭。

呼嚕嚕，呼嚕嚕。

「開心嗎？現在安心了嗎？來，姊姊餵你喝牛奶。」

蓮雨倒了一碗牛奶給米雷，牠伸出比小指甲還要小的粉紅色舌頭，認真地舔食牛奶。這種可愛簡直讓人無法忽視。蓮雨從書桌上拿出了一本厚實質感的素描本，她抽出插在眉筆與化妝刷之間的４Ｂ鉛筆，開始提筆作畫。她先描繪曲線，再於線條上不斷疊加線條，很快就完成了一幅正在舔食牛奶的米雷畫作。蓮雨帶著滿意的表情看著米雷，展露笑容。

「米雷，你看，這是你喔！喜歡嗎？」

蓮雨從抽屜裡拿出橘色紙膠帶，把這幅畫貼在了書架上。

「簡直就是照片，也太像了吧？」

米雷也滿意地在原地打滾。那是一張從鼻子旁邊的小鬍鬚到下巴下面微微長出的鬍子都有詳細描繪的畫作。對吼？我本來就是讀美術大學的學生。雖然她正處於遞出休學申請單且自行停課，再加上本來就沒課的日子，已經是第三天沒去學校的狀態，但她還是想重拾鉛筆，想在充滿濃濃油畫味的工作室裡，用刷具在畫布上塗抹顏料，最後再塗一層GESSO打底劑收尾，看著夕陽西下。

「好想念水彩顏料味。」蓮雨看著颱風已離開，只剩下微風的窗外，陷入沉思。「留在延南洞咕嚕咕嚕洗衣店裡的煩惱，會被誰閱讀呢？算了，我自己也不會去讀其他人寫的留言，怎麼可能有人會對我的感興趣。可是，也許就真的會有人讀過也不一定啊……早知道我平常也多關心一下別人……」

蓮雨確認過倚靠在床邊正睡得香甜的米雷以後便走出家門。外頭的雨停了，蓮雨的手裡拿著的不再是雨傘，而是父母從越南旅行回來送她的一包芒果軟糖。邁出有別於昨天的步伐，手裡也沒有拿著溼答答的黑色洋裝。裝有芒果軟糖的黃色塑膠袋上，畫著光看就讓人垂涎欲滴的甜蜜芒果圖案，然後塑膠袋上還貼著一張蓮雨手寫的便條紙。

假如有人閱讀我寫的留言，能回答我的問題，並且幫我結束這段感覺會很漫長的時間該有多好。蓮雨更賣力地跨出每一步，只要去到那裡，感覺就會有一把足以解開這一切問題的鑰匙。

正當蓮雨像是在地上蓋章一樣用力踩著地板朝延南洞咕嚕咕嚕洗衣店走去時，那裡有著今日依舊懷念著夏威夷、身穿椰子樹T恤、滿臉期待著要確認樂透中獎號碼的世雄。原來是認為反正自己不會有任何損失、請大家告訴他會中獎的樂透號碼那則留言底下，有人留下了一組數字。世雄認為姑且值得一試，所以就按照那組號碼買了樂透。然後他把樂透放在口袋裡，一直忘記，直到今天要把衣服放進洗衣機清洗前才發現。他有一種不錯的預感，彷彿未曾想過的好運即將降臨般，心臟先出現反應。噗通噗通，這或許是能夠清算整天需要抬著緊張僵硬的脖子、盯著螢幕上亂七八糟變換的數字、一點也不適合自身性格的證券人的人生機會也不一定。一個人的人生可能就靠這六個數字大逆轉，說不定是神給我的救命繩……！

結果六個數字統統都中了，世雄中了大樂透！他感覺心臟彷彿要停止，原本猶豫著要不要打電話給在大田開醬蟹館的父母，但他反而想起了前女友素英告訴他，有職場同事的弟弟被一通詐騙電話詐騙兩百萬韓元，最後直接跳樓自殺；她擔心要是繼續和為錢所苦的哥哥談戀愛，自己很可能也會遭受波及，進而向男友提了分手──於是世雄傳了一封訊息給她。也多虧聽聞這些故事，世雄每晚都在搜尋詐騙電話手法等，度過了一段不無聊的時間。

──我中了樂透，現在可以買房了，我們可以不用再搭火車旅行了，直接搭頭等艙去夏威夷玩吧！

世雄按下傳送鍵以後興奮地奔跑，眼淚直接奪眶而出，他想要直接把現金塞進一輩子為了處理堅硬的螃蟹殼而經常被刺破弄傷的母親手裡。正當他在親身體會開心到雀躍這句話時，收到了素英的訊息回覆。

——確認一下是第幾期的，我記得那好像是上一期的中獎號碼。

咻——砰！在心中出發的夏威夷行飛機還未正式起飛，就直接應聲墜毀。的確如素英所說，世雄手拿的樂透中獎號碼並非當期的。本來就看到厭煩的數字如今變得更讓人生厭了，包括先前開心地嚷嚷著那六個數字一定是神給的機會什麼的，他對於這樣的自己也不甚滿意。他想起自己被人事考核分數、年薪、貸款金額等數字綁架掙扎的樣子，他將樂透紙張撕碎。該死的數字，現在換我要離開你了。

「哈，看來這就是答案了，從數字中解放，從今天起要來伸直雙腿睡覺了！我要從這惱人的數字中解脫！去夏威夷跳草裙舞吧！算了，豁出去了。」

一名男子站在洗衣店玻璃窗外，看著世雄噙著眼淚在跳滑稽的草裙舞。男子左臉頰上有著一道長長的疤痕，彷彿是被刀子割傷一樣，雖然他頭戴帽子，但因傷口太深，所以一眼就能看見。

當蓮雨抵達延南洞咕嚕咕嚕洗衣店時，店裡沒有任何人。也許是二十四小時營業的緣故，人們似乎也很常在凌晨時間前來使用。原本害怕走夜路的蓮雨，雖然從未在深夜裡來過這間洗衣店，但她現在反而認為以後都在這時間來洗衣服似乎也不錯。蓮雨把手上的芒果軟糖放在了靠著牆壁的咖啡機旁。

這是只要吃一顆就會心情好的魔法軟糖。

小貓米雷送的喔～喵～

畫在白色便利貼上的米雷眨著眼睛，那模樣簡直可愛極了。用黑色筆芯畫出的柔順曲線，以及在那上頭用黃色色鉛筆點綴的毛髮顏色，完美復刻出韓國流浪貓米雷的模樣。蓮雨看著自己的圖畫和便條留言面露欣喜，並做了一次深呼吸。看看吧，就算沒有人回也不要失望，嗯，現在就來看看吧！

坐在桌前的蓮雨把擺在桌上的青綠色筆記本打開。她再次深呼吸，每當用手翻動紙張時，都會憂喜交錯，翻了幾張之後，終於看見自己當初寫下的煩惱。

與她一同煩惱的長長手寫留言延續到了下一頁，從一筆一畫用力寫下的筆觸中可以感受到留言者的真心，這讓蓮雨不禁感到鼻頭一陣酸，光是有人願意聆聽自己的故事、一同煩惱，就令她感激萬分。正因為過去一直都背負著眾多口耳相傳的謠言，所以或許更渴望這種真心也不一定。

回覆的留言似乎是用個人鋼筆寫的，筆觸尖細，字體給人一種成熟大人的感覺。母音的上端都會用微彎的方式書寫，是屬於古典風格的字體，推測應該是比父母那一輩的人還要年長。

不知道您會不會在這秋天的不速之客——颱風「米雷」離開前看到這則回覆，如果有看到，不妨試著抬起頭，看看窗外。有沒有看到被強風吹得左右搖擺的樹木？就算是活了百年的老樹，也依然會在風中搖擺，這樣才不會被折斷，能夠存活下來。也許這就是撐過長年風吹雨打考驗的樹木所具備的智慧。

我生活過一段時間的故鄉有著一棵非常高大的美洲黑楊，美洲黑楊的特色是有許多樹枝、樹葉茂密，加上往往會長成參天大樹，所以會讓周圍的其他樹木感到壓迫。然而，每每只要颱風過境，最先倒下的卻是美洲黑楊。這棵樹沒辦法深深扎根，而是以許多細根向一旁淺淺蔓延的型態生長，反之，在我們那一區有一棵生長緩慢且無法快速成蔭的栗子樹。正當所有人都認為美洲黑楊也倒下了，栗子樹豈能倖免時，反而跌破了大家的眼鏡，因為栗子樹的根向下扎得結實又深厚，所以就算颱風來，也只有隨風搖擺晃動而已，反而在原地守護村莊更久。

那棵栗子樹成了我們的休憩地。有時會有和初戀情人分手的男孩偷偷到那棵樹下哭泣，也不乏有熟成的栗子突然掉落，彷彿在說：「嘿，臭小子，打起精神來讀書吧！」砸到男孩的頭，導致送醫的情況發生。栗子樹雖小，生長速度也緩慢，但是那棵樹長年立在原地，儘管歷經多個夏天、多次颱風也依舊屹立不搖。

由於您說擔心自己的秘密會被看穿，那我也不妨分享一個秘密讓您知道吧。我曾經也在那棵栗子樹下哭過很長一段時間，作為出生在貧困家庭的長子，後面還有弟弟妹妹們，我身上僅有一支鉛筆，但是因為那支鉛筆放在鐵製筆盒裡會哐啷作響，讓揹著書包走路的我感到十分羞愧，所以每天都很晚才去學校，甚至因為太常遲到而被取了個綽號叫「末班車」，經常被老師責罵。但我也沒辦法，每走一步就會發出的哐啷聲響會使我尷尬不已，臉也會比上學路上看到樹上結出的蘋果還要通紅，當時因為貧窮的家境使我非常難過，所以不知道在栗子樹下哭過多少回。

讀著您的煩惱，不禁讓我想起像這樣守護我們的秘密、每到秋天就會送我們甜香栗子的那棵栗子樹——雖然被人輕視，但是最終扎根更深的那棵栗子樹——也讓我想起曾在那棵樹下偷偷哭泣的少年，也就是我本人。

總有一天，我相信您也會迎來像我一樣憶起當年微風吹拂的那天，假如喜歡這一區，就嘗試默默地落地生根吧！您一定會成為延南洞最堅硬挺拔的樹木，不論面對強風還是微風，總之只要撐過去，就會是與你擦身而過的一陣風而已。

有一種籠罩腦海的迷霧已全部消散的感覺。蓮雨從上往下順勢摸了一下寫滿著字的那一頁，她很感激，也很感動，甚至想送真正的芒果以表謝意，而不是區區一包芒果軟糖。

她抬起頭，望向窗外，樹木隨風左右搖擺，彷彿被風抓住頭髮亂甩一樣，而那個樣子也很像自己，顯得有些愚蠢，但是她決定按照青綠色筆記本上某人回覆的留言，嘗試想成是在落地生根的過程。當她決心這樣思考，原本讓自己吃不消的各種不知名複雜心情也頓時有被疏通的感覺。果然，一切都是心態問題。

模糊的視野變清晰了，蓮雨看著不停搖擺的樹木自言自語：

「你是在向下深入扎根？還是正在準備扎根？是啊，反正只要撐過去就會是擦身而過的一陣風而已，就好好撐完今天吧。」

她說話的聲音比昨天再稍微大一些，然後翻到了下一頁。下一頁的筆跡乍看很亂，但其實字體本身看起來像是經常用手寫字的人寫的，字與字之間的空格也比其他人寬兩倍，一氣呵成寫下去的一連串文字彷彿在拉住蓮雨不放。

這不是您的錯，那也絕對不是潘朵拉的盒子，既然盒子裡裝著會拆散一對戀人的話題，那就只是垃圾桶而已，您就當作是打開了一個臭垃圾桶就好。把你們過去一起創造的美好回憶、糟糕回憶，統統塞進這裡的洗衣機清洗乾淨吧！一定會徹底洗淨的。如果覺得太吃力，一天忘記一個回憶也無妨。有機會的話真想請您喝一杯熱可可。

「謝謝，真的很感謝兩位。」

她沒想到被陌生人安慰會得到如此大的力量，早知這樣就更早翻開這間洗衣店的筆記本了，她一定會在上面用力地一字一句寫下自己的煩惱。假如說自從發生那起與慶浩的事件之後，蓮雨的內心深處宛如被刀劃破的話，她感覺現在那條裂縫有長出新肉，她也確信填補那條裂縫的新肉正在一點一點開出某種東西。這麼好的煩惱諮商所，其他地方還有嗎？是從什麼時候開始的呢？難道是這本筆記本主人先開始的？雖然不曉得這本青綠色筆記本究竟是如何在這間店裡落地生根的，但是能夠在此寫下自身煩惱著實幸運。

蓮雨和一開始走進洗衣店裡時截然不同，宛如自行走進洗衣機裡清洗完再出來似地，變成了全新的一個人。當初身穿那件沾染著背叛感與不必要的自責感的黑色洋裝、垂頭喪氣的蓮雨早已不見，食道裡的那股噁心感也全消，她只想趕快回家，想要撫摸小貓米雷——這間洗衣店送給她的禮物——身上的軟毛。

蓮雨站在陽光公寓大廳門口前，在藍色對講機上輸入了密碼，當她輸入四位數字以後，自動門便打開了。她直接搭上電梯，按下圓形的三樓按鈕。「米雷～姊姊就快到家了！」她期待著一打開門，就會看見米雷上前迎接，用牠那一身柔軟的毛髮來磨蹭蓮雨的腿，並且唱著呼嚕歌。

電梯門打開了，然而，等待著滿心期待的蓮雨的是慶浩，不是米雷。他手裡拿著一把黑色長傘。

「蓮雨……」

「你怎麼會來這裡？」

「我無法就這樣和妳結束，我對妳來說難道真的是那麼壞的人嗎？不是嘛，我們是因為誤會而分手的啊。」

蓮雨站在米雷正等待著自己的三〇一室門前，她感覺自己的身體宛如牢牢黏在地板上一樣，動彈不得。臉部肌肉也僵硬到聲音根本出不來。

「你……你身上有，酒味。」

「我因為太想妳了，所以小酌了幾杯。我們真的要就這樣結束嗎？先一起進去再聊吧。」

當慶浩用手滑過電子門鎖，原本漆黑無光的數字面板亮了起來。蓮雨嚇得連忙喊：

「不准開門！」

「我現在光是站著都很吃力，我因為妳真的喝了好多酒，因為太難忘記妳了，所以我們進去再聊吧，讓我躺一下就好。」

慶浩在電子門鎖上按下密碼數字，這時蓮雨更大聲地喊：

「我說過，不准開門！」

有別於高分貝的音量，蓮雨的身體不停顫抖，她用力閉上眼睛。慶浩看蓮雨這個樣子，表情瞬間轉變。

「家裡有人？妳這麼快就有新男朋友了？」

蓮雨搖搖頭，經過慶浩喉嚨脫口而出的這句話實在太令她感到噁心，所以忍不住皺起了整張臉。慶浩見狀再次開口：

「哈！鄭蓮雨，我們才分手多久啊，竟然這麼快就把別的男人帶進家裡了啊？快開門讓我看看。」

「拜託你走……」

在蓮雨有氣無力的聲音背後，門後方傳來的是米雷的哭聲，喵～喵～也許是知道蓮雨就在門口，米雷哭得更大聲了。從小貓的哭聲愈漸大聲且靠近來看，推測應該是直接站在門前哭。蓮雨需要趕快回家安慰米雷，但是慶浩在電子門鎖上亂按一通密碼。

蓮雨慌張地連忙伸出手，將慶浩的手撥開。這時，有人從樓梯走了上來。

「那個……我是住在樓下二〇一室的住戶，請問有什麼事嗎？」

男子身穿畫有大片椰子樹葉的無袖T恤，是世雄。蓮雨記得進進出出時有遇過世雄，並與他互相問好。當蓮雨回頭看世雄時，三〇一室蓮雨家的門打開了，然後米雷從微微敞開的隙縫中走了出來。慶浩看見走到門外的米雷嚇了一跳，大聲喊道：

「啊！這是什麼！老鼠？」

米雷被一邊驚聲尖叫一邊四處亂跳的慶浩嚇到，不停閃躲落在頭上的慶浩腳步。蓮雨看到剎那間就走到門外的小米雷也嚇了一跳，連忙彎下腰要靠近米雷，但是米雷為了閃躲不斷發出砰砰聲響左右抬腳的慶浩，倉皇衝下樓梯。

「米雷！」

蓮雨早已忘記某位YouTuber的提醒，告訴大眾貓咪會受巨大聲響驚嚇，所以務必要冷靜地接近牠們，她對著直接衝下樓的米雷大喊。站在樓梯上用半懷疑半擔心的表情站著的世雄，也未能捉住米雷。米雷驚慌失措，為了找尋可以藏身的小洞而奮力奔跑。

蓮雨跟隨米雷跑下樓梯，但是米雷反而加快腳步，跑得更快。正當蓮雨準備要靠近因找不到藏身處而站在大樓玄關前全身發抖的米雷時，自動門感應到人的身影，非常親切地自動打開。米雷直接衝了出去，跑向遠方，蓮雨雖然緊跟在後，但是米雷搖晃著拳頭大小的屁股，一鼓作氣就跳上了緊鄰一樓停車場的圍牆，跑去隔壁大樓。

雖然蓮雨繼續追著米雷跑，但依舊於事無補，就這樣經過公園前的兩條小巷，再也不見米雷的蹤影。

「米雷～是姊姊。米雷～出來一下，姊姊給你肉泥。喵，小米雷～」

太陽西下，天色已黑。蓮雨用沙啞的嗓音不停呼喚，卻仍不見米雷的蹤影。她開始擔心變冷的天氣。「他還是個孩子呢，萬一感冒了怎麼辦？不對，要是永遠找不到該怎麼辦？」

蓮雨對著最後看見米雷身影的建築物縫隙呼喊。「拜託給我點回音，米雷，出點聲音吧，拜託你了！」蓮雨在查看能躲藏小貓的狹窄牆縫過程中，衣服也被沾染了連日颱風導致的髒雨水，留下污濁斑點。時間早已超過十二點，蓮雨餓了，卻沒打算進食。不，應該說她沒有任何想法。「米雷，你現在到底在哪裡呢？」蓮雨只有嘆息。都是因為朴慶浩，才會遺失米雷。蓮雨頭痛不已，她從未想要得到慶浩的道歉，甚至認為是因為自己才把一週年紀念日搞砸，偷看慶浩的手機也是自己不對。然而，她愈想愈氣，如果是這樣的感受，根本應該把戀愛記憶扔進垃圾桶，而不是洗衣機。

蓮雨回到家就立刻更換了電子門鎖密碼，她帶著一顆懇切希望米雷可以回來的心，將密碼改成與米雷初次相遇的日期。仔細想想，其實是一件令人毛骨悚然的事情，明明「家」是純屬自己一個人的空間，怎麼會繼續沿用前男友也知道的密碼，蓮雨氣自己，捏了一下臉頰。

好蠢，太白痴了鄭蓮雨。她獨自搖頭，帶著一身髒污直接把身體交給了床。她抱著枕頭，身體側躺蜷縮成球，開始思念米雷。「今晚一定要回來啊，米雷。」蓮雨閉上眼睛，用懇切的心情喃喃自語。

睜開眼睛時，蓮雨的視線朝向玄關，她感到一陣空虛，壞掉的黑長傘不見了。手機震動聲響起，是慶浩傳來的訊息。

——我進去順便帶回了自己的物品，包括雨傘、刮鬍刀、氣炸鍋。妳還記得當初因為沒有氣炸鍋，所以無法加熱披薩吃，然後來我家借走氣炸鍋吧？我們好好忘記彼此，各自安好吧。聽說妳打算休學，好好休息。

「這又是在說什麼?當初不是說得一副慷慨解囊一樣，叫我把氣炸鍋放在我家使用嗎?更何況還不是新機，是已經在自己家裡使用超過一年的，我好不容易把陳年油垢清洗乾淨，變成近似全新，結果現在竟然把它取回?」蓮雨搖搖頭，重新回想，對方就是個從來不會創造美好記憶的男人。

蓮雨嘖了幾聲，交往一年來，她從未覺得慶浩不成熟或不可靠，難怪大人們都會說，人要結尾結得漂亮才行。蓮雨加入了超過七十萬名會員的貓咪相關社團，因為說不定有人會在裡面提到自己看見米雷也不一定，然而，今天沒有任何新貼文，蓮雨再次留意流浪動物的公告欄，卻不見任何米雷的消息。

她想要直接張貼遺失貓咪的文章，但是發現手機裡沒有一張米雷的照片。情急之下，她直接拍下貼在書櫃上親手描繪的米雷插圖，然後張貼文章。

遺失兩個月大的黃色起司小貓

名字：米雷（通常都叫牠小雷。）

性別：男

特徵：很親人，經常喵喵叫。

遺失地點：延央公園周遭，延南洞居民中心方向。
煩請看到或者正在保護牠的人，務必與我聯繫。
多多拜託了。
聯絡電話：010-****-****

蓮雨按照格式寫了一篇尋貓文，她在平台上搜尋如何找回遺失貓咪的方法等內容時，偶然得知原來還有專門幫忙尋找遺失貓咪的貓咪偵探這個職業。她打算先等三天看看，要是文章發布出去以後遲遲沒有接到聯絡，就直接向貓咪偵探進行諮詢。

平台網站首頁上出現了一則標題為「虐待流浪貓吊掛圍牆的犯嫌尚未逮捕」的新聞，蓮雨心跳太快，實在不敢點開被馬賽克的貓咪照片。一股不安的感覺如潮水般湧現，直接將蓮雨淹沒。她的腦海上演了一連串有如長長底片般的虐貓新聞，緊接著，像海浪般不斷拍打上岸的不安感瞬間成了海嘯，將蓮雨吞噬。

蓮雨抱著最後一絲希望，撥打電話至動物醫院。

「喂？您好，我是米雷的家屬……」

「是，您好。」

所幸那間動物醫院有開設二十四小時急診室，所以即便已經凌晨時分，依然有人迅速回應。

「那個……請問之前幫我們家米雷做過檢查的獸醫師在嗎？」

「請稍等。麻煩您再告訴我一次寵物的名字和您的姓名。」

護士的口吻比米雷第一次去看診時來得官方且制式化。

「是一隻小貓，叫米雷，我的名字是鄭蓮雨。」

電話另一頭傳來敲打鍵盤的聲響，接下來也聽到點按滑鼠的喀啦聲，然後護士說道：

「是，您的貓咪上次是給林在允院長看診的……病歷表上記錄著沒有其他異常，請問您是預計要安排急診治療嗎？」

「不，不是……我只是想要尋求院長的幫助……」

「請問是哪方面的幫助呢？」

護士用錯愕的聲音反問。

「米雷……不見了。」

蓮雨為了說出這句話，不知吞了多少次眼淚。

「請稍等，醫生今天剛好值班，我幫您轉接。」

「謝謝。」

不同於剛才的態度，護士用擔心的口吻協助蓮雨與獸醫師進行通話。電話轉接期間，話筒裡傳來的是舒曼的〈幽默曲〉。蓮雨在那段短暫的時間內重新又思考了一遍要對獸醫師說的話。

「您好，我是林在允院長。請問是米雷的家屬嗎？」

雖然只有帶米雷去看診一次而已，但是如今最值得信賴的人也只有獸醫師，所以蓮雨對著醫生滔滔不絕地描述了遺失米雷的整段過程，以及目前已經在貓咪社群網站上刊登尋貓啟事的事情。蓮雨將暗自默背的內容一字不漏地全盤托出以後，電話中維持了一小段沉默。

「是，原來是這麼一回事。我相信您一定也受到不少驚嚇。米雷才剛滿兩個月，所以應該還不具備良好的生存能力，當務之急是要趕快找到牠才行……」

「是，所以我也想要趕快找到牠，只好向您尋求協助，真的很不好意思這麼晚打擾。」

「沒什麼好抱歉的，首先，貓咪自己回家的情形是非常罕見的，但也不容易更換領域，不像狗一樣會跑去很遠的地方，所以只要重回遺失地點或者最初一開始發現牠的場所周遭，就會有很高機率再見到牠，因為牠很可能會認為這些地方附近是最安全的。」

「遺失牠或最初發現牠的地方附近周遭嗎？」

「是的，大部分弄丟貓咪又重新找到的人，都是在這兩處周遭發現的。」

「那看來我得在我家和洗衣店附近碰碰運氣了？」

「洗衣店？」

「因為我第一次見到米雷是在一間洗衣店遇到的。」

「那不妨先從那間洗衣店周遭開始尋找。您已經在貓咪社團裡刊登文章了，對吧？」

「是，但是因為我手上沒有米雷的照片，所以就先放了我畫牠的圖片。」

「滿好的，您再用電子郵件把內容寄到我們醫院來，我會張貼在醫院的官網上，畢竟米雷很喜歡您，一定會再相遇的，別太擔心。然後也不要因為現在找不到就很失望或無力，你們會再見的，然後如果有找到牠，請記得再與我聯絡。」

「謝謝，真的非常感謝您，我因為沒有可以問的人，所以一直很鬱悶也很害怕……」

聽聞獸醫師親切的說話聲，蓮雨內心變得舒服許多。雖然她也動過要不要現在立刻出門重新尋找米雷的念頭，但是當她看見自己腳踩拖鞋四處奔走、到處被刮傷、早已腫脹的雙腳，決定還是等明天再重新繫緊運動鞋帶，出門尋找米雷。

蓮雨將米雷的照片和傳單內容傳到了動物醫院官網上寫著的電子郵件信箱。她心想說不定也會在初次遇見米雷的地點找到牠，所以打算將傳單也貼在咕嚕咕嚕洗衣店內。蓮雨抬起沉重的身軀，坐到了書桌前。她打開筆電，叫出繪圖軟體，並製作了一張以「尋貓啟事」為標題的傳單。由於沒有米雷的照片，所以就按照先前在貓咪社團裡貼文的方式，將親自手繪的米雷拍下來，做成傳單。蓮雨一邊製作傳單一邊心想，找到米雷的話一定要先幫牠拍張照片，和證件照一樣，非常端正地拍一張。

蓮雨在印刷張數的地方輸入數字五十以後，按下了印刷鍵。雖然內心很想直接印個一百張，但是墨水剩餘量不足。接下來直接傳出唰唰聲響，印表機開始列印出傳單。

* * *

蓮雨睡睡醒醒六小時左右之後終於醒來，由於睡覺時出了一身汗，導致頸部和背部都溼答答的。她一口氣撐起沉重的身體，把昨晚列印出來的傳單和綠色膠帶裝進後背包裡。

「就像獸醫師說的那樣，不要太失望！不要失去信心！總有一天一定會再次相遇！」

蓮雨像是在背誦咒語似地對自己信心喊話。她站在玄關前，將運動鞋帶重新繫好，走出家門。

他先在陽光公寓的電梯裡張貼傳單，然後走出公寓大樓的大門，在米雷跳上去的那道牆相連的建築物上也貼了一張傳單。傳單最底下也不忘寫下「如果有找到貓，將自行整理收回傳單，感謝體諒。」然後在延伸至延南洞公園的路邊電線杆上也貼了兩張傳單。

到延南洞咕嚕咕嚕洗衣店還很遠，手上卻只剩下三張傳單。難道貼得太密集了嗎？其實只是貼在米雷有可能出沒的地方而已……雖然她也曾想過是不是要去位於弘大前的影印店再多印幾張，但是怎麼想都覺得要是去到學校附近，一定又會遇到不想看見的面孔，所以感到排斥。她決定先貼到洗衣店就好，再去附近尋找影印店。

「米雷～是姊姊，米雷啊～來吃肉泥嘍！」

蓮雨能對米雷說的話只有「是姊姊」和「來吃肉泥」而已，關於米雷的喜好，她知道的也僅此而已。她相信自己會是米雷的好朋友，早在初次相遇時就是只帶給蓮雨美好記憶的寶貴存在。蓮雨用親切溫柔的嗓音呼喚米雷，這時，放在牛仔褲後方口袋的手機發出震動，是不知道的陌生電話。蓮雨考慮到說不定是有人找到米雷，所以迅速地接起了電話。

「喂？」

「我是看到傳單打給妳的，提醒妳有一項重點沒有寫上去。」

電話那頭傳來了年輕女子的聲音，雖然說話口氣有點跩，但是無所謂。

「請問您現在和我的米雷在一起嗎？您有找到牠嗎？還是有在哪裡見到牠？」

「嗯……倒也還沒有。那個，妳打算付多少？妳沒寫會給多少懸賞金啊。」

雖然聽聞對方既沒看見米雷也沒和米雷在一起，讓蓮雨感到有些洩氣，但是在聽見懸賞金這個詞時豎起了全身的觸覺。

「啊……懸賞金喔，我還沒想過……」

「她說沒有懸賞金。」

女生對身旁的人說著，於是隱約聽見一名男子的聲音叫她直接把電話掛掉。

「但是如果您有找到牠，我願意——」

嘟嘟嘟。在蓮雨話都尚未說完前，電話就被掛斷了。

在那之後，蓮雨也有特地去延南公園路上一條由水杉排成的長長道路，查看那裡的草地有無米雷的蹤影。她對著長滿狗尾巴草的地方不斷呼喊米雷的名字，而在那段期間也同樣接到了三通類似的電話。懸賞金，都是懸賞金的問題，難道要去補填一下懸賞金嗎？然而，對於蓮雨來說，現在沒有一筆足以作為懸賞金的錢。雖然很無奈，但是她決定再多呼喊一次米雷的名字。

「米雷，我的米雷在哪裡呀？」

她盡可能溫柔地呼喊，假如當天自動門開啟前沒有大聲喊牠，也許現在米雷就會在家裡的床上玩逗貓棒也不一定，蓮雨感到後悔萬分。她下定決心，以後不論任何瞬間都要保持冷靜。閉上眼睛安撫內心的蓮雨，耳邊突然傳來了細微的聲音。

喵～喵～

雖然聲音有些模糊，但是提高尾音的哭聲絕對是米雷！

「米雷，我的米雷在哪裡？姊姊就在這裡喔～可以麻煩你再喊一聲嗎？」

蓮雨走進狗尾巴草和雜草叢生的花圃裡，呼喊米雷。但是她沒有再聽見任何聲音，這時，周遭傳來砰一聲的同時還有貓咪聲嘶力竭的哭聲，是米雷從未發出過的聲音。

「是米雷對嗎？米雷！」

蓮雨本來只有看著花圃，但她突然抬起頭，看見十步外的地方有一名男子正在對著草叢裡丟石頭，她感到背脊一陣涼，拜託米雷不要在那裡……，米雷也好，其他貓咪也好，都別在那裡……

她走到男子所在的地方，心臟噗通噗通跳，她擔心米雷就在那裡，或者不在那裡，抑或是有其他貓咪在那裡。經過該名男子身旁的路人們統統都皺著眉頭連忙避開。蓮雨沿著走過的路又重新走了回去，這次換走右邊。明明是不到幾步路的距離，卻讓她感覺特別遠。要是米雷就在那邊該如何是好？

隨著她離男子愈來愈近，又再次聽見淒厲慘叫的哭聲，與此同時，蓮雨也大聲喊道：

「米雷！」
男子儘管看見蓮雨緊閉雙眼，也依然無動於衷。他身穿畫有奇怪花紋的黑色短袖T恤，還戴了一條細細的黑色頸鍊。他骨瘦如柴，短袖的袖子還隨風飄動。蓮雨看向頭戴漁夫帽的男子，他眼睛細長，瞳孔較小，所以看不出來究竟對焦在哪裡。
「呵呵，牠的名字叫米雷嗎？嗯……」
蓮雨感到一陣頭暈噁心，她看見閃躲男子丟擲的石頭、躲進花圃角落、渾身發抖的米雷。
「米雷～來這邊。」
蓮雨小心翼翼地把腳踩進花圃裡，她緩緩將米雷擁入懷中，並嘗試撫摸米雷的前腳與後腳，不過從牠都沒有發出任何疼痛叫聲來看，所幸應該是沒有被石頭擊中。她感到鼻頭一陣熱，感覺終於可以喘口氣了。
「你知道姊姊找你找多久了嗎？」
「原來牠叫米雷啊。」
男子看著蓮雨把臉埋進抱在懷中不停顫抖的米雷說道。
面對排山倒海而來的毛骨悚然感，蓮雨的手臂整個起雞皮疙瘩。她不認為這名男子是個平凡人，從他身上可以感受到一股飢渴感，甚至是一種被火燃燒殆盡之後從煙灰中能感受到的荒涼感。

「請問您為什麼要朝貓咪丟石頭呢？」

男子不發一語，歪頭困惑，然後目不轉睛地盯著蓮雨看。

「因為時間一直不走。」

「什麼？」

「咳咳，嗯……看牠討厭啊！叫牠來就應該像狗崽子一樣馬上來才對，結果叫牠也不來，這種東西到底有什麼好可愛的，還有人到處餵食物給牠吃，咳。」

他吞著令人厭惡的咳嗽聲，堅持把這段話說完。

蓮雨不自覺地張開嘴巴，不寒而慄的感覺掠過整條背脊。男子站起身，乾巴巴的身體雖然看起來十分單薄，但他卻比蓮雨高出一顆頭，直接俯視蓮雨。他那雙依舊不知道焦點擺在哪裡的小瞳孔，令人畏懼。蓮雨下意識地將米雷抱得更緊，然後背對男子。

她想要再多說一句，儘管雙腿早已無力，她仍希望勇敢地說出口，為自己的朋友米雷發聲。正當蓮雨準備要開口的那一瞬間，男子抬起手。在那一剎那，她想起了一週年紀念日時，慶浩在咖啡廳前揮動的那把雨傘，厚實的黑色長傘。蓮雨緊閉雙眼，男子的手已經伸到很靠近蓮雨。正當蓮雨嚇得縮緊身體，微微睜開眼睛時，男子朝米雷揮了揮手。

「小米雷，下次再見嘍！咳咳。」

男子又發出咳嗽聲，面露微笑。也許是因為牙齦間卡著的黃黑色尼古丁，他的牙齒看起來甚至有點發青。蓮雨想起那天的記憶，頭痛不已。找到米雷後緊張感一解除，雙腿也瞬間感到無力。她撐起差點跌坐在地的身體，往男子的反方向走去。她擔心男子會不會跟隨在後，其間還邊走邊回頭查看確認。她害怕就這樣走回家，因為男子最後對米雷說的那句下次再見一直讓她無法放心。她不想要被男子發現自己的住處，她需要一處可以和米雷一起安全待著的地方。對了，就去那裡吧！蓮雨抱著米雷快步行走，男子依舊站在原地，看著蓮雨和米雷。男子的瞳孔在陽光的反射之下，顏色顯得比一般人還要淺。

喵～喵～

和蓮雨一起放鬆下來的米雷磨蹭著身體發出聲音。

「米雷～快到了，我們就先在這裡待一會兒再回去吧。」

透過玻璃窗看見的洗衣店內，有著好幾台洗衣機正在運轉。蓮雨感到慶幸，因為雖然現在店內空無一人，但當清洗完畢的時候人們就會一一回來領取衣物，所以就算男子真的追上來，她也不會是隻身一人，畢竟還有米雷一起。

蓮雨把米雷放在窗前的桌子上，米雷發出了類似收音機頻率的呼嚕聲，這聲音究竟是從哪裡發出來的？據說不是從鼻子，也不是從聲帶或頭顱發出來的聲音，蓮雨突然覺得，說不定貓咪真的如網路所言，是從外星來的生物也不一定，牠們偷走人類的心，並且用這種聲音頻率與生活在外星的種族進行信號交換。

「我們不要再分開了。」

喵～喵～

也許是聽懂了蓮雨的語言，米雷也用牠那稍微長大了一點的頭部去磨蹭蓮雨的手背，那是一種不論任何時候碰觸到都會令人愉悅的感覺。米雷在桌上蜷起身體，雖然蓮雨覺得今天好漫長，但其實也才剛過午餐時間，也可能是因為緊張的緣故，她感受不到飢餓。

蓮雨伸出手，把立在窗邊的青綠色筆記本拿了過來。如今，她已領悟到要是有人需要安慰，光是聆聽也足以成為莫大的安慰，甚至更進一步地，自己也有了可以透過文字安慰人心的勇氣。蓮雨從筆記本的第一頁開始慢慢閱讀。

從筆記本最前頁可以填寫姓名、電話、地址等資料的欄位中，也查無任何可以推測筆記本主人是誰的線索。所有人都能伸直腿睡覺的世界？這又是什麼意思？她繼續翻了幾頁，還看見一幅有著細長雙眼與薄唇的男子肖像畫。難道筆記本的主人是他？蓮雨歪頭思索。然而，那張臉恰巧就是剛才朝米雷丟石頭的男子。

就在這時，洗衣店門伴隨著鈴聲被推開，大步走進店內的腳步聲使蓮雨感到緊張。她抬頭確認對方的面孔，走進洗衣店內的人正是在動物醫院裡遇見的那名爺爺。蓮雨原以為是男子跟了上來，所以瞬間身體僵硬，她盯著張老先生看，爺爺的身旁還有珍寶。張老先生看了一眼蓮雨正在觀看的那幅肖像畫，開口說道：

「沒錯，就是他！就是長這樣！」

正當蓮雨要向張老先生問好的那一剎那，洗衣店的大門又再次被推開。一名氣喘吁吁的男子跑了進來，他頭戴黑色帽子，豆大的汗珠從額頭滑落至雙頰，左臉頰上還有一道彷彿被刀子割傷的疤痕，讓看到的人都會自動迴避視線。男子翻找著遺失物保管箱，裡面有著客人遺留下來的信用卡、髮圈等雜物。男子將籃子倒扣在地，甩了幾下，不停搜索著有沒有自己要找的東西。男子彷彿目中無人，蓮雨和張老先生都屏息觀看男子的一舉一動。

男子用難以捉摸的表情大步走向蓮雨身旁。蓮雨嚇了一跳，將米雷擁入懷中，她感受到細微的顫抖。男子拿起放在蓮雨身旁攤開的青綠色筆記本，然後開口說：

「找到了！」

第四章 │ 遺失物保管箱

天氣異常的好，彷彿天上的弟弟柳烈在搭話一樣。微風輕輕吹來，窗外的陽光竟灑進了原本不太能照到太陽的客廳窗戶。載烈靜靜地望著窗外，然後轉過頭去，他的腦海中閃過了一段難以面對的痛苦記憶。手機的震動聲響劃破了空無一人的房子，手機螢幕上顯示的是「警察廳」三個字，這是他等待已久的電話。他心跳加快，深呼吸後冷靜地按下了接聽按鈕。

「您好，請問是具載烈先生嗎？這裡是首爾警察廳，請問有在聽我說話嗎？」

「是，請問有什麼事？」

「我是首爾警察廳監察官李世元，您這次有報考警察公務員特考吧？我們在審查資料時也會調閱您過去的信用紀錄，當然，不是針對每一位報名公務員特考的準考生進行，而是只針對報名特別職業群警察的人進行，但是我們發現具載烈先生所使用的主要往來銀行竟設有人頭帳戶，而且這個帳戶還被用作詐騙電話的匯款帳戶，請問您與這件事是有關聯的嗎？」

是那個傢伙，絕對是為了接近準備考警察公務員的人所使用的伎倆。

他需要找出柳烈死前究竟是在哪裡洩漏了個人資料，要向他們丟出誘餌才行。準備警察公務員考試的柳烈，生前的活動範圍一直都只有補習班、住處、自習室，所以載烈就像弟弟柳烈那樣，在補習班和自習室裡留下了自己的電話，然後在一處就算不加入保險只聽商品說明也會給予贈品的路邊攤上，也留下了聯絡方式。

柳烈被詐騙的幾天前，他聽完終身保險相關說明後，拿到了贈品飯鍋，到現在還原封不動地放在廚房裡，已經好幾個月都未能發揮其角色。拿到一個不到五萬韓元的廉價飯鍋，個人資料究竟被轉賣到哪裡去，不得而知。

載烈的腦海浮現各種想法，明明手法相同，卻不是打電話給柳烈的那個傢伙。那個傢伙每次說話時都會彷彿有異物嗆入呼吸道般發出咳嗽聲，最終還會以「咳」作為結尾。多虧柳烈生前都會使用手機裡的通話自動錄音功能，載烈才會反覆聽那傢伙的聲音聽到想吐。第一次錄音內容是被詐騙當時的那通電話，第二次錄到的是轉帳匯款後，為了嘲諷柳烈而打來的電話內容。

「咳咳，報什麼警，你現在是被詐騙了，知道嗎？咳。也太蠢。要是像你這樣的蠢蛋當上警察，國家早就毀了。咳。兩百萬，就當作是給我這老師付了一筆學費吧。這世間可是險惡的啊，學生，再多學習學習吧。」

載烈每天反覆重聽這段內容，包括最後柳烈不發一語、只有不斷嘆息的呼吸聲也是。他聽到彷彿將那個傢伙的聲音用電鑽鑲進自己的腦海裡一樣，也宛如將柳烈的嘆息刻在自己的心裡，所以幾個月前發布暴風雪警報的那天，在延南洞遇見那個傢伙時才有辦法一眼認出，因為聽見了那特別的咳嗽聲——宛如食道沾黏所發出的聲音。

載烈像是在剖析詐騙電話的手法似地，仔細一步一步跟隨。當他發現他們都會用所謂丟包手法來收取現金時，在他們的活動範圍麻浦區找到了能做這件事的地方。那裡是人潮擁擠的弘大，再縮小範圍就是在延南洞公園，所以每天到那裡徘徊，然後終於與那傢伙狹路相逢。

載烈一聽見明明只是說一句簡短的「收到錢了，要拿去中國城。」也因為忍不住的咳嗽而需要分拆成好幾次說話，便馬上認出是這傢伙的聲音。原來是你啊，害死我弟弟的傢伙。雖然他想要當場找對方算帳，但是他有忍住，忍到手掌上都是指甲的印痕，因為他知道，這個方法是夢想成為警察的柳烈不願樂見的。

所以他想要準備得更縝密，讓這傢伙可以得到正當的審判。於是就在大雪紛飛的那天，為了不被那傢伙注意到，載烈走進了延南洞咕嚕咕嚕洗衣店，然後在筆記本上畫下了那個傢伙的面孔，儘管最終沒能將那本筆記本帶回……

「您有在聽我說話嗎？」

載烈乾咳了幾聲，回答：

「是，有聽到。這太嚇人了。」

「反正，您就按照我們的指示去做就好，照著做就可以了。如果不照做的話，就只好在警察筆試前就先將您淘汰了。但畢竟如果是在資料篩選階段就被淘汰的話，可能會有前科的問題，所以……」

卑鄙的傢伙們，原來是用這種方式逼弟弟產生恐懼。載烈壓抑著心中燃燒的熊熊怒火，演得像個一無所知的人。

「那我該怎麼做才好呢？請問這應該對於成為警察沒有任何影響，對嗎？」

對方甚至發出輕微的笑聲，展現從容，盡量讓載烈放心。

「哈哈，當然，別太擔心，只要按照我們說的去做就不會有事。」

「好的。」

「我們判斷應該是有駭客入侵您的手機，然後用網路銀行開設了人頭帳戶，您只要下載安裝我們警察廳的應用程式軟體，再將顯示的惡意程式刪除即可。總之，我會先用訊息傳送可以下載應用程式的連結給您。」

「所以只要刪除惡意程式就沒事了嗎？」

「啊，您現在存摺裡還剩多少錢呢？」

「大概一千萬左右。」

「那就在刪除惡意程式的同時，先將戶頭裡的餘額匯款到我給您的警察廳戶頭裡，否則那筆錢也會因人頭帳戶而被警方沒收，或者被詐騙集團轉走。」

「好的，我再匯過去。」

「先不要掛斷電話，我已經傳簡訊過去了，請問有收到嗎？」

「有，但是最近看新聞說有許多詐騙集團都是用這樣的手法，請問把錢轉到這個帳戶是安全的嗎？」

載烈認為要是乖乖按照指示操作，反而會被起疑，所以故意反問。

「哈哈，果然是報考警察的考生，這種情況下還會懷疑是詐騙手法，如果真的擔心，也可以不用轉帳匯款的方式，直接將現金拿來警察廳。您打算怎麼做呢？」

「我拿現金過去就可以嗎？」

「現金、存摺、身分證影本，還有印章，只要帶這些東西過來就好。您要直接來一趟嗎？」

對方話一說完，電話那頭便傳來了故意敲打鍵盤的聲音，彷彿我們是真的坐在警察廳裡，保護著你們的財產不會被詐騙集團騙走一樣，或者心存懷疑的你們實在太愚蠢、太麻煩一樣。

「請問首爾警察廳在哪裡呢？」

「我看您的地址是顯示永登浦區，對嗎？」

「是。」

「我們有一間郵局是和偵查科連接在一起的，您方便到麻浦區芒原洞郵局嗎？您去到那裡把錢交給一位請願警察即可。時間的話請務必要在一點整的時候過來。」

聽聞此話的載烈用力睜大了眼睛。出現了變數，原來還有這招。請願警察又是什麼？難道是新的手法？為什麼規定一定要在一點整抵達？他需要重新確認寫在筆記本上的組織圖。原本詳細寫下的那些傢伙們所使用的手法，已經在他的腦海裡亂成一團，像一幅雜亂無章的地圖，變成無法閱讀的程度。

「麻浦區芒原洞郵局嗎？」

「是的，記得要帶妥我剛才說的所有證件，然後千萬不要聯絡其他家人，因為我不確定您的手機現在是被駭客入侵到什麼程度，所以您一旦聯繫了家人，他們的手機也很可能會感染病毒，換句話說，他們也可能會被無端牽扯進這場犯罪當中。」

「好，我知道了，現在就立刻過去。」

「手機記得務必關靜音，詐騙集團可能會追蹤您的定位，偷偷派人尾隨也不一定，畢竟您現在使用的是人頭帳戶，他們會認為說不定又會有其他一大筆錢匯進來，然後猜測您可能會私藏那筆錢之類的……總之，趕快帶來吧，只要交給郵局裡的請願警察即可，快！」

載烈故意表現出心急如焚的樣子，欺騙對方。

「為了您的自身安全，方便從現在起就把手機關掉嗎？等見到請願警察以後再重新開機就好。我看您現在還沒安裝應用程式軟體，對嗎？」

「我想說等掛電話後再下載。」

「您還是現在安全地下載吧。」

載烈像是什麼也不知道似地，點開他們傳來的充滿各種病毒與釣魚程式的連結，將應用程式下載安裝完成。對方像是終於安心似地，再次開口說道：

「好，您現在已經安全了，手機要趁我們這通電話一掛斷就馬上關機。」

這通超過十五分鐘的通話結束了。也許是因為極度的緊張感過去，頭暈目眩感排山倒海而來所致，視線變得有些模糊。載烈闔上雙眼，他想起柳烈死前展露最燦爛笑容的那天。

＊＊＊

「哥！我們不是剛好要換飯鍋嗎？你看，我拿到了一台，厲害吧？」

柳烈提著一台印有不知名中小企業標誌的電子飯鍋，露出心滿意足的笑容。

「你這從來不煮飯的傢伙，每天只吃泡麵，還帶什麼飯鍋回來……。放廚房吧，畢竟還要清洗過才能用。你這次要是再沒考上，我就直接把你送回梁山的家喔！回去幫爸摘蘋果，反正他正好缺人手，聽說最近要找外勞也不容易。」

就像一般的兄弟一樣，載烈口是心非地用簡單粗暴的口吻回答。

「上次的考試只是試水溫！都叫你別再提落榜的事情了，今年一定能考上，之後可別想要靠我這警察弟弟啊～」

「像我這麼模範的市井小民，有什麼好需要靠警察弟弟的，都有按時繳稅、安全駕駛，你知道我的 T Map 分數❺是多少嗎？」

「啊，不知道不知道，好啦，哥你最厲害了，你在每個月按時付薪水的公司上班，這公務員準考生弟弟則是寄宿在哥哥的租處，但我會繼續賴在這裡到你結婚的！」

柳烈話一說完便走回房間，砰一聲把門關上。載烈轉過身來噗哧一笑，打開餐桌上的飯鍋。該不會又被人騙了吧，拿回這不到五萬元的東西，到底是給了人家什麼，天下可沒有白吃的午餐，這小子實在太天真……

也不曉得是從領回飯鍋那天開始有問題，還是從那之前就出了差錯，唯一可以確定的是真的遇到了問題。柳烈接到了詐騙電話，還被騙得徹底。雖然被詐騙的金額不算大筆，但那似乎是他在鷺梁津過著有如喪屍般的生活每日只有埋首苦讀所攢下來的錢，結果這樣咬牙苦存的兩百萬韓元竟在一夕之間全部消失。他用父母在梁山經營蘋果農場所匯給他的生活費來付補習費，再把剩餘的錢以及載烈偶爾塞給他的買書錢一點一點省下來，才存到那筆錢。或許對於柳烈來說，那兩百萬韓元是別具意義的也不一定。

雖然載烈不是不知道這份意義，但他格外生氣，立志要當警察的傢伙竟然被詐騙，比起積蓄被騙光，他更氣的是弟弟竟然會相信詐騙電話，以及可以想像得到弟弟當初省吃儉用的模樣。他看著不再去補習班、自修室，整天只有呆坐在房間書桌前看著筆記本的弟弟，感到無比煩悶。怎麼不趕快放下，好好專心讀書，載烈看不慣地嘖了幾聲。

那天載烈下班回到家，最先映入眼簾的是柳烈那雙擺放在玄關處的運動鞋。明明為了準備體能考試，那雙運動鞋底都跑到快磨平了，為什麼還不重新振作，他心中燃起了一把無名火，看著今天也只待在家裡沒去補習班的弟弟實在難以理解。載烈打開房門。

「這麼懦弱是要怎麼當警察！」

儘管聽見載烈怒吼咆哮，柳烈也沒有做出任何反應，就只是茫然地看著擺在桌上的那本青綠色筆記本。

「……」

❺ 以使用者的數據為基礎，形成駕駛習慣分數，進而分析使用者的駕駛數據，確認有無超速、緊急加速或減速等歷史資料，然後綜合考慮道路類型、行駛時數等，以一百分為滿分基準進行換算。

雖然維持了一段長長的靜默，但是打破那段沉默的人還是載烈。

「想當警察的傢伙心那麼脆弱怎麼行？被騙走的兩百萬我再補給你就好，趕快給我振作起來，重新開始讀書，距離考試都已經沒剩多少天了，到底要這樣下去到什麼時候！」

柳烈蹙眉，他轉過頭來看向載烈。

「那筆錢……我本來是打算等我考上警察……就給你的。哥，因為我知道你為了我每天都不看客廳的電視，凌晨醒來也要躡手躡腳地去上廁所，週末沒上班的時候也為了接送我而無法和女朋友約會，大老遠跑來鷺梁津找我，這些都讓我深感抱歉。哥，我聽你說想換車，所以原本打算用這筆錢來補貼你換車，就算我沒能力直接幫你買一輛新車，至少也想要幫你出個輪胎錢！」

累積在心中的疙瘩彷彿一次爆發，他一口氣說出所有憋了許久的話。

「我有要你出錢嗎？我有要你買車給我嗎？趕快當上警察分發完離開這個家才是真正在幫助我，懂嗎？所以趕快起來，起來出去！去補習班也好、自修室也好，快去！要是這些事情都不想做，好歹也去公園跑幾圈啊！你這蠢蛋，就是因為你這麼蠢才會被騙，無腦的傢伙！」

「對，我蠢，我笨，什麼狗屁警察，都別想了。像我這樣的人怎麼可能守護市民朋友的安全，讓他們能放心伸直雙腿睡——」

啪！話還沒說完，載烈的手就已經重擊柳烈的頭部，說得更精準一些，是載烈那巨大的手掌打在柳烈的頭部、太陽穴以及臉頰上。手移開的地方瞬間變紅。

「要是不想再被揍，最好現在就閉嘴。」

伴隨著一聲巨響，門被關上了。載烈從房間裡走了出來，心中頓時湧現某種炙熱的東西。他走進廁所，把洗手台的水龍頭轉到了最右側，用最冰的水洗了把臉。

「如果要照顧那軟弱的傢伙，我可得保持冷靜清醒才行……」

那天即便到了凌晨，柳烈的房門依舊沒再打開過。雖然關上房門的人是載烈，但是關上心門的人或許是柳烈也不一定。載烈躺在床上，翻來覆去，最後好不容易睡著。過一會兒，作了一場惡夢的載烈坐起身，明明只睡了約莫一小時，卻做了超過五個夢。都是一些追逐別人又被人追逐、被鋒利的凶器威脅卻又在正準備逃跑的剎那間雙腳被綁住、不論多麼拚命奔跑雙腿也文風不動地停留在原地等，諸如此類的夢境。

載烈坐在床上，背脊冷汗直流。這時，他聽見房門外有聲響，似乎是柳烈在廚房裡找尋泡麵的聲音。「是啊，有誰能挨得住飢餓呢？一週都吃五次泡麵的泡麵鬼，怎麼可能忍住不吃。」他噗哧一笑，隨即，香濃的泡麵味從微開的門縫間飄了進來。載烈沒吃晚餐，他的胃也開始抗議，彷彿說著：「快把泡麵放進我的胃裡！」然而，也不曉得那點自尊心算什麼，對身體裡和自己流著相同血液的弟弟就是很難說一句對不起。應該說，根本就說不出口，可是明明在公司裡卻是整天把對不起掛嘴邊……；另一方面，他也擔心要是現在向弟弟道歉，反而容易使柳烈又再次心軟。載烈靠著意志力抵抗排山倒海而來的飢餓難耐感，然後再次嘗試入眠。這小子明天應該就會重新振作了吧。九月微涼的空氣從老舊陽台的單層窗竄了進來，載烈把棉被拉至肩膀。

過了一小時左右，手機鬧鐘聲響起，載烈猛然坐起身。雖然前一晚因惡夢而翻來覆去，但自從聽見柳烈煮泡麵的聲音以後，他便安心地沉沉睡去。「去洗個澡、刮個鬍子，就要去上班了。」載烈伸了個懶腰，當他走出房間時，看到柳烈站在客廳的窗前。

「你在幹嘛呢？」

柳烈轉過頭，與載烈四目相交。從他那張白如紙張的面孔可以同時感受到恐懼、害怕與灰心喪志。

「我在這裡等著見你最後一面……。哥，對不起，我要離開這個家了。」

載烈還未開口，柳烈就直接往窗外跳，然後不到幾秒鐘便傳來厚實的撞擊聲。「現在到底發生了什麼事？」這一切發生得太快，載烈根本來不及出手攔阻，甚至來不及發出驚愕聲。玻璃破碎時彈飛的碎片飛往載烈的左臉頰，劃出了一道長長的傷痕，雖然瞬間感受到一陣灼熱，但是有如打了麻醉感受不到疼痛，反而覺得腦袋發麻。載烈赤腳踩著噴濺四處的玻璃碎片，走到柳烈原本所站的位置。窗戶中央破出了一個洞，周遭則像掌紋般呈現著紊亂密麻的裂痕，載烈緊閉雙眼，他實在沒有勇氣探頭望向窗外。直到救護車鳴笛聲傳來為止，他都不敢睜開顫抖的雙眼。

老舊公寓的單層玻璃窗並不堅固，是一名吃了秤砣鐵了心的成年男子完全能衝破出去的薄度，柳烈當場結束了生命，死前還為哥哥煮了一碗自己生前愛吃的泡麵……。原本為了貼在警察特考准考證上的證件大頭照，如今則成了柳烈的遺照。載烈重新咀嚼前一晚自己對柳烈說過的那些話，就算沒有特別去回想，也會自然想起。愚蠢的傢伙，無腦的傢伙，他還想起把柳烈的臉打到紅腫一事。

啪，載烈賞了自己一記耳光，後來又接連打了好幾下。「瘋子，沒用的東西，作為哥哥的竟然會逼弟弟尋死。」他的罪惡感一點也沒有消失。儘管將插到身上的玻璃碎片一一取出，把裂開的傷口縫合，再將那些交叉在重新長出的新肉之間的縫線拆除，就算黏在線上的肉被扯掉也一點都不覺得痛。說不定柳烈穿破玻璃的那個洞，在載烈的身體裡也產生了一個，所以感受不到任何疼痛。

被玻璃碎片劃過的左臉頰，從鼻翼旁邊延伸至接近耳垂處的長長一道紅線也無法去除。醫生多次建議他做雷射，但是載烈都搖頭拒絕，他覺得自己應該要帶著這道疤痕活下去。載烈自己也心知肚明，以後應該很難擺脫不斷在耳邊響起、那天自己的說話聲，刺傷柳烈的那些字詞啪嗒啪嗒沾附在血滴上，將一輩子沿著血管循環，不停戳著自己的大腦、耳朵與心臟。

＊＊＊

載烈結束了那段將柳烈推向死亡的傢伙們重新打來的詐騙電話，他緩緩深呼吸，彷彿用冷水一路從頭到腳流過一遍一樣，他需要保持平靜。然而，他的心跳老是加快，因為能夠逮到那個傢伙的希望近在眼前。再過不久就是柳烈的第一個忌日，他希望在那之前務必讓這傢伙繩之以法，讓弟弟在天之靈可以看見惡人被上手銬的模樣。說不定載烈是在等待死後假如可以見到弟弟的話，他想要對弟弟說：「哥為了你抓到了那個傢伙。」他覺得這樣才有臉去探望弟弟的墳墓，而這也是為什麼至今為止還沒去過的原因。為此，他需要柳烈的筆記本，因為裡面畫有負責來收錢的傢伙面孔，以及將他們的詐騙手法整理成的組織圖。雖然那些資料早已烙印在載烈的腦海裡，但是他需要柳烈親自經手過的溫度，包括弟弟的遺言也在裡面。

「人人都能伸直雙腿安心入眠的世界。」

載烈想要看弟弟親手寫下的文字，他需要勇氣。他頭戴黑色帽子，走出家門，朝延南洞咕嚕咕嚕洗衣店走去。自從得知筆記本的遺失地點是洗衣店以後，他去找過好幾次，每次都覺得弟弟的筆記本應該就是在那裡沒有錯。雖然他想要把弟弟的遺物帶回家中，但是在筆記本上留過言的人都在遠處盯著他看，每個人都帶著放鬆舒適的表情，還有個男人哽咽喊道：「從今天起，我要伸直雙腿安心睡覺！」就因為這句話，載烈轉身移動腳步，空手而歸。

在筆記本上提筆留言的人彷彿已成柳烈的朋友，載烈實在不忍心將筆記本帶回家，他不想要再讓弟弟感到孤單，明明是個愛玩的人，卻為了準備警察考試而整天待在鷺梁津補習班、躲在狹小自習室隔間位子上、煩悶無聊的家中，這讓作為哥哥的載烈內心一直過意不去，他希望弟弟在天上至少可以待在人聲鼎沸、喧譁熱烈的地方，而非令人窒息的自習室小隔間。

載烈到處尋找筆記本，卻始終沒看見。他直接將遺失物保管籃傾倒，只有人們遺留的卡片和髮圈等東西掉落在地，後來他轉身發現擺放在桌上的青綠色筆記本，大步走了過去，伸手拿起。

「找到了！」

載烈匆忙準備離開，正巧碰上彷彿來到約會地點般表情雀躍的賀俊與夏天，隨後是抱著兔子玩偶的娜熙與美菈走了進來，然後趁著門還沒關上前，世雄也提著一堆皺巴巴的夏季衣服和一台筆電，走進了延南洞咕嚕咕嚕洗衣店。

人們偷瞄著手拿筆記本的載烈，然後在看見他臉上的那道紅色長長疤痕之後紛紛迴避視線，徘徊在空中的視線最後又看著彼此相撞在一起。載烈意識到大家在眼神交換，正當他準備走出店外時，握著珍寶牽繩的張老先生站起身。

「請問您是筆記本的主人嗎？那可是我們這間洗衣店的寶物呢……」

所有人都和張老先生一樣這麼認為，因為在場沒有人是沒有受過筆記本的幫助。

「啊？呃……這不是我的，是我弟弟的。」

載烈錯愕地回答。

「所以你現在是要拿回去給弟弟嗎？我看它放在這裡很久了，還以為是有人放在這裡不會再拿回去的，真可惜。對了，順便請問一下，那裡面畫著的人物肖像是你弟弟嗎？」

每當頭髮斑白的張老先生用仁慈的嗓音說話時，載烈都會熱淚盈眶。雖然不曉得為什麼，但是他動了想要傾訴一切、想要依靠的念頭，非常神奇，也難怪大家要來洗衣店，並在此留下自己想說的心底話。

「我弟嗎？不，那是……」

洗衣店裡的每個人，包括小貓米雷和珍寶，統統都屏息以待地望著載烈。載烈把過去的事情全部說了出來，大家緩緩眨動著眼睛，安安靜靜地聽他把話說完。世雄吸了吸鼻子，流下眼淚。

張老先生帶著沉痛的表情聽完整段故事，說道：

「那個傢伙也來過我的藥局，距離這裡不遠處就有我以前開的一間藥局。他買了咳嗽藥，付我現金，但我那天沒有零錢可以找他，畢竟現在很少有人會用現金，所以我詢問他可不可以用信用卡結帳，結果就突然對我一陣髒話謾罵，說我是不是瞧不起他沒有信用卡，還用腳踹櫃檯……。後來我說要報警，他直接離開。到現在想起這件事還是會心有餘悸，因為他的眼神裡充滿著殺氣。」

「請問您是何時遇到他的呢？您想得起來確切日期嗎？因為我已經很久沒見到他，難以想像他現在變成了什麼模樣。」

載烈用焦急的嗓音問道。於是抱著米雷的蓮雨回答：

「那個……我剛才才見到他！絕對是他沒有錯，一定是。我來這裡之前他還對著我的貓咪丟石頭，就在這邊的延南洞公園！」

「妳確定嗎？」

載烈激動地反問。

「我確定。因為我是專攻靜物畫的學生，所以比誰都還擅長記得人臉！我很確定就是他！」

「我們現在去抓他！」

停止哭泣的世雄用帶有濃濃鼻音的聲音說道。

「現在……還不行。我們要有關鍵證據才能讓他戴上手銬。」

載烈搖搖頭。

「所以我要好好利用現在打給我的這通詐騙電話，逮捕那個負責收錢的傢伙。」

「雖然我不曉得自己能幫得上多少忙，但還是想盡一份力，我們就一起來抓人吧！」

張老先生話一說完，原本只有默默聆聽的美菈也小聲地說道：

「那我也想幫點忙，請問有我可以幫忙的地方嗎？」

一旁的娜熙也用力舉起右手，雙腳還原地蹦蹦跳。

「我也要！我也要幫叔叔抓壞人！」

洗衣店裡的人眾人一心，坐在桌子最邊緣的夏天和賀俊也欣然點頭表示願意一同參與。

「多虧這本筆記本，我才懂得愛自己，當然，也愛上了這個男人……」

夏天露出了靦腆害羞的微笑。

蓮雨也用力抿了一下緊閉的雙唇，展現願意同舟共濟的決心。

「謝謝大家……」

摘掉黑色帽子，頷首示意的載烈，感動得說不出話。

為了順便清洗要帶去夏威夷的夏季衣物而來到洗衣店的世雄，打開了原本打算用來看Netflix的筆電。他難得感到期待，上班時總是做著整天盯螢幕輸入數字的工作，如今則感覺手指像是在鍵盤上跳舞般輕盈，彷彿國小時在將來志願欄裡填寫警察的夢想實現般，他對於現在的情況興致勃勃。

「那麼，現在在郵局碰面已經是確定的事情了，我們要來安排接下來的計畫，是嗎？」

世雄難得充滿活力，他向載烈問道。

「是，我有想過要是單獨行動一定抓不到那傢伙，只要把現金交給佯裝成郵局請願警察的詐騙車手，最終一定會轉交至擔任收款的那個傢伙手中，我們就是要趁那個空檔抓他才行。」

所有人都全神貫注地聆聽載烈說的話。

「那這樣好了，總之現在載烈先生已經確定會在詐騙車手請願警察面前曝光，所以從那之後就由我們來追人，如何？」

「那就由我來吧，畢竟是老人，也不容易被懷疑，而且雖然已經是很久以前的事了，但我還是有親眼見過他，應該能比其他人更容易認出他。」

張老先生的話一說完，蓮雨便緊接著說：

「我也是！我才剛見過他，我也能一眼認出那個傢伙。而且我今天出門的時候還有特別將運動鞋帶綁緊。」

「那就由兩位擔任追蹤組，賀俊先生和夏天小姐則是……」

「我和我的精靈就待在這裡執行交辦的任務好了，因為今天公園人很多，要是有人認出我來，反而容易讓情況變糟。」

賀俊說到我的精靈時還看了夏天一眼。世雄見狀差點噗哧一笑，好不容易才忍住。

「嗯，好，那兩位就和我一起在這中央控制中心等待……」

夏天察覺到世雄是在哪個環節差點笑出來，所以瞅了他一眼，世雄則是拚了命地躲避夏天的視線。這是來自和一個人長跑過六年戀愛的男子所悟出的應對方式——當你惹到女生時，絕對不能和對方對到眼睛，那就會有比較高的機率彷彿什麼事情也沒發生過一樣。

「我也想一起去……」

美菈看著娜熙露出了憂心的表情。

「娜熙也要！」

「娜熙不行，妳要走得比大人還快，對妳來說太困難了。」

「可是我也想幫叔叔……」

蓮雨明白美菈的擔心，於是把小貓米雷塞進了娜熙的懷裡。

「娜熙，這隻小貓叫做米雷，也可以叫牠小雷。姊姊去抓壞人的時候可以請妳幫我照顧牠嗎？」

喵～

娜熙看著米雷用身上柔軟的毛髮磨蹭著她，露出了燦爛笑容。

「好！我會好好照顧牠的！」

美菈用眼神向蓮雨表達了謝意。

「那我可以擔任什麼角色呢？」

「要和蓮雨小姐一起加入追蹤組嗎？」

面對世雄的建議，美菈點頭答應。

「那麼，接下來只要去郵局……」

世雄和載烈異口同聲地說道。

「您打算用什麼交通工具過去呢？假如要去郵局再跟蹤請願警察的話，應該要有交通工具會比較方便。」

可惜的是，洗衣店裡的人沒有一個能開車，就算有駕照也無車可開。面對意料外的變數，世雄搔了搔頭。這時，洗衣店門被推開，美菈的爸爸帶著一張一看就滿載駕駛計程車勞苦時光的坐墊走了進來。

「爸！您怎麼來啦？」

美菈用驚訝的眼神看著賢植。

「喔？原來妳還在這裡啊，因為妳說要來洗衣店洗衣服，所以我想說把這個也拿來洗洗看，每次在家裡洗都洗不掉這上面的怪味道。啊，大哥，您也在這裡啊。」

賢植看到張老先生連忙打招呼問好，張老先生也輕輕點頭示意。窗外可見一輛開著「休息」燈號的計程車停在洗衣店外。

「老弟啊，今天就來營業一次吧。」

世雄把洗衣店當中央控制室，開始作戰指揮。蓮雨迅速地畫出了剛才看到的那個傢伙面孔，在漁夫帽底下失焦的瞳孔，以及極短的髮型，幾何花紋的黑色T恤與頸鍊，畫得十分詳盡。大家用手機相機拍下蓮雨畫的圖，然後像是要儲存在眼睛裡似地，再次熟記男子的長相。

世雄在可以多人同時登入的視訊通話網站上開設了一個會議室，並將密碼傳給所有人。世雄在中央控制室裡指揮作戰，張老先生和珍寶、蓮雨、美菈則是追蹤組，夏天和賀俊是後備組，賢植是巡查組，載烈是行動隊長，共八名完成登入。蓮雨與美菈戴上耳機。

「啊，爺爺的耳機……該怎麼形容呢，就是戴在耳朵上的喇叭，您沒有吧？那就用我的吧，反正我會一直待在這裡……」

世雄把放在筆電旁的蘋果AirPods耳機遞給了張老先生，但是張老先生面露微笑，從口袋裡掏出了某樣東西。

「我也有在用AirPods，我的還是Pro的呢，防噪音效果簡直一流。」

張老先生秀出比世雄再進階的耳機，露齒微笑。

戴著耳機的三人與載烈進行完伺服器連線順暢、通話不會中斷的測試以後，扣掉世雄的其餘四人和賢植，推開咕嚕咕嚕洗衣店門走了出來，可謂是作戰名「洗衣店」正式開始的瞬間！

原本亮著「休息」的計程車綠燈關掉了，賢植發動計程車，載烈坐在後座，一臉悲壯。希望今天務必能抓到這傢伙，假如在夢裡見到柳烈，期盼可以笑著將今天這一切宛如童話般的故事說給他聽。

「一號洗衣機出發嘍！」

筆電喇叭傳來賢植宏亮的嗓音，緊接著，計程車出發了。車上的人雙手緊握，坐在後座的載烈望向窗外，他看著逐漸遠離的延南洞咕嚕咕嚕洗衣店，心裡默默想著在這裡遺失柳烈的遺物反而是幸運的一件事。原本內旋的肩膀自動向外打開，自己究竟是多久不曾走進人們生活的世界，他感覺像是吃了一頓家常飯般內心踏實又溫暖。

賢植透過後照鏡看了一眼正在望向窗外的載烈，從他的坐姿就感受得到僵硬的緊張感。雖然賢植想過要不要向他搭話，但他決定作罷。載烈握緊拳頭又張開，把頭向左向右傾倒，伸展僵直的頸部。為什麼他們要冒險用親自收款的方式收現金呢？用匯款轉帳的方式應該更容易才對啊。為了不讓計畫出差錯，得好好掌握他們的行蹤才行。

多虧熟練的駕駛技術，才能馬上抵達郵局。由於這間郵局就位在大型十字路口上，所以規模較大，門口就是斑馬線，交通號誌燈也很複雜。載烈這下終於知道，難怪要選在這個地方！因為只要巧妙運用左轉與直行號誌燈，就能騎著摩托車搶劫現金。所以今天不會有人來收款嗎？載烈的腦海浮現各式各樣的想法，為什麼要他把現金提領出來，交給佯裝成請願警察的男子呢？到底為何要冒著危險實際碰面呢？

這時，郵局建築物頂樓垂降了一條廣告帆布簾，上頭寫著「透過詐騙電話帳戶凍結與三十分鐘延遲撥款制度，有效打擊詐騙犯罪！」就是這個！就算把錢轉到他們指定的帳戶，只要申請帳戶凍結就無法撥款，所以他們才會選擇鋌而走險。載烈的嘴角微微上揚。

「怎麼樣？已經抵達了，要直接放你下車嗎？」

「好，我該下車了。」

雖然還不到約定的時間一點鐘，但是載烈決定先到郵局內觀察動態。

「我會把車停在那前面等你，交完錢以後記得就去那裡上車，這樣才能馬上開車出發，緊跟在後。」

「好，那我先走了。」

賢植從副駕駛座的腳下空間拿出了一個市場購物袋，上頭印有橘黃色的小碎花。

「你可以把現金放進這裡給對方。」

「這裡？」

「這樣才明顯啊，只要跟著這個購物袋走不就可以了？要是放在塑膠袋裡給對方，你也不曉得他會塞進口袋裡還是包包裡，所以不如放在這個大袋子裡，我們才比較容易找到它啊。」

載烈提著印有小碎花的市場購物袋，走下計程車。當他走上五個階梯左右，自動門打開，載烈走了進去。冷氣的冷風與郵件的紙張氣味混雜在一起，內部給人空曠舒適的感覺，和銀行又是截然不同的氣味。載烈開始尋找身穿請願警察制服的男子，穿著警察制服行騙，誰能不上當呢？面對這些詐騙集團日漸大膽的詐騙手法，載烈驚訝地說不出話。

到了約好交付現金的一點鐘，一名貌似正牌請願警察的男子走出了郵局，緊接著，又有一名戴口罩、身穿請願警察服的男子緩緩走進郵局，也就是利用正牌請願警察不在位子上的午休時間空檔，巧妙行騙的手法。載烈一靠近ATM提款機，他便靠了過來。

「請問是具載烈先生，對嗎？我這邊有收到警察廳的聯絡。」

「是，我是具載烈。」

「您只要把戶頭裡的現金全部提領出來，交給我，我就會幫忙轉交給警察廳。您現在很可能也成了他們的目標，正在被人尾隨也不一定，所以直到回家前，千萬都不能掉以輕心。不過，要是詐騙集團知道現金交到了我們手中，他們應該也不會再糾纏你了。」

「好。」

雖然詐騙集團用逮捕詐騙集團的手法去接近受害者，這還滿可笑的，但是載烈仍然表現出適度的驚慌去提領現金，然後把現金一千萬韓元放進了賢植給他的橘黃色市場購物袋，為了故意讓體積顯得大一些，他還特地弄成好幾捆萬元鈔。載烈把購物袋遞給了在後方等待、謊稱是警察的詐騙集團。

「那請問我什麼時候可以拿回這筆錢呢？」

「只要確認完資金出處，就會立刻歸還給您，請放心。您回家等我們首爾警察廳的聯絡即可，我會立刻將這筆錢安全地轉交過去。」

男子悠悠地離開了，他踩著從容不迫的步伐，發出皮鞋叩叩聲慢慢離開。一切都是精打細算過的安排。

「有把錢交給對方了嗎？」

「是，現在只要等那傢伙來收款就好……」

賢植坐在駕駛座上，緊跟在冒牌請願警察後頭，他猛踩油門。

「開始出發去抓那個傢伙嘍！這裡是一號洗衣機，現金交付完成。」

賢植對著架在手機架上的手機說話，彷彿是在用無線對講機說話似地。

「我是具載烈，現金已交付完畢，現在要跟蹤那名身穿請願警察服的男子。」

載烈的聲音微微顫抖。

世雄在洗衣店裡用視訊會議平台聽著回報，他的雙手變得繁忙，一邊用口頭傳遞說明，一邊在會議視窗內傳送訊息。

「在郵局裡已經提領現金，轉交完成。賢植、載烈正在追逐身穿請願警察制服的男子。延南洞追蹤組，隨時待命，負責收款的傢伙很可能會出現，在此重複一遍。」

世雄又將內容重新複誦了一遍，也將訊息放上了會議視窗上。

「還以為是網路警察呢，根本天生的，太適合了。」

夏天目不轉睛地看著熱衷投入的世雄，喃喃自語。

當世雄的聲音在耳邊響起，他們又再次開始行動。原本抓著珍寶胸背帶的張老先生、蓮雨、美菈，紛紛走向延南洞公園，他們決定埋伏在載烈說的丟包現金據點附近。

「我應該能一眼認出那個傢伙，所以就和珍寶一起往弘濟川的方向走好了。」

珍寶像是成了警犬似地，一臉英勇的表情，緊跟著張老先生走路。蓮雨和美菈則是往張老先生的反方向——愛敬塔的方向走去。

星期五下午，延南洞公園路上人山人海，一點也不亞於通勤時段的新道林站。年輕人和觀光客絡繹不絕，熱鬧非凡。珍寶在人群邁開的步伐間穿梭自如。

計程車緊跟在剛才收了現金的車手身後，這個策略的關鍵在於要讓詐騙集團的人無從察覺。賢植開得像一般計程車一樣，自然地變換車道追在後頭。男子隨即騎上了摩托車，那台車顯然也是透過竊盜取得或者名義不明的贓車。他們從芒原洞一路開到弘大入口站十字路口，全程沒有停過，但是就在通往延南洞公園的左轉車道上，原本正在等待交通號誌燈轉換的男子突然轉動了方向盤，摩托車直接鑽進車輛之間，右轉出去，要能追上往合井站方向揚長而去的摩托車著實不易。

「車手正在往合井站方向……」

「我之所以故意走在中線車道就是為了這種情形！OK！右轉！」

雖然計程車緊急打方向燈右轉，但是就在這時，斑馬線上的號誌燈由紅轉綠，路人開始過馬路。賢植一邊等待信號燈轉紅，一邊用眼睛追逐車手。幸虧男子將印有橘黃色小碎花圖案的市場購物袋掛在手把上，所以很顯眼。載烈也一直注視著摩托車。紅燈亮起，賢植鬆開了原本踩在煞車踏板上的右腳，挪移至油門踏板。不幸中的大幸是，由於每一條車道都很塞，所以男子也沒騎多遠，就停在斑馬線前等待號誌燈轉換。摩托車在友利銀行十字路口再度右轉，再沿著那條路穿過幾條小巷，最終往延南洞公園方向駛去。

果然，怎麼可能離開延南洞！載烈嚥了一口口水，但是要靠計程車追逐一輛自由穿梭在巷弄間的摩托車實在不容易。當車子開到延南洞居民中心附近時，載烈毅然決然做了下車的決定。

下車後的載烈開始拔腿狂奔。

「我是具載烈，開車鑽巷子實在有難度，所以現在在延南洞居民中心前下車了！我正在追摩托車，但是人潮擁擠，要追上感覺有點困難，我會努力堅持到底的！」

載烈把現況回報至視訊會議室，並且開始加速狂奔。摩托車往延南洞居民中心住家改建的那些咖啡廳街道揚長而去，所幸街道上有許多人，男子沒有察覺到載烈的存在，然而，載烈也同樣在人潮中把車手給追丟了。

「追丟了，看不見……」

視訊會議房裡的人同時發出嘆息。

「怎麼找都找不到。」

其中感到最無力的人自然是載烈，然而沒有關係，因為他們有網路警察附身的世雄！

「沒事，沒關係，反正我們要抓的又不是車手，真正要抓的那個傢伙一定是擔任收款的角色，接下來就會用丟包手法了。我在這裡用街景找過，發現有滿多施工中的新建案，我猜應該會有很高的機率扔在工地裡，因為那裡沒有監視器。居民中心附近有兩處，您不妨往那裡去看看，然後現在打開手機，既然都已經把現金交出去了還一直關著手機，可能會被對方懷疑。」

世雄做出一連串指示。夏天再次喃喃自語：

「嗯，我知道了！那位大叔一看就是CSI迷，絕對沒錯。」

載烈將他們通過電話的手機電源重新打開，反正都已經把錢交給對方了，應該不會再被懷疑。載烈握著手機，開始往世雄傳給他的地址方向奔跑。他看見施工中的新建案工地，卻沒找到任何丟包現金的痕跡。他再次轉移腳步，前往第二個地址，那裡的施工進度看起來才剛灌水泥不久，等待水泥乾燥的期間會先暫停施工，所以該不會已經知道這裡不會有相關工作人員出沒，所以才選擇將這裡作為丟包現金的場所？載烈一走進工地，鞋底就傳來溼溼黏黏的感覺。還留有水氣的水泥地上，留下了載烈的腳印，他連忙收起腳，走到外面去。工地一樓除了載烈的腳印外，不見任何痕跡。那麼表示也不是這裡？

載烈已經沒有繼續奔跑的力氣，可是不論哪裡，他都得再次跑起來才行。雖然在口中蔓延開來的血水味沿著食道而下，但他還是將口水嚥了下去。正當他準備要重新奔跑的剎那，看見了被扔在工地旁加侖鐵桶後方的橘色小碎花市場購物袋，一定是不久前，負責收款的傢伙在這裡取走了現金，也就是和載烈通過話的那個傢伙來過這裡。儘管錯過了車手把現金轉交給那個傢伙的過程，但是看見一絲希望的載烈又再次拔腿狂奔，然後將他所見的這些情況告知視訊會議室，順便告訴大家自己要繼續追找那個傢伙。

追蹤組的張老先生、蓮雨和美菈正在公園路附近待命，他們像是終於輪到自己出馬的感覺，和載烈同時用力邁開步伐。

「珍寶，我們走！」

張老先生從襯衫口袋裡掏出手帕，擦去額頭上的汗珠。他行走在複雜的小巷之間，珍寶也帶著閃亮的黑色眼珠守護在側。

「那條頸鍊是關鍵，因為一般男性不太會戴頸鍊。」

蓮雨將那個傢伙的肖像畫拿給美菈看，並強調。

「所謂頸鍊，就是現在許多明星會戴的那種項鍊，對嗎？一條黑色繩子的那種……有點像套在小狗脖子上的那種項圈！」

「沒錯！剛才他就有戴著，不過因為鍊墜實在太小，所以不記得究竟是什麼模樣，但一般男性很少會戴這種項鍊，所以應該能一眼認出。」

走出洗衣店後繼續往愛敬塔方向行走的美菈和蓮雨，仔細留意路上的每一位行人，然而，由於人潮實在擁擠，要在擦身而過的人當中尋找佩戴頸鍊的人著實困難，況且，身穿黑色衣服的人也尤其眾多。蓮雨面有難色地在會議室裡留言。

「今天路上的人特別多，可能因為剛好是大學祭活動期間的關係，很難一一辨別確認。」

在洗衣店裡聆聽內容的世雄突然眼睛一亮，隨即對夏天和賀俊使了個眼色。

「我來開街頭演唱好了！只要打開 YouTube 直播，設定公告，應該就能把人潮聚集到一個地方。」

夏天也點點頭。

「我和賀俊一起！我來幫忙吸引更多人聚集。」

賀俊和夏天登入YouTube頻道，刊登了延南洞快閃街頭演唱公告，在打開直播的同時，訂閱頻道的網友們也紛紛進來收看直播，而且人數還愈來愈多。賀俊打開手機相機功能，走出洗衣店，繼續將鏡頭對著延南洞公園行走，一邊直播一邊宣傳即將開始進行的快閃街頭演唱表演。

兩人走到看得見愛敬塔的斑馬線前，站在公園入口處。其實兩人走在路上時，早已有許多人認出賀俊，賀俊用雙手代替擴音器放在嘴邊，大聲喊道：

「各位！我是歌手賀俊！請問大家聽得到我的聲音嗎？我想要開始進行一場快閃街頭演唱，請幫我聚集更多觀眾到現場吧！」

有如雲朵般的人潮瞬間蜂擁而至，圍繞在賀俊和夏天身邊的路人愈來愈多，大家井然有序地排成一條又一條的隊伍，好比成群蜜蜂為了尋找甜蜜花盆而出發一樣，公園路瞬間變得空蕩清幽。

蓮雨開始用描繪靜物畫的方式，仔細一一觀察沒有前往觀賞賀俊街頭演唱的路人，失焦的眼睛、上衣短袖飄逸的纖瘦身材、頸鍊、黑色漁夫帽，她不斷在心中重複默唸這些特徵。最終，她看見了男子的背影，絕對是那個傢伙沒有錯，若要說和剛才不一樣的地方，唯有多加了一個黑色腰包在身上。

「在那裡！就在那裡！」

蓮雨發現自己一個不小心喊得太大聲，連忙重新調低音量，用手肘撞了撞美菈，竊竊私語地說：

「我確認過了，就是那條狗鍊。」

美菈在視訊會議室裡留言：

「愛敬塔方向拍貼館前發現目標人物！目前正在往弘濟川方向行走，從他佩戴腰包來看，裡面應該裝有現金。」

男子和那天在狗尾巴草叢朝米雷丟擲石頭時的穿著打扮一模一樣。蓮雨緊跟在後，剛好在往弘濟川方向行走的張老先生也表示願意一同加入，而過沒多久，載烈也用氣喘吁吁的嗓音說自己會趕緊跟上。雖然一行人都小心翼翼、盡量不被察覺地跟蹤尾隨，但是他頻頻回頭搜索式察看，最終還是發現了蓮雨。

美菈擦去後頸上的冷汗，原本認為錢是世界上比養小孩更令人擔憂害怕的東西，但如今她領悟到原來還有比錢更可怕的東西，因為她看見了那個傢伙失了焦點卻帶有殺氣的眼神。

自從那個傢伙察覺有異以後，便刻意多次改變行走方向。他走出公園路，鑽進小巷，接著，他像是在引誘美莅和蓮雨似地，走進了一條沒有任何商店的巷子。所幸兩人對於這條路並不陌生，蓮雨獨自在延南洞租房子已經有滿長一段時間了，美莅更是從未婚還是小姐的時候就住在這裡，根本就是在地人。這傢伙故意往人煙稀少的地方走去，距離中央控制中心延南洞咕嚕咕嚕洗衣店愈漸遙遠。

美莅和蓮雨還不曉得這傢伙已經有所察覺，自然地交談著。

「今晚想吃什麼？妳難得來姊姊家，要不要吃辣炒雞肉？」

美莅緊閉雙眼。

「喔！好啊，吃完飯我們再吃個蛋糕當甜點吧！今天感覺還可以點個蠟燭來吹一下。」

「咳咳，咳，唔。」

那個傢伙聽聞兩人的對話以後噗哧笑了一下，忍不住咳了幾聲。隨著聲帶撕裂般的乾咳聲響起，蓮雨的背後起了滿滿的雞皮疙瘩。那個傢伙走著走著突然轉過身來，輪流掃視了蓮雨和美莅一遍，並露出嘴角上揚的表情，再重新轉過身，走他原本走的路。確認過蓮雨和美莅面孔的他，一副若無其事的樣子，步態反而更顯輕鬆。

張老先生按照美莅不斷在視訊會議室裡留下的位置訊息抵達現場，他的衣領早已被汗水浸溼，整個人顯得十分疲倦；他假裝不認識蓮雨和美莅，態度自然、不動聲色地和珍寶一起跟在那個傢伙後方。

於是，以玻璃窗上懸掛著帶有羽毛的粉紅色捕夢網飾品店為起點，男子開始拔腿狂奔。

「有把握就繼續來追我啊！咳。」

他嘲笑似地吐著舌頭，一下子便消失無蹤。驚訝失措的蓮雨和美莅也跟著一起跑了起來，張老先生氣喘吁吁地帶著珍寶一起嘗試奔跑，可惜力不從心，沒跑幾步就停了下來，而總是走在張老先生旁邊的珍寶也因為跑在前側而導致胸繩頓時被拉住，前腳在虛空中晃了幾下。

「我是具載烈！目前持續尾隨中！可能會有危險，不要太勉強，請等待。」

筆電喇叭傳出載烈的說話聲，從聲音中可以如實感受到他的心情。世雄在鍵盤上停下了敲打的動作，他突然意識到不只載烈，就連蓮雨和美莅都有可能遭遇危險，倘若男子持有凶器或者靠蠻力對抗壓制，都很可能使人受傷。

「冷靜，冷靜……」

世雄從下腹部發出一聲長嘆，雖然乍看像是在做深呼吸，但其實還夾帶著不安與恐懼。

「美菈小姐，方便用手機相機拍一下周遭嗎？或者看見什麼路牌就直接告訴我。」

隨即，視訊會議室裡出現了美菈傳來的影片，雖然邊跑邊錄的影片有些晃動，但還算清楚，只要和世雄打開的街景一比對就能立刻辨別位置。

「載烈先生！我已經傳了路名地址給您，快去那裡！趁那傢伙還沒捲款潛逃前要先捉到他才行，這樣那筆錢才能成為證據！」

載烈想像著那個傢伙被上手銬的模樣，用盡全力，咬緊牙關，帶著一顆懇切的心奮力向前衝。一通電話撥打進載烈的手機裡。

「喂？」

「咳咳，是你啊？那個自殺的警察準考生老哥，對吧？具柳烈、具載烈兄弟，沒錯嘛，我在新聞上看過，咳。多虧你弟我難得看了看新聞，還挺有意思的。唉，你們選電話號碼怎麼也偏偏選這種，讓事情變得更麻煩。」

「自首吧，我給你機會，不，你還是別自首，我們會親手逮捕你。」

「我好奇一件事，你換車了嗎？你弟當初又哭又鬧，說那筆錢是要補貼你換車用的，還嚷嚷著只要我還他錢他就不報警，咳咳，老實說我當時看他怪可憐的，有猶豫過要不要乾脆直接還給他，結果誰知道竟然會為了區區兩百萬就自殺，咳。」

載烈原以為身體裡的血液會滾燙沸騰，結果沒有，反而有一種理性冰冷的藍色血液蔓延全身的感覺。他握緊拳頭，腦海中只有一個念頭——非抓到他不可。隨著沉默持續不斷，話筒裡又再次傳來了咳嗽聲。

「咳咳，話說回來，你還有個姊姊嗎？真有趣。老頭和女孩都追不到我，但這位大嬸還真能跑。」

男子停在彷彿被車子撞過好幾次已經布滿裂痕的灰牆前站著，那是一條沒有退路的死巷。男子一邊擠著眼下肌肉，不懷好意地笑著，一邊和載烈通話，並用充滿殺氣的眼神上下打量美菈。

他的名字叫高華平，二十二歲時在手機專賣店工作被老闆解雇，因為他擅自冒用顧客留下的個資開通新手機，並進行了小額支付，結果被逮個正著。雖然不是多大的金額，但當他坦承是用那筆五十萬韓元購買遊戲道具時，老闆直接請他打包走人。

華平經常將「地獄朝鮮」這個詞掛在嘴邊。找不到工作、就算找到工作也買不起房子、沒有房子就結不了婚，而這三件事要是一件都做不到，不僅就得身處在社會最底層，還要被視為是不正常的人，他痛很這樣的韓國社會風氣。他想要離開，就算口頭上是說去中國學技術，實則整天泡在賭場裡。他也沒有特別在意自己的父母，認為沒消息就是好消息，自己一個人過日子。

華平靠著做體力工攢下來的錢一腳踏進了富麗堂皇的賭博世界，於是在原本謀求人生可以靠著一次機會大逆轉的賭盤上反而栽了個大跟頭，直接欠下千萬賭債。然後聽說有一份工作只要做一個月就能還清所有債務，所以在半被迫的情況下加入了名為電話局的詐騙電話集團工作。第一次他還很緊張，就算照著拿在一旁的台詞說話，喉嚨仍會感到搔癢難耐，一直想咳嗽，但是隨著一通又一通的詐騙電話撥打，他覺得就像遊戲角色不斷在升級，要是沒有成功騙到對方或者沒有讓對方傻傻地把錢交出來，就會火冒三丈，反而激發他內心的勝負欲；尤其掛上一無所獲的電話時，會有一種彷彿顯現自己無能的感覺，被這種自卑感所籠罩。一旦進行過通話，就會挖掘對方內心深處的恐懼，讓對方怕得足以窒息，最終乖乖完成匯款，不論是百萬還是千萬，他都非得要詐騙到手才肯罷休。就算身上的債早已還清，他也不想重返韓國。

從事詐騙工作不僅讓他體驗到樂趣，還感到沒有特別辛苦。然而，一直都有的咳嗽老毛病卻愈發嚴重，甚至被醫生診斷是食道狹窄症，不吃藥的話活不下去，要是不接受治療就有可能失去聲音，所以不得已，他只好搭上飛往韓國仁川的飛機。回到韓國的華平不再擔任詐騙電話接線員，而是擔任收款的角色，他負責收走車手帶回的現金，帶到中國城進行換匯，再經過洗錢的流程將錢送至中國。然後因為電話局撥打了一通電話給載烈，所以事情才會變得不太順利，被抓到小辮子。

美菈的手機響起，她有些錯愕，但仍直視著男子的眼睛，緩緩從口袋裡掏出手機。是世雄打來的。

「妳沒事吧？快分享位置給我，快！」

「我現在就傳給你。」

掛上電話以後，美菈立刻打開了出現目前所在地的地圖應用程式。華平觀看美菈的眼神沒安好心，正當美菈要截圖當前所在位置的那一剎那，手機頓時關機。她雖然知道用了五年以上的手機早已垂垂老矣，但萬萬沒想到會在這個節骨眼上直接壽終正寢。

「不行！」

「咳咳，來抓我啊～」

華平看著皺緊眉頭的美菈，掛斷了與載烈的通話。

＊＊＊

同一時間，世雄在洗衣店內流著手汗焦急地等待消息，他打了通電話給美菈，聽見了令人絕望的聲音。「您撥的電話無人接聽……」

「不行！」

載烈告知所有人，自己已經被對方識破，張老先生和蓮雨頓時感到身體無力，珍寶也伸長舌頭不停喘氣，兩人都表示將重新從那附近開始尋找美菈，待在洗衣店內的世雄也宛如在巷弄之間奔跑似地，上氣不接下氣。為了以防萬一，他表示已經向警方申請周邊巡邏。

＊＊＊

與華平面對面的美菈並沒有感到畏懼，她雙腿使力，堅守在原地。能有這份勇氣是有原因的，因為男子鑽進的這條死巷，正好是美莅之前住過的圓珍透天厝所在地，也就是連幼兒園娃娃車都難以迴轉的那條狹窄死巷。美莅對於這裡的地理位置瞭若指掌，但是腦海中浮現各種念頭，儘管對方骨瘦如柴，但是和他引發肢體衝突時，自己又有多少勝算呢？萬一那個腰包裡裝的不只是現金，還有凶器的話怎麼辦？汗水沿著她的背脊緩緩往下流，她想起現在應該在洗衣店裡逗貓玩的娜熙。隨著被不安感籠罩的美莅臉色愈漸暗沉，華平就愈發有趣似地笑著，面帶電影《黑暗騎士》裡小丑般的笑容，喃喃自語並發出詭異的咳嗽聲。

「大嬸，妳害怕了吧？趕快讓開吧，咳。」

「……是啊，我是大嬸，大嬸天不怕地不怕，而且我的手臂和你大腿一樣粗，我一點也不怕你。這世上最讓我感到害怕的只有一個，錢。」

「原來大嬸喜歡錢啊？咳，那妳來和我一起工作啊，我可以付妳很多錢，也可以給妳更好的，咳咳。」

「神經，和你一起工作應該會一輩子都見不到家人，只能待在監獄裡等死吧。」

「我看妳是怕到胡言亂語了。」

美莅故意提高音量，強作鎮定。

「你知道真正可怕的是什麼嗎？使人真正害怕的是自己確認了自己無路可退，

所以你現在才會全身發抖。別怕啦，人本來就是要跌到谷底才看得見重新爬上去的小洞。」

他站在面帶嘲諷笑容的美菈面前，從腰包裡掏出了某樣東西，在陽光瞬間的折射下，刀刃閃亮。儘管是一把小刀，銳利的玩意兒仍足以傷人。美菈有些錯愕，但是她決定要堅守崗位直到有夥伴抵達為止。

「咳咳，閉嘴，小心我把大嬸妳的嘴撕爛。」

正當他準備衝向美菈的瞬間，圓珍透天厝的玻璃門被打開，兩名男子從美菈住過的家中抬著那台總是嘎吱作響的故障洗衣機走了出來，不知情的兩名男子看見華平手握的那把刀，也許是立刻讀到充滿恐懼的美菈眼神，他們直接將龐大又笨重的洗衣機放到華平面前，將他包圍困住。

「幹，拿走！趕快給我搬走！」

這時，珍寶衝進了死巷子裡，牠發現美菈，不停搖著尾巴大聲吼叫，彷彿是在告訴其他人牠找到美菈似地。緊接著，聽聞珍寶叫聲的張老先生、蓮雨和載烈也紛紛抵達。逮到機會的高華平連忙用一隻手撐著洗衣機跳了出來，載烈見狀直接衝向他，絕不能再錯過，他將所有力氣集中在虎口上，一把抓住了華平的左邊肩膀。華平也不是省油的燈，他奮力掙脫，胡亂揮舞著手上的那把小刀，緊接著，載烈的左臉頰流血了，但是載烈還是堅持到最後都沒有鬆手。華平依然掙扎，再次用刀子對著載烈的臉進行威脅，儘管載烈向後俯身躲避攻擊時不小心鬆開了緊抓住對方肩膀的手，但他又迅速地伸直手臂一把抓住了裝有現金的腰包。

「放開！滾！我叫你放開！我會把錢還給你，快鬆手！」

「只給我錢怎麼行，這筆帳可得算個清楚啊。」

載烈卯足全力將腰包拽了過來，不敵如此大力氣的華平直接滾落地面，正當他連忙想站起身逃跑時，載烈直接用身體撲向他。剛好在巡邏的警車停到了巷子口，緊接著，華平的雙手被上了手銬。載烈氣喘如牛。

「抓到那個傢伙了，真的……非常感謝……」

載烈將消息傳回視訊會議室裡。

待在洗衣店內的世雄，位在現場的張老先生、美菈和蓮雨，以及剛結束街頭演場的賀俊和夏天，還有為了以防萬一而一直坐在計程車裡隨時待命的賢植，所有人都終於鬆了一口氣，肩膀也自然垂放。

高華平被以現行犯逮捕，而直到坐上警車的那一刻還看著蓮雨說：

「咳咳，喂，貓咪主人，我可是知道妳的電話號碼喔~傳單上有寫，呵呵，咳。」

蓮雨心頭一驚，下意識地迴避了男子的視線，但是隨即她便豎起中指，正眼凝視著華平。她早已不是以往的蓮雨，如今也懂得為了自己需要守護的對象而變得堅強。

載烈的左臉頰不停滲血，由於緊張感尚未完全消退，他用依舊顫抖的手去擦拭。載烈雙眼泛紅，他終於可以去見弟弟了，會不會太遲呢？十一月二十五日，弟弟的忌日，他一直都很希望能放一碗杯麵在弟弟的墳前。

「哥去找你，現在終於可以去找你了。」

張老先生往載烈的方向走來，再用手帕摀住他的左臉頰，幫他止血。

「我兒子是整形外科醫師，就在附近的大學附設醫院上班，雖然他是個不怎麼懂我心思的兒子，但實力還是挺不錯的。這個傷口，還有這道疤，我們去處理掉吧！趕快去除掉這道紅色的疤，今天受的傷也好好接受治療，我陪你去。」

這下載烈才露出了整齊排列的牙齒，燦爛地笑著。他抬頭仰望天空，天空湛藍，十分美好。溫柔的風掠過了載烈的鼻尖，那是個適合把長時間皺著的內心也一同扔進洗衣機裡清洗的日子。要是柳烈也知道這裡，應該就不會那樣跳下去了……看不見形體的一陣風彷彿是柳烈將載烈環抱住，他默默闔上雙眼，感受到某處又飄來了初次踏進延南洞咕嚕咕嚕洗衣店時所聞到的那股淡淡又溫暖的人味。

第五章 ｜ 紅棗雙和湯

大周在地球的另一面等待著位於晚十七小時時區的秀燦電話。凌晨五點零六分，再過一會兒就要起床去醫院上班，身體卻無法動彈；突如其來的寒流使身體冷到發抖，無法打起精神。「明明是吃完午餐可以通話的時間，為什麼還不打來？」大周再次確認了一下手機。秀燦按照大周妻子的建議，已經執行了好幾個月一天一次只有在和大周通話時才能使用韓文，以幫助他更快適應英文，而大周的妻子也表示，正因為秀燦都有遵守這項規則，所以英文發音變得愈來愈流暢。

雖然在別人眼裡看來，大周身為大學附設醫院教授，而且還是在最受歡迎的整形外科，應該是人人稱羨的對象，但他最近領悟到，其實每個人好像也都是這樣在過日子，沒什麼不同。他身邊的醫生同事還有許多人是因為不孕而沒有小孩，但他和妻子結婚第二年就有了秀燦，而且還是個健康聰明的孩子，很小就被判定是資優生，所以送去遠在天邊的美國加州橙郡學英文，在一群富貴人家子弟間感受著原本根本不必有的自卑感長大。

直到昏暗的太陽升到層層雲朵間，電話仍未響起。正當他開始有點擔心的時候，收到了一封訊息。

——老公，對不起，今天應該無法通話了。秀燦為了準備參加騎馬營隊，忙得不可開交。

大周從床上坐起身，若要應付從上午就排滿的手術行程，得先吃早餐才行。自從接近不惑之年開始，只要沒吃早餐就會很難撐著身體工作。空蕩蕩的四人餐桌上放著幾個白色的塑膠容器，那是從公寓社區內的小菜專賣店以三盒一萬韓元選購回來的，有醬滷牛肉、炒泡菜，以及放入曬乾的紅棗一起炒的小魚乾。如今已經習慣一個人簡單吃的大周，望著這些小菜皺起了眉頭。

昨晚完成最後一台手術後，他匆匆去了小菜專賣店，隨手拿了幾樣冰箱裡剩餘的小菜，沒想到裡面竟然有紅棗。

正因為名叫張大周，所以從小經常被嘲笑是張大棗，看到紅棗就自然而然感到討厭，即使現在已經年過四十也從來不碰。除了在母親的祭祀桌上會看見紅棗，其他時候根本沒什麼機會看見。因此，他對於放了乾紅棗的炒小魚乾不甚滿意。

嗶—嗶—嗶。

微波爐發出了聲響，即食白米飯加熱完畢。雖然他考慮過要不要把白飯倒進陶瓷碗裡吃，但是不知從何時起，認為反正只是獨自一人吃飯，精心準備是一種奢侈，也沒那麼多時間可以花在只是填飽肚子的事情上。第一次吃即食白米飯時，他不是很喜歡那股淡淡的塑膠味，但是如今對於大周來說，吃飯時間就只是像機器人充電的時間一樣索然無味。

「教授好！」

大周從教授室裡走了出來，準備一起巡房的實習醫生和住院醫師已經在外等候。雖然看得出他們臉上掛著連日熬夜的疲憊感，但還是青春洋溢。「我曾經也是如此啊……」他看著實習醫生的臉，身穿尤其潔白、硬挺、熨燙過的白袍，透露著身為醫生的自豪，他也羨慕那白皙細嫩的肌膚。「看來我也老了，竟然會欣賞年輕……」大周向醫師們輕輕點頭，開始巡房。他為一如往常抱怨疼痛的患者注射無痛針、開更強效的抗生素，並對那些不再有賺頭的住院患者做出出院診斷。

大學附設醫院整形外科其實有許多乳癌手術後接受乳房重建手術的女性患者，而這些患者大部分都是由女兒來照顧，這讓大周不禁心想，難怪長輩們都說一定要有個女兒，但是大周已經沒有錢再考慮第二胎了。

坐在教授室裡短暫休息片刻的期間，手機震動聲響起，是妻子打來。

「營隊準備得都還順利嗎？」

「嗯，老公，你上午在等我們電話吧？抱歉，因為發現有好多東西都要租借，畢竟只有我們家秀燦沒有一直上騎馬課程，所以從衣服到所有裝備統統都要用借的。」

「只有我們秀燦？」

「嗯，只有我們秀燦。」

大周的聲音夾雜著失望與煩躁。

「……他在韓國也沒學過騎馬啊。」

「在韓國的時候的確只需要學高爾夫球和冰上曲棍球就足夠，但這裡都說騎馬是必須的，不能只有我們秀燦不會吧，等之後上大學的時候都會反映出來。還是……爸住的那邊依然沒有打算施工嗎？」

「……還缺很多嗎？現在不管怎麼找都已經沒有可以生財的洞了。」

「不是啊，因為只有我們秀燦都穿租來的、用借來的……其他孩子甚至都已經領養自己的馬了。我們就算不用做到那樣，也至少要讓他有類似的行頭吧，讓他穿租來的衣服連我自己都會臉紅。這次還能用訂製的衣服沒送達來含糊帶過，但是再過不久，孩子應該也會心裡有數。這裡的人和大峙洞的媽媽們根本是不同檔次，有些媽媽甚至還從韓國帶保母過來呢……」

大周想要趁妻子說更多前趕快掛斷電話，他敲了敲桌子，假裝有人在敲門，然後告訴妻子門診要開始了，便匆匆掛上了電話。他用手機登入網路銀行應用程式查看戶頭裡的餘額，但是實在找不到任何還能擠出現金的空間。大周腦海中閃過一個念頭，要是上次能再盡量說服父親，不，要是父親沒有昏倒在地，把延南洞的房子改建好再租出去，是不是就能幫秀燦增添一些自信呢……？

他早已放棄明年就能申請的安息年[6]，原本打算要是迎來安息年，就要和秀燦一起度過一年左右的悠閒時光，但是這樣的話就不會被放進升遷名單內，自己也不可能去橙郡的農場找工作，負擔一家人的生活費。「只有我們秀燦」這句話一直深深烙印在大周的腦海裡，揮之不去。

手機再次響起，這次不是妻子打來，而是在狎鷗亭開了一間整形外科診所、發展得還不錯的同學，打電話來詢問週末能否代他看診。但是在大學附設醫院工作的人如果協助其他醫院或診所進行手術，是屬於違反合約的行為，倘若被發現絕對是充分符合被解雇的條件。然而，就在聽聞一天一百萬韓元這句話以後，大周的腦海裡閃過了一匹毛髮光澤柔順的深褐色馬兒。他暗自在心中盤算著那要是每個週末都代班兩天，就能保證每月會有額外的八百萬韓元。這次，他腦海中直接閃過一匹深褐色的馬載著秀燦在草原上奔跑、還對著大周眨眼的畫面。「好啊！來！就這麼說定了。誰會發現呢？反正都只是待在手術室裡動手術而已。」大周承諾自己會從這個週末開始去代班。

從新村回到半坡洞的住家路上，大周感覺身體突然發寒，冷到瑟瑟發抖。可能是因為聽到只有我們秀燦穿著租來的騎馬服，擔心得口乾舌燥，連肚子都沒填飽就去幫患者開刀，所以身體才會發出過勞警訊。

他走進位於公寓社區入口處的便利商店，情急之下只好隨便抓了一盒感冒藥去結帳。好歹也是一名大學附設醫院的醫生，家裡竟然連個緊急備用藥都沒有，他噗哧一笑，反正秀燦又不在家，自然是不需要有什麼常備藥。「洗個熱水澡就要來好好睡覺了，這樣明天才能繼續上班。」

玄關門一打開，一股涼意掠過鼻尖。地板的冰涼感使他腳底冰冷。大周查看暖

❻ 指大學教授在每工作六年之後，第七年就能不教課去休息、旅遊或做自己喜歡的事，而在這一年裡依舊能領到薪水。

房設備系統，版面上顯示的藍色數字一閃一閃地亮著，他長按溫度調節器電源鍵，重新打開電源，卻顯示「錯誤碼：08」。他再走進廁所打開熱水，只有流出像冰塊一樣冰冷的水。

於是，他打電話到管理室，管理員表示自從寒流來襲，光是今天就已經接到十三家住戶以上出現這種故障，得親自打給暖房設備公司申請維修才行。大周用網路搜尋，找到了維修公司，雖然他已經預約到最快的日期，卻也是一星期後。「真是的，到那時為止我該住哪裡呢？又不能住在這冰庫裡……」

要是去住父親居住的延南洞房子，大周可想而知一定會被叨唸個沒完，因為父親一直都對於他住在昂貴的江南公寓感到不甚滿意。然而，他也別無選擇，只好趁時間還沒太晚前撥打電話。

「這麼晚了，什麼事啊？」

「爸，我……」

「別再支支吾吾了，快說，我還要帶珍寶出門去散步。」

「家裡的暖房設備系統故障了，所以可能要去您那裡住幾天。」

「嘖嘖，那貴到要死的公寓。快過來，在冰庫般的房子裡要怎麼睡，從我這裡去醫院上班也近，帶幾件衣服就好。」

張老先生說完就掛上了電話。

「現在連開車的力氣都沒有……難道去了那裡還要繼續聽老爸嘮叨嗎？」

大周嘆了一口氣，熱呼呼的鼻息也同時噴出。他把行李放進後車廂，開車前往父親的住家。當車子一轉進延南洞的巷子裡，就變得寸步難行。由於正值年末，三三兩兩聚集在一起開派對玩樂、喝醉酒走路東倒西歪的人尤其多，所以只好小心翼翼地在狹窄的巷子裡緩慢行駛。他繃緊神經，生怕一個不小心，才剛開始還車貸的珍貴保時捷會被人擦撞到或者來找麻煩。

就這樣穿過幾條小巷後，看見了藍色大門，那是從小時候到結婚前一直居住的房子，然而，也不曉得最近為什會覺得這個地方那麼陌生，既不方便又陌生，有時甚至還會感到厭煩。車頭燈照到了父親站在大門前，握著珍寶的胸繩來回走動。

「看來即便是昂貴的江南公寓，寒流來襲，暖房設備系統還是一樣會出問題啊！那又何必打腫臉充胖子買那麼貴的房子非住那裡不可……」

大周才剛把行李箱放進客廳，張老先生就像是在喃喃自語似地叨唸著。大周發出了一聲嘆息，拖起行李箱。妥善擺放在展示櫃裡的勇敢市民表揚獎狀映入眼簾，大周雖然不滿意父親拖著才剛動完手術不久的身體去抓詐騙犯，很想說他兩句，但還是忍了下來。

張老先生手指著臥房說：

「你去睡那間，我和珍寶已經習慣睡客廳。」

「好。」

大周二話不說，聽從張老先生的安排，他已經沒有力氣再多說些什麼。感冒藥的藥效已經蔓延至每一根指節，全身無力，眼皮也很沉，他一心只想著趕快洗個熱水澡躺下來休息……大周站在熱水源源不絕流出的蓮蓬頭前好一會兒，洗完澡便躺上了床，那是母親過世前和父親兩人一起使用的床，而這間房間對於大周來說，更是超過三十年的主臥房。他的心情有些複雜，正當他好不容易快要想起就算努力回想也很難想到的母親臉龐時，樓上傳來了幾聲砰砰聲響，緊接著，又傳來咯咯咯的笑聲。「看來是父親昏倒時前來幫忙的那戶人家，到底是什麼有趣的事情讓他們笑得這麼開心呢……」

大周被每當準備入睡時就會聽見的笑聲打擾，總是在淺眠中醒來。我們家秀燦在加州也笑得那麼開心嗎？思念妻子和秀燦的他試著抱緊棉被，但是身體某處像是破了個洞似的，感覺仍然有冷風穿過。好冷，今天身體怎麼這麼多地方痠痛。

「昨晚睡得好嗎？」

張老先生正在把鹽巴加入熬到濃白色的牛骨湯裡，大周坐到父親面前向他問安。珍寶則是把下巴靠在張老先生的腳背上，趴躺在地。

「快吃吧，至少這裡離醫院更近，時間上應該更充裕。」

滾燙的牛骨湯在氣氛尷尬的父子間冒著蒸氣。隨即，只有聽見鐵筷碰撞瓷碗的清脆聲響迴盪在空中。

咚咚，樓上發出的腳步聲劃破了兩人之間的寂靜。

「這裡有層間噪音的問題呢，是因為當初施工時間太緊湊嗎……？那戶人家每天都這麼吵嗎？我看晚上也這樣。」

大周皺緊眉頭，放下湯匙。

「他們家女兒非常活潑，笑得很大聲，聽起來很悅耳啊，也比較像人居住生活的房子。要不是他們一家人，我那時候應該早就升天了……你身體有好一點了嗎？」

都說人心光是進出廁所一趟就會有所變化，但大周沒想到竟會有如此大的差異。大周很感謝美菈有即時發現父親昏倒在地，並連忙送醫搶救，但是他總覺得也因為那件事，身為屋主的父親與自己好像一直欠著對方人情的感覺，而且還用便宜的租金無限期租給對方，這點也令他不甚滿意。沒錯，他認為最近對每一筆錢都斤斤計較的自己，儼然已成了比懂得知恩圖報的喜鵲還不如的人。

張老先生對不悅之情顯現於色的大周說道：

「忍著疼痛的聲音都要傳到門外去了，怎麼當醫生的人竟然連自己的身體都照顧不好……」

「醫生又不是神，當然也會生病啊。」

「要是暖房設備維修的日子還很久，要不要問問看樓上那戶人家？人家剛好是暖房設備維修技師，可以私下拜託看看。」

「不要啦，我都已經預約好了，被弄一弄反而故障更嚴重就不好了。」

「但人家畢竟是專業技師，一定能修理的吧，今天要是遇到他我就問問看。」

「我都說不要了，還來修理我家的東西是要用多麼欠人情的心理過日子啊！」

「要是有欠人情的感覺，那就用還人情的心態過日子。做人圓滑一點，和大家一起過生活，如果要一個人生活，怎麼不像蝸牛一樣自己揹著一棟房子獨自生活呢？」

「我的意思是……所以您打算把樓上租給他們到什麼時候？他們應該不會只住兩年吧，而且也不會一夕暴富突然般離這裡，所以您打算讓他們用廉價的租金租到什麼時候？」

「怎麼？覺得可惜嗎？要是覺得可惜就當成是你爸的救命錢吧。我剛也說過，要不是他們一家人……不對，還是我當時應該直接死掉才對？」

「您可以停止了！」

隨著大周突然大聲咆哮，原本趴在張老先生腳邊的珍寶也跟著站起身。張老先生也從位子上起身，往流理台方向走去。他拿起完成熱燙消毒的乾淨玻璃瓶。

「去吧，去找那些等著你的患者，遲到可就不好了。」

張老先生用心灰意冷的語氣無奈說道，這讓大周的心情更不舒服。

「那些瓶子是幹嘛用的？」

「我打算秋天從院子裡的紅棗樹上摘一些紅棗來熬煮雙和湯。」

「要煮這麼多？」

「對啊，煮多一點還能分一些放在洗衣店裡。」

「那該死的洗衣店……您就待在家吧，外面道路溼滑，要是來來回回跌倒的話誰照顧您呢？」

大周不禁對於更照顧樓上鄰居和洗衣店顧客，而非兒子和孫子的父親感到生氣。

「放心，我是不會要你照顧的。可以離開了，別來吵我。」

大周一邊穿上披在餐椅後方的大衣，一邊再補了一句：

「我跟您說過別出門了，路很滑，那間洗衣店是什麼地區舍廊房嗎？每天帶食物去與人分享，敦親睦鄰。大家時間還真多，要是再捲入那種危險的事情……」

正在用刀子切乾棗的張老先生回頭說：

「雖然危險但我們抓到了嫌犯，而且那個名叫世雄的小夥子也因為這件事而找到了夢想，正在準備警察考試，另一個名叫載烈的青年則是自從接受了你的去疤治療以後，變得會照鏡子也會笑了，他說現在才終於活得像個人，那裡可不只是去洗衣服的地方。」

「好，好，我知道了。我先出門嘍！」

大周表現出不想再聽下去的樣子，邊搖頭邊走出家門。張老先生看著大周走出去的大門露出無奈表情，於是珍寶湊上前，用臉蹭了蹭張老先生的腿。

「那小子真的是……如果你是我兒子就好了，珍寶啊。」

「既然是去洗衣服的，那就乖乖洗完衣服回家不就好了？難道除了我以外大家都日子過得不錯嗎？幹嘛假裝充滿人情味！」大周猛力關上車門。一走進醫院，可以同時感受到一股熟悉的酒精消毒藥水味和乾燥的空氣，隨即，他便在教授室裡換上白袍開始工作。

工作結束後，他重回教授室坐下，窗外的短暫冬陽早已逐漸西下。明明結束了門診也看完急診燒燙傷患者，卻異常地感受不到飢餓感，彷彿白天吃過的熱牛骨湯在胃裡依舊支撐著自己似的。

下班前，他抽空打電話給明天說好要去代診的診所院長和同學，對方表示工作內容很簡單，就是做每天都在進行的胸部手術即可。他透過簡訊收到工作地點和上班時間以後就下班回家了。由於早上才剛和張老先生吵過一架，所以直接回去還有些尷尬，但又無處可去，距離收到冷到像冰庫的家中暖房設備維修估價還有一週的時間。最終，大周可以回去的地方也只剩張老先生和珍寶居住的延南洞藍色大門家。

大周在大門前徘徊，這時，門被打開了，身穿暖房設備公司制服背心的宇哲走了出來。

「您好，好久不見。」

有別於親切問好的宇哲，大周只是面無表情地輕輕點頭示意。家中空無一人，也不見張老先生和珍寶的身影。「路這麼滑，看來最終還是堅持去那間洗衣店送什麼大棗湯還是雙和湯了。」大周心想，要是能把這種心思放在秀燦身上該有多好，畢竟在遙遠的異地過著苦日子，難道都不擔心自己的親孫嗎？一股沒來由的埋怨感再次湧上心頭。攤開在餐桌上的報紙寫著醒目的斗大標題：私教育是花錢買罪受！要相信孩子會自律，勇敢放手。已經心亂如麻的大周，突然對這位素未謀面的記者感到憤怒不已，一把火在心中油然而生。此時，玄關門被打開，是張老先生和珍寶回來了。

「你已經回來啦？」

「您去哪裡了？氣象局都已經發布了寒流低溫警報。」

張老先生一跛一跛地走去沙發坐下，珍寶也在旁邊找了個位子坐下。

「早上不是說過了嗎？去放一些雙和湯啊……」

「您的腳受傷了？」

張老先生嘆了一口氣，回答：

「先給我一杯水吧。」

大周走向張老先生，繼續追問：

「我在問您是不是腳受傷？不是都叫您今天別出門了嗎？」

「我沒跌倒，就只是因為天氣太冷，走了一點路就腰痠背痛、腳踝疼痛的，別大驚小怪了，又不是什麼大事。」

「這種天氣出意外被送來急診室的老人多的是呢！」

「都說我沒受傷了！算了，我自己去拿水喝就好，快進去吧！」

張老先生大口大口地喝著水，他對於都已經自顧不暇卻老是像抓到小辮子一樣對自己嘮叨不休的兒子感到很不滿意。他的背後傳來了關門的聲響。

大周在主臥床上翻身了幾回，很快就睡著了。也不曉得是因為在擔任實習醫生第二年時椎間盤突出還是因為其他理由，他總是對床特別敏感。儘管睡過所有口碑不錯的床墊，卻仍於事無補。神奇的是，在這張早已用了十五年以上、都已經凹陷的床墊上，竟很容易入眠。

嚶嚶──

珍寶用爪子抓著玄關大門。

「我們珍寶想散步了啊？很悶吧？要帶你出門走走才行……」

張老先生扶著昨日痠痛的膝蓋從沙發上站起身，大周也正好打開房門走了出來。

「今天不是休診嗎？」

大周身穿大衣，連圍巾都圍好走了出來。他打開冰箱回答：

「要去見見同學。」

「這麼早就出門見同學？」

「嗯。除了這些以外沒有其他可以喝的了嗎？」

冰箱裡全是裝在玻璃瓶內的紅棗雙和湯，呈現著中藥的顏色。

「微波二十秒就能喝了，記得喝完再出門，會讓你肚子很舒服的。」

張老先生正準備走進廚房，大周便急忙關上冰箱。

「我不吃紅棗，直接出門了，您好好休息。」

「你從小就這樣，怎麼都四十多歲了還是不吃紅棗？棗子甜甜的，還能暖胃，多好啊。」

一輛貼著深色隔熱紙的保時捷飆速行駛在週末的江邊北路。大周享受著平穩順暢的方向盤操控，面帶微笑地跟著車內播放的音樂哼唱。唯有獨自一人開車的時光對於大周來說是從一切解放、享受自由的時間。當他開到看見往漢南大橋方向的路牌標誌時，打開了右轉燈變換車道。這時，透過CarPlay連接的手機電話響起，是秀燦打來。

「爸爸！」

「嗯，秀燦啊，騎馬營隊參加得怎麼樣啊？」

「非常好玩！我的馬叫薩爾達，我想要一直騎牠，但是聽說下次去的時候又會換成其他的馬兒讓我騎。」

「為什麼呢？」

「因為不是我自己的馬啊。爸爸在幹嘛呢？」

「喔，爸爸……出門了，因為有點事情要處理。所以你很滿意薩爾達嗎？」

「嗯，我和薩爾達最有默契。一開始騎珊妮的時候，我才剛坐上馬鞍牠就很激動，害我差點摔下來。聽這裡的老師說，要是真的從馬身上摔落，很可能就小命不保了，所以才會介紹薩爾達給我，結果沒想到和我很有默契，加上牠很乖，也很溫順、聽話。」

「你差點摔下來？」

「也沒有那麼危險啦，一旁的老師馬上就安撫了珊妮，所以他沒受傷，別太擔心。」

妻子連忙代替秀燦回答。

「騎馬受傷往往都傷得很嚴重欸！那匹叫做珊妮的馬是有完成訓練的嗎？」

「那個……薩爾達的訓練期比較長，如果要用牠來上課費用會更貴，所以才會選擇等級最低的珊妮，只是沒想到會帶來那樣的驚嚇就是了。」

「價格差很多嗎？」

「五百美元左右……」

「那下次就直接用薩爾達來上課吧，不是說只有我們秀燦沒有馬嗎？那就申請領養，我應該還能再湊點錢出來。」

「你打算怎麼做？爸有同意整修房子嗎？那戶人家不是住不到一年嗎？」

「總之，下次別再讓秀燦置身危險了，讓他直接騎薩爾達就好。」

＊＊＊

從新沙站到狎鷗亭站的道路兩側，每棟建築物上都會掛著四、五面診所招牌，彷彿將韓國所有整形外科和皮膚科都集中在這條街上似的。「看來這裡也是優雅的一級戰區啊，競爭可真激烈。」

當大周抵達同學告知的地址，一名年約四十五歲的男子出來準備為他停車，請他把車鑰匙留在車裡再下車。大周不喜歡被別人觸摸方向盤，所以他總是付完代客停車費便自行停車。他從來沒叫過代駕服務，有酒局聚會的時候，他會直接把車放在家裡。對大周來說，那輛保時捷就像他的小兒子般珍貴。

大周推開診所大門，看見許多正在等待做隆乳手術的患者坐在沙發上，有年輕女子也有中年女子。櫃檯工作人員敲了敲寫有同學名字的院長室門。

「你真準時。」

「哇，等候的患者可真多，你開診所開對了。」

「一身債啊，若想還清債務也有盈餘還早得很。我發現最近光靠自己的靈魂已經很難開診所。」

「不然還需要什麼？」

「還要拉攏自己的父母、岳父岳母的靈魂，這間診所就是這樣開設的。」

「真羨慕你，父母還會為了你開診所而幫你籌錢，反觀我爸……唉，還是別提了。」

大周搖搖頭。

他從同學手中接過當天要進行手術的患者資料，一名三十多歲的女性是為了生產完後哺餵母乳導致胸部下垂的問題所苦，另一名二十多歲的女性則是純粹希望讓胸部變大；兩人都沒有藥物或過敏反應，血壓數值也不錯，且屬於出自強烈本人意願的醫美項目手術，所以大周也放心不少。

由於都是一些相對簡單的手術，不像在大學附設醫院進行的乳房重建手術那般複雜，所以不禁讓他充滿期待，說不定可以多開幾台刀，賺取更多的代診費。與此同時，大周也開始想像起兒子秀燦騎著金黃色光滑柔順毛髮的薩爾達的模樣，以及寫著假如同時在其他醫院或診所進行醫療行為可遭解雇或記過處分的大學附設醫院聘雇書合約條款，在腦中一閃而過。然而，在手術室裡身穿相同的手術服，再戴上口罩，又有誰會曉得他是大學附設醫院的醫生，還是這裡的醫生呢？

那天，他完成了三台手術，從同學手中接過一個裝有薪水的信封袋，甚至還沒有扣稅，直接領現金，大周因此而感到開心不已。

「明天也是這個時間來這裡，對吧？」

「嗯，大周，有你在實在讓我好安心。」

大周將信封袋塞進大衣內裡口袋，走出整形外科診所。手術期間一直駝著的背部變得可以挺直，椎間盤突出問題也彷彿痊癒，感覺一身輕。也許這就是人們所謂的「金錢治療」吧。

隔天，狎鷗亭的整形外科手術室裡依舊有大周在站崗，但是那天出事了。在教授聘用過程中被大周擠下去、只好離開大學附設醫院自行開設診所的一位同學，帶著花籃來診所拜訪。雖然大周盡量用口罩遮住臉部，但是對方從擔任實習醫生開始就看大周戴口罩比不戴口罩的樣子還要多次，所以一眼便認出大周。他面露不懷好意的微笑，離開了診所。

也才領了兩次信封袋，大周所屬的大學附設醫院便召開了懲戒委員會，最終以違反合約及有損本院醫師品格信譽為由，處以減薪六個月。大周低下頭，竟然要減薪六個月！自此之後，大周多次夢見秀燦從那匹擁有堅實四肢的薩爾達身上摔落。

叩叩。

「你還在睡啊？到底是作了什麼惡夢喊那麼大聲？那種夢最好快點醒來，快起來啦！」

房門外傳來好幾次張老先生充滿擔心的聲音。

＊＊＊

暖房設備修理技師拜訪大周的住家，卻診斷出不純粹是溫度調節器的問題，而是需要進行地板施工，因為地板某處的暖房設備有破損，所以導致無法供熱，也很可能會使樓下住戶漏水，還補充說道，假如一直放置不維修，最終害得樓下住戶漏水的話，就得進行賠償。聽聞「賠償」兩個字，大周便請技師盡快進行施工估價，但是由於正值寒流低溫警報，許多人的家裡暖房設備系統都出問題，所以連估價單都得排隊等待多時，而這也意味著要住在延南洞藍色大門家的時間變更長，不得不繼續和父親展開不便的同居生活。

需要花錢的地方多不勝數，卻找不到可以生財的管道，只有不停地破財。眼下當務之急還得匯生活費給秀燦和妻子，偏偏卻在這個月開始減薪，使他手頭變很緊。透支的戶頭也已經沒錢可領，當初在加州買房時向銀行貸款的利率也調升了，簡言之就是面臨四面楚歌、走投無路的窘境。不知情的妻子早已相信大周而領養了薩爾達一年，每每通話結束前，也都會追問大周何時才會匯款過去。

由於是為錢而去代診結果被人抓包的情形，所以在一直信任且跟隨自己的實習醫生和住院醫師面前也顏面無光，但他還是得硬著頭皮出門去上班。搭電梯時，有人在他身後竊竊私語，吃飯用餐時，也有人在院內食堂裡不停偷瞄他。「是那位教授，就是在狎鷗亭偷偷幫別家診所做手術結果被抓包的那位。」都說在大學附設醫院工作留下的只有名譽，但是大周有一種為了區區幾毛錢而將名譽賣掉的感覺。

平日尤其對大周忠心耿耿、身穿筆挺白袍的實習醫師依舊對大周保持禮貌、畢恭畢敬地問候，還主動端了一杯水放到大周的餐盤旁。是啊，只剩你了，只有對你來說我還是個名譽教授吧。大周以此作為慰藉，盡力做好門診服務。他用心傾聽沒有投保私人保險而猶豫要不要開刀的患者訴苦。都說愛情會使人改變，但大周如今明白，不是愛情而是金錢使人改變！

每日清晨，秀燦打來的電話宛如天使的早安，但如今卻比較像追討滯納金或追討債務等，有一股沉重的壓力，但也是沒辦法的事情。妻子說薩爾達目前只是支付領養簽約金的狀態，這個月的生活費尚未收到。不能再拖下去了，要麼坦白一切，要麼就算出賣自己的靈魂也要將此事隱藏起來。

「這個月，醫院的薪水……」

「薪水？」

他完全可以從妻子屏息以待的說話聲音想像到那緊張的神情。

「……薪水會發得比較晚一些，聽說是醫院的薪資計算系統出了點問題。」

「呼，我還以為怎麼了……」

「別擔心，最晚也會在這個月底全部匯給妳。」

大周決定出賣自己的靈魂，他不能辜負信任他遠走他鄉生活的秀燦與妻子的期待。他掛上電話以後躺在床上，再次聽見敲門聲響。

「還沒醒嗎？快起來了！作惡夢的時候還是快點起床為上，別躺在那裡回想。」

「我起來了。」

他躺過的地方已經被背部的冷汗浸溼成一片。他坐起身，再次看了看手機，距離月底也剩沒多少日子了，眼下當務之急還得支付暖房設備施工費，房貸和利息也要還，還有信用卡帳單、車子分期付款和公寓管理費，電話通訊費及各種水電瓦斯費、信用貸款、秀燦的學費及生活費、健康保險等……他不能坐以待斃，不論如何都得想辦法賺錢。

張老先生再次敲門。

「快出來，湯都要涼了。」

「好。」

一打開房門，濃郁辛辣的辣牛肉湯味道撲鼻而來，用辣椒粉、牛肉和蕨菜小火慢熬的辣牛肉湯香氣讓大周忍不住垂涎欲滴。他看著這樣的自己，不禁感嘆還真沒出息。張老先生和大周相對而坐，兩人都喝了一口辣牛肉湯，明明前一晚也沒喝酒，卻在喝下幾口湯以後感到鬱悶的身體變得通體舒暢。

「你做了什麼夢？喊那麼大聲。算了，還不到十二點鐘，先別說你的夢境。」
「您還相信這種事喔？」
大周將煮到軟爛的蕨菜塞入口中。
「我本來可不信什麼掉牙的夢、用紅筆寫名字、考試當天吃海帶湯等……但是自從有了你以後我就開始相信了，擔心你考試當天要是喝了海帶湯就會滑倒，用紅筆寫名字會出事，夢見掉牙的時候則會整天擔心你會不會出什麼差錯……。呵呵，很好笑吧？都說人只要想珍惜的東西愈多，弱點就愈多。」
大周暫時放下湯匙，偷看了一眼對著院子笑呵呵的父親。
「所以母親還在世的時候，我高三生日的時候，您也都沒有煮海帶湯嗎？」
「何止是你生日的時候沒喝海帶湯，我、你媽、你，都沒喝海帶湯，所以你才能一次就順利考上醫學院啊，呵呵。」
張老先生彷彿沉浸在回憶裡似地，視線依舊停留在院子。他的雙眼充滿思念。
「我後悔去讀醫學院了，又賺不到什麼錢，早知道就去讀工科做比特幣。」
所幸大周的抱怨沒有被張老先生聽進耳裡。張老先生看著寒風中一對麻雀坐在光禿禿的樹枝上，想起了先離開人世的妻子，究竟為何要走得那麼倉促，要是能晚一點，在差不多的時間點一起離開該有多好……他把湯匙泡進辣牛肉湯裡，攪拌著紅通通的湯汁。

大周調高了電視音量，正在播放最近正夯的外送員收入相關新聞，據說現在就連大企業科長級的管理階層，也出現下班後從事外送作為副業的趨勢。大周連忙拿起手機，他先搜尋外送員收入，緊接著又搜尋外送員工作條件等資料。後來發現，從事外送兼差的收入可以讓他維持在減薪前的薪水，而且最重要的是，他很滿意做多少領多少這一點。「既然做多少領多少，那麼下班後只要還有體力，就能一直讓輪胎旋轉，不是嗎？這樣一天下來收入應該會不錯喔！」

大周到退溪路的摩托車行裡租了一輛中古機車，那是一輛後座裝有外送箱的老舊機車。雖然他從未騎過二輪車，但他認為自己充分能夠駕馭，既然都能順利發動、煞車也沒問題，那應該就是一輛還能騎的機車。他透過幾次點擊，便輕鬆註冊成外送業者的司機，然後立刻接到了一筆外送單。

雖然大周與張老先生的尷尬同居生活變長，卻仍有一項優點，因為在延南洞獨居人口較多，外送訂單也自然多，再加上通常店家與外送地址距離滿近，所以只要近距離移動外送即可，也方便許多。大周接到的第一筆外送單是牛腸米線，雖然是從未到訪過的店家，但是因為就位在住家附近，所以出入來回時有看過這間店的招牌。這間店就位在張老先生每隔兩天就會去一次的延南洞咕嚕咕嚕洗衣店對面，大周小心翼翼地騎著還不太習慣的機車，沿著延南洞公園旁的小路前行。

由於是週末傍晚，人潮眾多。儘管是發布了寒流低溫警報的冬天，人們也依舊面帶笑容地在公園裡散步。當他緩緩騎到米線店時，他看見從洗衣店裡走出來的張老先生，當然，還有珍寶也在一旁。大周心想，父親究竟又拿了什麼東西去放在那敦親睦鄰的舍廊房，但他怕被撞見，連忙轉動機車龍頭，往狹窄的小巷方向行駛而去。要是被父親知道自己因為沒有足夠的錢可以匯給秀燦而在其他診所幫忙代診，還被醫院逮個正著，處以減薪作為懲罰的話，張老先生一定又會對他劈頭蓋臉地痛罵一頓。

他接過米線和湯分開包裝的餐點，放進後座的外送箱裡，他小心翼翼地騎車，以免湯汁灑出。外送目的地是一棟沒有電梯的公寓四樓，上樓時喘得厲害，但下樓時他感到很滿足，腳步也輕盈許多。大周認為，「偶爾做一些單純的勞動反而能帶來活力」這句話似乎也頗有道理。

剛送完這筆外送單，他就馬上又接到了另一張單，是鬆餅，他盡快在鮮奶油尚未融化前送達，接下來又接到了另一張單，這次是炸雞，果然宵夜吃炸雞才是真理啊！隨著時間漸漸流逝，外送訂單也從餐點到甜點變成了宵夜。大周的外送員初體驗在創下二十五筆外送單的紀錄後成功落幕。

當他一打開藍色大門，便看見張老先生和珍寶在院子裡，都已經是接近午夜的時間了，大周嚇得開口問道：

「您在這裡幹嘛呢？」

「你去哪了啊？」

「我難得去見了幾個大學同學。」

「可是我看你沒開車。」

「因為可能會喝酒啊。」

「明天還得上班，可不能喝酒，要是白袍上飄散著酒味，患者怎麼會相信你。」

「所以我沒喝。外頭冷，您還是趕快進去吧。」

大周認為父親只要看見自己就會叨唸不休，他搖了搖頭，一心只想要趕快站在熱水源源不絕流出的蓮蓬頭底下。由於這是他第一次在寒冷的天氣下在外工作，所以沒有準備防寒用品，導致雙手凍傷泛紅，也因為冷風不斷灌進褲子裡，使膝蓋痠痛不已。

大周洗完澡剛從浴室裡走出來，就聽見張老先生在房門外的說話聲，但是被吹風機的聲音蓋過，他聽不太清楚，也許是裝沒聽見只想裝傻也不一定。大周將疲憊的身體躺放在床上，他想起第一次執刀動手術的那天，他不停按摩著極度緊張下變得僵硬的頸部與冰冷的雙手，然後戴上醫療手套。比起第一次完成手術艱苦的那天，今天的睡意更濃，很是神奇，只要躺在主臥室裡的床上，就能毫無雜念地睡著，甚至在尚未思考完「難道是因為這條棉被所散發出來的味道……」前，就已經呼呼大睡。

隔天早上，大周感到全身痠痛。為了下班後再繼續跑外送，他需要足夠的體力，真的需要吃一些做粗活的人吃的飯。大周開門走出去，便看見已經準備好一桌的早餐。張老先生正在瓦斯爐前舀著熬到雪白的牛骨湯，珍寶就在一旁乖乖待著，如今，這已成了大周十分熟悉的光景。

「起床啦？」

「嗯，早。」

「牛骨湯，如何？昨天望遠市場裡我常去的那間店打來，說他們熬了牛骨湯，所以我就特地去了一趟。」

「當然好。」

當大周說出當然好這句話時，張老先生的嘴角泛起了微笑。

「要是能喝看看我煮的紅棗雙和湯就好了……」

「您也知道我不吃紅棗。」

「有和秀燦通過電話了嗎？」

「啊，對了！」

大周坐在餐桌前，確認手機。前一晚幾乎是以昏睡狀態入眠的，所以沒能接到秀燦打來的三通電話。大周按下通話鍵，但是確認完時間以後又連忙掛上了電話，因為現在這個時間秀燦應該在上課。

雖然對秀燦感到抱歉，但是為了孩子，他決定要豁出去一回，於是大口大口地將白飯塞進嘴裡。他今天也打算下班後騎機車跑外送，大周的爸爸張老先生也同樣一口接著一口地喝著熱湯。

「今年夏天回來？」

「嗯。」

「夫妻分開太久也不行，孩子也是，一家人像空心餅一樣生活到底是……」

又開始了。大周不停地將牛骨湯往嘴裡塞。當泡了飯的牛骨湯快要見底時，他索性直接以口就碗，把湯喝個精光。

「你真打算直接讓他讀當地的大學嗎？其實在韓國養也能養得不錯……」

「爸，您是不是看我的一切都不滿意？真的要抓著一大清早就得上班的兒子嘮叨不停嗎？我又不是孩子，我們會自己把孩子養好，也從未向您伸手要過一毛錢，都是我自己一個人在扛！現在到底是因為誰而這麼辛苦！拜託您別再嘮叨了！」

瓷碗撞擊餐桌上的玻璃，發出尖銳聲響。大周起身拿走掛在餐椅背後的羽絨外套，走出大門外。

「這、這小子……」

看門診的期間，大周一直全身痠痛。也許是第一次騎車太緊張的緣故，肌肉痠痛感持續累積。從頸部到肩膀都像扭到似的疼痛，就連抬起手臂都很困難，但即便如此，他還是得為患者動手術，既然都已經因為去其他診所代診而惹人嫌了，要是再影響手術排程可不行。大周不論在家裡還是在醫院，都無法不顧及別人的眼光過生活。

大周獨自坐在院內食堂裡，吃著遲來的午餐，與其說是吃飯，不如說是解決了一頓飯更為合適，因為他全程沒用筷子，幾乎都只用湯匙一口一口往嘴裡塞。大周匆匆吃完飯，餐桌上卻突然送來一杯白開水，原來是那名白袍燙得格外平整的實習醫師。

「教授，您慢用。」

大部分的醫學院學生臉都很白，而他尤其白皙，也許是被辛苦的實習醫師生活嚇到慘白也不一定。在醫院裡，很難找到皮膚不白的人，有時，當到教授的人會去打高爾夫球，把肌膚曬得黝黑一些，但那也僅限於春季賽和秋季賽，大多數的時候都是被困在這終日不見陽光的白色巨塔裡，導致臉總是白白的。大周也是，自從上了醫學院以後，就從未擁有過健康的小麥色肌膚。

「謝謝。你叫什麼名字？」

「我叫張延成！」

「張延成，好，辛苦了。」

「謝謝，也祝您有個美好的一天！」

大周羨慕延成的年輕，充滿熱情與抱負的模樣令人稱羨。大周看著推開食堂大門走出去的延成背影，視線久久沒有離開。

＊＊＊

大周今天也開始在為外送做準備，昨天體驗了一天，最大心得是必須多加件衣服，留意保暖。大周環顧四周，確認四下無人，才走進醫院大廳的洗手間。他從包裡拿出衛生衣褲，要在狹小的馬桶間裡穿上衛生衣褲，根本就是一件很不方便的事情。他才剛把右腳塞進衛生褲，就一個重心不穩向後倒，一屁股坐在馬桶上，因為他無法用左腳保持平衡，所幸馬桶蓋是蓋著的，才能免於屁股弄溼的悲慘命運。

他穿上衛生衣褲，再穿上發熱背心和絨毛運動服，最後又穿了一件羽絨外套，他帶著不允許一絲冷風灌進身體裡的堅定意志，像出征戰場的將軍一樣打開馬桶間的門。他習慣性地在洗手台前洗手，由於身穿厚重的衣服，他不得不伸長手臂，動作卡卡的洗著指間縫隙。胡亂疊穿衣服的模樣看上去實在滑稽，鏡子裡的自己看起來很遜，他朝鏡子甩了甩手上的水滴，然後走出洗手間。

大周抵達延南洞的家，發動了停妥在保時捷後方的機車。他躡手躡腳地張望四周，擔心會和張老先生碰個正著，結果沒想到藍色大門就在那時突然打開。

「珍寶啊，很冷吧？看來要給你買更厚的衣服了。」

張老先生對著和大周一樣身穿深褐色羽絨外套的珍寶，用溫柔的語調說道。他一手拎著裝有主臥房床單被套的塑膠袋，躲在車子後方的大周看著逐漸遠去的張老先生背影，今天的背影看起來格外固執。

大周很快就接到了外送單，果然又是炸雞，早知如此，真應該直接開一間炸雞店的，要是用考上醫學院的努力與毅力來研發醬油炸雞醬，可能比現在生活優雅一萬倍也不一定。

雖然不知道為什麼，但是大周從小就有著要成為什麼「師」的強迫觀念，所以思考過各種自己有可能成為的「師」。他尤其擅長數學，所以大周很幸運，能夠選擇的「師」剛好是人人稱羨的專業「醫師」。或許是從小在藥師父親底下長大的緣故，他對理科沒有任何排斥感，一切過程都很自然，也不討厭讀書這件事，身為學生除了讀書以外沒有別的。後來，他就這樣一路讀書，考上了醫學院，自然而然成為了醫生。對他來說，要在人的身上動刀見血不是什麼困難事，初次解剖實習時雖然有短暫失眠了幾天，但也只有那次而已，所以他以為自己很適合這份工作，並在專科醫師考試前相親，遇到的對象正是現在的妻子。

外送一隻炸雞讓他想起了許多回憶，正當他懊悔著應該拿起剁雞的屠刀而不是救人的手術刀時，發現自己已經抵達位於東橋洞三岔路口的住商混合大樓。他把機車停在地下停車場，再次確認了外送訂單，點餐的住戶是一五〇五室。他站在公寓玄關按門鈴，結果屋主連問都沒問是誰，門就自動打開了。到這裡都還沒什麼問題，但是當他一走到電梯前，便看見顯示著「檢修中」的紅字，「糟糕！這時候我該怎麼辦？」要他爬樓梯到十五樓再走下樓實在太強人所難。

儘管是新手外送員，大周仍不慌不忙地透過安心電話打給訂餐者。電話響了幾聲以後，一名年輕男子接起電話。

「喂？」

「您好，有叫炸雞外送，對吧？我是外送員，現在因為電梯在檢修中，無法使用，可能要麻煩您下來領取。」

雖然是用合理的權利提出要求，大周仍滿頭大汗，反而懷疑難道自己是乙方的立場？大周口乾舌燥，等待對方回答。

「喔，是我要下去領嗎？」

「可能要麻煩您一下……」

兩人維持了一段沉默，後來是年輕男子打破沉默。

「那我再多付運送費三千韓元好了，您要爬樓梯上來嗎？因為我現在有點忙，沒辦法下去領。」

「三千？」

「原本的外送小費就有三千韓元了，我再多給您三千。」

「呃……可是要爬樓梯到十五樓實在有點……」

「那我再加一千，給您四千好了。」

大周心想，既然都已經到這裡了，就當鍛鍊身體，多賺四千韓元吧！於是他點頭答應。

「好，那我現在送上去！」

上一次爬這麼多樓梯是什麼時候的事了？逃生間裡充斥著大周氣喘如牛的呼吸

聲，由於昨天的疲勞尚未消散，所以每爬一級階梯都會有一隻厚重的熊掛在身上的感覺，再加上是住商混合大樓，所以逃生間的樓梯也較高。

「樓梯怎麼這麼高，現在到幾樓了？呼呼。」

大周確認樓層，他發現自己只爬到九樓，不禁垂頭喪氣，然而，他必須不停地邁開步伐，假如在這裡耽誤太多時間的話，就會趕不上晚餐尖峰時段的外送接單量。他一步一步費盡千辛萬苦爬上樓梯，好不容易抵達十五樓。

他按下一五〇五室的門鈴，原本訂單上是寫著「請放門口，敲門離開。」但是因為必須領取用快要裂開的大腿換來的外送小費四千元現金，所以只好按門鈴。門鈴聲響起，一五〇五室大門開啟。

「教授？」

大周因汗如雨下而無法好好睜開眼睛，沒想到拿著現金四千韓元站在他面前的人，正是實習醫生張延成。

大周當下很想直接把那袋炸雞扔在張延成面前，拔腿就跑。他說不出話來，實習醫師延成也震驚不已。他看著大周手提裝有炸雞、香氣四溢的塑膠袋，不知道眼睛該往哪裡擺。

「教授……您為什麼……」

彷彿見到挫敗的英雄般，面露失望表情的延成小心翼翼地開口問道。

「我就不收小費了，你好好享用。」

大周直接把塑膠袋交給延成，便轉身離開。緊跟在後走出玄關大門的延成眼裡，看見的是身穿臃腫羽絨外套、走路歪歪扭扭的大周背影。所幸下樓時，電梯的檢修中標示已消失。搭上電梯的大周看著鏡子裡的自己，露出和延成同樣的表情——遇見挫敗英雄的表情。

進入尖峰時段以後，大周的手機就響個不停，嗡嗡——必須得趕快接單達到一天的工資才行，但他實在無心繼續送下一筆外送單。他覺得內心彷彿破了一個洞，因為全身彷彿被某個東西貫穿，難道這就是所謂的羞恥心嗎？他生平第一次體會到這種感受。後來，各種擔憂排山倒海而來，要是學校傳出教授下班後在跑外送的消息該怎麼辦？這也屬於違反品格信譽嗎？要是直接停職處分而非減薪的話，又該如何是好？雖然大周的腦海裡浮現各種問號，但是最終仍以兒子秀燦這個驚嘆號作收尾。

大周回過神來，掏出手機，然後接了下一筆外送單。這次是豬腳外送，「是啊，還是得轉動輪子，這樣才能賺錢，這樣才能匯錢過去。」

他從三代傳承的豬腳專賣店拿到一份用免洗盒盛裝的特大份豬腳，瞬間，他想起看見自己以後藏不住失望表情的延成臉龐，但是他搖搖頭，告訴自己：「想秀燦就好，因為我是一家之主。」

大周發動機車，正當他從新村站往弘大正門騎的時候，遇到左轉燈停了下來。他看著教堂前閃爍的聖誕樹，安全帽內蒙上了一層霧氣，他試圖用手掌擦拭，朦朧白霧依舊無法消散。他看到纏繞著黃燈的聖誕樹上有著一顆星星在閃爍，然後看見在那棵聖誕樹前自拍的美菈、宇哲和娜熙，他終於明白安全帽為什麼會起霧，因為他正在流淚哭泣。

信號燈一轉換，後方立刻傳來喇叭聲響。安全帽內的霧氣使他看不清前方，大周一邊用手拭淚，一邊騎車出發，然後就在左轉的瞬間突然手無力，導致輪胎打滑。豬腳從側躺翻覆的機車外送箱裡灑了出來，他連忙站起身，徒手撿起散落一地的豬腳、涼拌麵、蝦醬、包飯沾醬等，但是他的左手不聽使喚，就算努力想要伸手去撿豬腳，他的手指也無法聚攏。冷汗順著他的背直流，不太尋常，這是身為醫生的直覺。他想要扶起機車，但是手一直無法使力。他覺得頭部彷彿被人重擊過似地，腦袋一片空白。他拿起手機，按下一一九數字鍵。

「這裡是經過新村圓環，往弘大正門的左轉處，我遇到了機車事故，左手無法動彈……麻煩快點派人來……」

抵達現場的急救人員詢問大周要送去世福蘭斯醫院還是鄰近的醫院急診室，大周不論如何都只能去鄰近的醫院，因為他不能以這種被豬腳濺滿身的可笑模樣，被送去自己以教授身分任職中的大學附設醫院。

大周抵達醫院，依照放射科技師的指示，將左手放到了X光機台上。他張開手掌，左右旋轉了幾個角度，完成拍攝。一臉倦容的醫師表示，幸好骨頭沒斷，就只是有些裂痕，而且韌帶也有受傷，所以長的話要戴一個半月左右的石膏，然後再重新評估復原狀態，看情況做治療。

「該死的，竟然要一個半月！那就表示這段期間都不能進手術室了……這樣又該如何向醫院交代？」比起眼下手腕傳來的疼痛感，他更擔心接下來可能會發生的事情，這使他後頸變得更加僵硬。

大周打著石膏，從急診室裡走了出來。發生事故的機車被停放在事故現場交岔路口旁，他必須趕快去牽車，要是被人盜走事情可就大條了。

「唉……不能騎走，也不能拜託誰來騎走，要是一直停在這裡絕對會被拖吊，那罰款又得要付多少錢啊，呼～」

大周嘗試用身體的重量去挪移機車，但紋絲不動。這時，他覺得人生真是白活了，因為連個可以打電話求助的朋友都沒有，對那些自認是好朋友的同學們則是沒有勇氣讓他們看見自己這副德行。他暗自心想，說不定真正的朋友，是被他發現自己最狼狽的模樣也無所謂。

大周再次與一動也不動的機車展開搏鬥，但是依舊文風不動。他光靠自己一個人的力量是不夠的，既然事已至此，他只能想到一個人，那就是和張老先生同居的期間，進進出出會遇到的那位總是身穿暖房設備公司背心的宇哲。大周只知道對方名叫宇哲，連姓什麼都不知道。

他看著張老先生昏倒時儲存的美菈電話號碼猶豫許久，大周的嘆息與冰冷的空氣相遇，宛如香菸的煙霧般從口中噴出。

「唉……到底該不該打過去呢？真是要瘋了。」

雖然他想起了宇哲的臉，卻想不到該向對方說什麼。畢竟平時也都只是點頭之交，所以實在不知道該從何提起……直接打電話請求幫助顯然也不太合適。

「算了，不打了，我自己推！」

大周將打著石膏的左手臂放在機車龍頭上，用趴著的姿勢去推機車，輪胎開始緩緩轉動，他使出吃奶的力氣繼續推動，輪胎也不停轉動，最終好不容易推到了停放在藍色大門前的保時捷後方。比起打了石膏的左手臂，他的右手臂反而更麻，不，應該說已經幾乎失去了知覺。

大周用手拍了拍羽絨外套，一股豬肉的腥臭味和蝦醬的鹹味直竄而上，他絕對不能這樣走進家門。就算裡面的衣服暫時無法處理，沾滿豬油和涼拌麵醬汁的羽絨外套也得先洗乾淨才行，因為絕對會被父親識破。「可是現在這個時間點，也沒地方可以買新衣服，這到底該怎麼辦才好……。啊！還是去那間店看看？店名叫什麼呢？延南洞咕嚕咕嚕洗衣店？」

大周喘吁吁地抵達了延南洞咕嚕咕嚕洗衣店，開門前就已經先聞到熟悉的香味，是主臥房床上母親縫的老舊棉被所飄散出來的味道，原來那股溫馨的味道是從這裡來的。

人生第一次來到洗衣店的大周，既陌生又不自在地環顧了一下內部，最先映入眼簾的是放在咖啡機旁的雙和湯，也是張老先生不斷催促大周嚐一口的紅棗雙和湯。

自從在院內食堂吃完午餐以後，大周就再也沒吃任何東西，所以看到雙和湯的時候有點心動，但他還是不喜歡紅棗，尤其在這種情況下，更不想看見與自己名字相像的大棗。他拿起一旁印有黃色芒果圖案的軟糖，拆開外包裝，將軟糖放入口中。雖然是足以明顯感受到血糖立刻上升的強烈甜味，但是大周的口腔依然是苦的。當這個不知是甜味還是酸味還是苦味的東西吃進肚子裡，胃酸便開始分泌，他再次感到胃痛難受。

他迫不及待想要脫去身上的髒衣服，有別於張老先生在洗衣店裡熟練地操作自助服務機台，大周動作生疏地選擇洗衣機和清洗程序，然後才將羽絨外套脫掉，放進洗衣機裡。很快地，洗衣機開始注入清水，然後洗衣筒開始滾動。

雖然大周脫去了羽絨外套，但是洗衣店裡一點也不冷。也許是寒流低溫警報發布日的緣故，店內的暖氣開到最強，還將熱風從天花板吹送到地板。大周坐在窗邊的座位觀賞外頭的光景，除此之外他也無事可做。

即便是凜冽寒冬，人們依舊笑容滿面，從嘴巴哈出來的白煙不是宛如鬱悶的香菸煙霧，而是像水蒸氣般乾淨，短暫停留在大家的微笑上再逐漸消失。大周呆呆地看著窗外，宇哲一家人經過了洗衣店前。美菈和宇哲一人各牽著娜熙一隻手，兩人都面帶笑容。大周的眼淚嘩啦啦掉了下來，他連忙用手背擦拭淚水。

嗡嗡——

震動聲響起，是秀燦打來的視訊通話。他無法接起，不能讓妻子和秀燦看見自己這張被冷風吹到通紅的臉，儘管他極度想念他們，他也按不下通話鍵。

「我怎麼會把日子過成這樣……」

他從未後悔過，也從未對自己問過這種問題，但是大周自己也不知不覺從口中冒出了這句話，而這句話就像是扣下了扳機一樣，使他眼淚直流，就如同洗衣機裡朝髒羽絨外套注入的清水一樣，雙眼不停地淚如雨下。

一開始他只是啜泣抖動肩膀，過一會兒則是哭到全身顫抖。桌上的手機震動響個不停，是正在等待聽見爸爸聲音的秀燦。

「……我們到底為什麼要這樣過日子？」

他不能向任何人傾訴，因為一定會被說身為大學附設醫院教授、將妻子和兒子都送去美國留學，還在那邊身在福中不知福；也一定會有人唱衰，從未看過富養的小孩長大後會孝順父母。

電話不再響起，大周拿起手機，查看了一輪儲存的電話號碼。從第一個子音開始到用英文名字儲存的電話號碼統統都看了一遍，但是沒有一個人能讓他放心訴苦。也許大周早已知道這問題的解答，儘管沒有人能體會他獨自一人如履薄冰的滋味，他也仍然希望至少能對虛空訴說這樣的情況。

大周看著窗外風景，嘆了一口氣。玻璃上蒙著一層霧氣，緊接著，天空開始飄起了雪，變成紫色的天空，默默地下起了宛如白色衛生紙屑般的小雪片。窗外的路人紛紛拿起手機，朝雪花紛飛的延南洞公園路拍照，像是要把這美麗的瞬間永遠保存下來似地。然而，大周反而將手上的手機放下，放聲哭泣。當他用發熱良好的衛生衣衣袖擦著一把鼻涕一把眼淚時，才發現桌上原來擺著一本青綠色的筆記本。他想起父親曾經說過，洗衣店裡有一本可以供客人寫心事的筆記本。大周拿起筆，找了一處空白的地方寫下一段話。

這真的是人過的日子嗎？還是身為一家之主本來就該如此生活？為什麼我

是過著這樣的生活呢？

只是在白紙上寫下區區幾個字，內心就變得舒坦許多。宛如孤島般獨自生活的他，把未能對任何人說的話寫了出來，他覺得心裡的委屈似乎有平息不少。

大周從烘衣機裡拿出溫熱的羽絨外套坐在椅子上，他感受到一股熟悉的香味，宛如在太陽底下曬乾的潔淨棉花香，讓總是失眠的大周能立刻睡著的主臥房棉被上也同樣散發的那個味道。大周把溫暖的羽絨外套抱在懷裡，不知不覺間睡著了。

嗡嗡——

大周被口袋裡響起的震動聲吵醒，睜開眼睛，看了看手機。是父親打來的。「竟然已經凌晨一點鐘了！明天還要上班，眼下這打著石膏的手又該怎麼向父親解釋？」大周用右手撓了撓頭，可想而知父親又會叨唸什麼，但又不能告訴他是因為做外送而受傷。

他依然像個衛生紙屑一樣，有氣無力地踩著落在地上的白雪，往家的方向行走。大周不停動腦筋思考。「是啊，我今天是因為倒楣，不小心在樓梯上踩空跌倒才會摔傷手臂。」

「你去做什麼了現在才回來？外頭下這麼大的雪，這種天氣應該早點回家。」

張老先生的眼睛停留在大周的左手臂上。

「這是怎麼受傷的？那身衣服又是什麼？」

啊，沒換大衣。今天一整天因為羞恥心、委屈、疲勞感不停席捲而來，使他忘記要在車上先換好衣服再走進家門。大周乾咳了幾聲說：

「那個，呃……」

緊閉雙唇的大周小聲地說：

「我跌倒了，最近體力實在太差，下班後想去醫院後方的小山走走，所以才會穿成這樣。」

「醫生手受傷是要怎麼治療病人……趕快進去休息吧。」

雖然大周心想，都已經在這種情況下，父親擔心的依然是病人而非兒子，自己還有什麼好奢望的，但是出乎意外地沒有像往常一樣叨唸不休，這點讓大周感到有些訝異。大周認為這樣也好，便走回房間。他雖然想站在出熱水的蓮蓬頭下沖個熱水澡，但是因為左手臂打著石膏，使他最近唯一的小確幸也泡湯了。

緊身的厚發熱衣褲脫起來不是普通的麻煩。「這要怎麼脫下來呢？」這過程就像蠶蛹脫殼蛻變成蝴蝶一樣艱難。當他費盡力氣好不容易把衣服全脫下來時，珍寶用爪子抓了抓緊閉的主臥室房門。

「嚶嚶……」

「不論是你還是我都在慘叫呢。怎麼？你也哪裡不舒服嗎？爸又去了哪裡？」大周打開房門確認，卻不見張老先生的身影。「也沒鋪棉被在客廳裡，他究竟去了哪裡？」空蕩蕩的客廳天花板上，傳來美菈一家人的笑聲。

「今天都沒和秀燦講到電話呢。」

「嚶嚶……」

珍寶用頭去磨蹭大周的膝蓋。

「哪裡不舒服嗎？喔，想尿尿了啊？」

珍寶一邊發出嚶嚶聲一邊走到玄關大門前，一起住了幾天的大周立刻意識到珍寶是想要上廁所，所以幫牠打開大門。珍寶像是等待已久似地跑去庭院花圃前，抬起右後腿爽快地撒了一泡尿，然後走到庭院角落。開著藍色火焰的攜帶式卡式爐上，放著一個鍋子在煮東西。張老先生蹲坐在那前面，他看起來比大周小時候在院子裡見到的模樣消瘦許多。

「爸，您在這裡幹嘛呢？大半夜的。」

「好了，快進去吧，這麼冷幹嘛出來。」

「因為珍寶剛才在嚶嚶叫。」

「啊！門被關上了啊？哎唷，對不起，珍寶。我們珍寶還好嗎？你就趕快進去吧！」

大周心想，難道不能用對待珍寶的方式一半來對待自己的兒子嗎？大周咂舌，走回屋內。他隱約聞到了牛骨湯的味道飄過鼻尖。

早上的餐桌上擺著牛骨湯，那是在院子裡熬了一整晚，去除掉漂浮在表面的那層油，再繼續熬煮多時，變成雪白色的濃湯。

「這是您晚上在院子裡煮的嗎？」

「因為時間太晚，所以連電話都沒辦法打給望遠市場小菜店，家裡正好有牛骨，我就急忙自己熬了一些，趕快吃一吃去醫院上班了，患者們都在等你呢。」

張老先生撒了一點鹽在湯裡，等待著大周的反應。

「你吃清淡一點。」

「吃得清淡不代表就一定是好事。」

「怎麼樣？」

「……就只是沒味道的清湯而已。」

「我可是熬了一整晚呢……」

大周認為，如果真要尋找目前這種困境的原因，那應該就是因為這棟有著藍色大門、位於延南洞的房子所致。假如當初將這個家改建成商店，就能把按月拿到的月租費匯給秀燦，然後和平常一樣過日子……大周突然怒火中燒，一切都是因為父親那不必要的執著與堅持要守護回憶的頑固執念。

「我有要您熬牛骨湯嗎？我有要您整晚熬這充滿肉腥味的東西嗎？」

「你說什麼？」

張老先生放下湯匙，看著大聲咆哮的大周。

「誰讓您熬這種東西的？您根本不知道我最近過著什麼樣的日子！整天只會把病人、病人、病人掛在嘴邊！您有擔心過我嗎？您為樓上的住戶著想那麼多，不，您還特地將紅棗曬乾煮成雙和湯還是什麼鬼東西的，拿去洗衣店裡與其他人分享，您有為我們秀燦做過什麼事嗎？當您在照顧那些素未謀面的人時，有沒有想過遠在他鄉過苦日子的秀燦？」

「這……這又是什麼話……？」

「秀燦去上騎馬課，結果借了一匹最便宜的馬來騎，差點落馬摔死。」

「什麼？有受傷嗎？」

「那是您的孫子啊，只為了省那五百美元，冒著那樣的危險在遙遠的他鄉過辛苦日子呢！」

「是我叫你們送去的嗎？」

張老先生也不甘示弱。

「所以是我叫你們送他去的嗎？我不是說過嗎？粉紅鸚嘴要是跟著東方白鸛飛，最後會怎樣？最終辛苦的人只會是秀燦！結果還是堅持要把他送去的人是你欸，是你！然後現在再來怪誰呢？怪我這做父親的？」

「那為什麼要把我生成粉紅鸚嘴？為什麼我就是粉紅鸚嘴？您怎麼不把唯一的兒子生成東方白鸛，像其他人一樣幫助我風光地在江南開一間診所，還送孫子出國留學？假如可以重新投胎，我還真希望能出生在東方白鸛的家庭裡。作為一個為了省五百美元讓兒子只能借尚未馴服的便宜馬來上課的父親，是多麼悲慘的一件事，您這個對兒子漠不關心的父親能理解嗎？」

啪。

張老先生搧了大周一記耳光，接下來是一陣沉默。張老先生在那之後也沒再說任何一句話，大周同樣不發一語，只有用舌頭不停在口腔內舔著紅腫的臉頰。他這輩子從未被父親打過，儘管是高三那年站在藍色大門旁偷偷抽菸被逮個正著，也從未被父親動手打過。然而，為了這間房子，他已經被打了兩次，上次是珍寶的腿在大門前受傷時，這次又是。他愈來愈討厭見到這扇藍色大門了。

「固執的老頭，應該還能再多活三十年，無病長壽活到一百歲都不成問題！臉怎麼還這麼痛……」大周打開公車車窗，讓涼風吹拂在熱燙腫脹的臉頰上，他氣呼呼地心想：「我現在是因為誰而在受這個罪。」

然而，不論怎麼追究，吃這個苦的原因都不是張老先生，說不定大周也清楚知道這自討苦吃的原因與結局，明明都知道，卻想要怪罪給父母，就如同天底下所有為人子女的一樣，想賴皮。

＊＊＊

醫院下達了兩個月的建議休假通知。之前就已經因為在其他診所代診被發現，成了院方的眼中釘，再加上現在又因為手臂受傷而難以消化手術排程，所以醫院才會做出沒有必要支付教授薪水的判斷。這是一份以手臂痊癒為止好好休息養病的名義來包裝的半強迫休假，現在連被減薪的薪水也籌不出來了，所有事情就像老舊電線杆上糾纏在一起的電線一樣，無計可施，亂七八糟。「現在該從哪裡籌錢呢？」

走出教授室的時候，大周撞見了恰巧站在門口的延成。

「教授……那時候是我不對，很抱歉，真的作夢也沒想到會是您……」

當然，有誰會想到為了四千韓元和自己討價還價的外送員竟是自己的專業教授，應該連作夢都不會夢到，因為大周也不曉得自己會為了一張千元鈔而糾結。大周很難直視延成的眼睛，老是會不自覺地低頭。

「教授，真的很對不起。」

「到下次見面為止都要繼續努力啊！要像這樣一直穿著乾淨、平整的白袍，看起來真棒。」

延成不發一語，只盯著大周打著石膏的手臂看。大周拍了拍他的肩膀，便先行離開。

當他搭上往延南洞家方向的公車時，暖房設備公司打來。

「維修報價單出來了，現在傳簡訊給您。」

「請問大約何時可以施工呢？」

「您先看看維修報價單。要先匯訂金給我們，我們才能為您安排時間。」

「好。」

「我現在傳給您了，再麻煩確認一下，需要的話請與我聯繫。」

嗡——

大周害怕點開報價單。又要花多少錢維修呢？要是放久了還會導致樓下漏水，又要再賠償一筆錢……但他認為還是趕快結束這場令人受不了的同居生活比較好。

確認過報價單的大周不禁發出了驚愕的聲音。

「怎麼這麼貴？」

大周打電話至暖房設備公司，修理技師表示因為要把公寓地板整個拆掉，找出漏水的地方，再重新安裝地暖設備，那麼自然是需要一千萬韓元左右，再加上最近的人事成本費用提升，這份報價都已經算是很經濟實惠的了。眼下大周就連匯給秀燦的生活費都沒有，他實在無法立刻決定施工。

「您看怎麼樣呢？要是不趕快進行維修，樓下就會漏水，然後還要賠償，我們上次去施工的那戶人家也是因為一直拖延，害得樓下漏水，結果付了一筆高額的賠償費用，包括施工費和飯店臨時住宿費。我看您那邊的住戶也都滿高級的，應該不是會願意去住汽車旅館的人……您想想看光是一週的飯店住宿費就多少……唉，您還是趕快做決定吧。」

「該怎麼做才好呢……？」面對維修技師的催促，大周心裡更是焦急。他自責不已，彷彿瞬間自己成了大傻瓜的感覺。

「我現在得先去幫病患動手術，有空再仔細看看，明天聯絡您。」

大周含糊帶過，匆匆掛上了電話。其實他根本沒有要動的手術，而是下一站到站廣播即將播放。

大周在延禧十字路口處下車，他走進一條小路，抵達延南洞入口。今天的風格外寒冷，他因為左手臂打了石膏，無法將手臂套進大衣裡，導致手感到十分冰冷，寒風也不停地吹進胸膛裡。然而，這種程度的寒冷根本不算什麼，眼下一千萬韓元該如何是好，更別說秀燦和妻子的生活費又該怎麼解決。大周穿梭在一臉天真爛漫、在公園裡散步的人群之間，思考著上一次像那樣無憂無慮地笑是什麼時候，不斷呼出像香菸煙霧般的嘆息。

當大周走到藍色大門前停下腳步時，他無法輕易開門，他感到有失自尊，早上都已經被父親那樣狠心搧了一記耳光，結果還是只能回到這裡。正當他來回踱步時，看見了停放在大門口的愛車保時捷。「好吧！就先在這裡待著吧。」車內十分溫暖，至今還隱約散發著新車的味道。當初在選配備時，他最在意的就是紅色坐墊和紅色安全帶，以及座椅頭部鑲嵌的保時捷浮雕標誌，還有中控台中間顯示的時鐘，光是看著就令他非常滿意。他坐在駕駛座上，默默閉上雙眼。

儘管身體冷到發抖，他也不能發動引擎，因為要發出像猛虎咆哮般的引擎聲，就得支付可觀的燃料費。光是發動引擎，油量就會滴滴減少……更何況還只能注入高級汽油，所以在現在這種情況下，他連一滴油都捨不得用。雖然因為這幾天都停在戶外，椅墊冰涼，但他很幸福，能夠讓他好好休息放鬆的地方，只有這個駕駛座位。

不小心睡著的大周被藍色大門的關門聲嚇醒，他睜開眼睛，看見依然身穿暖房設備公司背心的宇哲走了出來。大周自己也不曉得為什麼，下意識地打開了車門。

「那個……！」

「喔？您好。」

宇哲停下腳步，訝異地看著走下車的大周。

「那個，請問……」

「有什麼事情嗎？」

「請問您可以幫我看看這個嗎？我家的暖房設備故障了，所以上網找了一家請他們報價……結果比我想像中的貴好多。」

因為報價太貴所以在猶豫要不要施工。大周不曉得為什麼這句話這麼有失自尊，所以過了一會兒才切入正題。

「我看看。」

宇哲慢慢查看大周透過簡訊收到的維修報價單，突然蹙眉，害得大周開始緊張了起來。

「請問本來就是這樣嗎？」

「根本就是詐騙集團。」

「詐騙？」

「這是哪一家？也太沒良心。」

「是吧？我就想說應該不可能這麼貴！」

大周的聲音變得激動，因為他有了可以省下不少錢的希望，並且慶幸自己沒有被騙。

「我去幫您看看吧，冬天這種沒良心的公司尤其多，每次都看準了天氣寒冷加上在一旁鼓吹要是不趕快修理就會需要賠償樓下住戶，一直逼客戶先付訂金，然後最後再說沒有問題的話，客戶就根本無從確認他們是否真的有拆地板檢修，所以還是我直接去幫您檢查吧。」

「……謝謝。」

「別客氣，都是靠互相幫助過日子。」

宇哲這番話深深打中了大周的心。宇哲留下了沉穩又木訥的告別，便先行離開。獨留原地的大周重回車上，過一會兒就是秀燦要從加州打電話來的時間，他害怕手機響起，也實在不曉得該如何向妻子提起自己在醫院被迫休假的事情。

而且兩人的生活費又該從哪裡籌錢匯過去……他只有不停地盯著左手臂看。他用手機打開網路銀行，確認餘額，早已沒有可以被詐騙或被盜用的錢，為何還要設定如此複雜的登入密碼。他用右手單手在小小的鍵盤上按下密碼，結果在幾次輸入錯誤後好不容易才登入成功。剩餘金額只足以支付下個月信用卡卡費的程度。

「唉……」

大周只有嘆息。以前就讀理科時，總是穩坐第一名寶座的他，迅速地計算了一下，要匯款至美國的生活費和直接匯款至學校的學費、公寓貸款本金和利息……到這裡就開始難以計算了。到底該先匯生活費和學費？還是先還貸款？要是貸款遲繳，還得另外多繳滯納金，所以他不曉得該如何訂定優先順序。

就在那一刻，低著頭的大周眼前出現了一匹抬起前腿彷彿隨時都要奮力奔馳的馬兒，那不是他在狎鷗亭手術房裡腦海中閃過的褐色馬，也不是秀燦特別滿意的薩爾達，而是儘管是像冰塊一樣冷的車座，也能讓大周唯一可以坐下來好好休息的保時捷方向盤上印有的黑馬。「看來最終還是得把你送走……」

經濟不景氣簡直就是無稽之談，破億韓元的汽車一放到中古車商才兩小時，就出現了買主。在聽聞因為全球半導體問題，保時捷車輛要等超過兩年才會出貨的消息以後，那些有錢人便紛紛聯絡車商表示可以直接用現金收購。

雖然大周已經下定決心要賣車，但是當他收到中古車行通知車子已經賣出的消息時，難免還是感慨不捨。由於大周手臂受傷無法開車，所以車行業務會親自來這裡取車，業務請大周備妥印鑑，預計再過一小時就會抵達。

大周去了一趟延南洞居民中心，申請一張汽車買賣用的印鑑證明。回到車上以後，他拿出了當初買車時放在車子置物箱裡的車輛登記證與購買資料，並收到了業務傳來的簡訊，說十分鐘內抵達。他懷著不捨的心情目不轉睛地盯著方向盤正中央的黑馬標誌。「好吧，永別了。」大周最終決定送走那匹一直在內心荒野上馳騁的黑馬，好讓他遠走高飛，奔馳在真正的荒野上。

業務拿到兩副車鑰匙和文件以後，便駕駛著大周的黑馬，滿臉興奮地揚長而去。

「是啊，醫院、家裡、醫院、家裡，總不能讓你每天都只有在重複塞車的江邊北路上奔馳，去你可以盡情發出排氣音、全力加速衝刺的地方吧！不要再遇到像我這種在頂級汽油面前會猶豫不決的主人，也不要遇到因為分期付款而每月戰戰兢兢的車主，跟著可以直接用現金支付億元的車主好好盡情奔馳。過去這段時間對不起你，如今就去盡情綻放因我而壓抑已久的能力吧！一路好走，我的黑馬。」

藍色大門前的保時捷一消失，圍牆就顯得空蕩蕩，只聽見寒風撞擊牆壁的聲音。如今，是時候要打開這扇大門走進去了，要進去重新面對父親。他極度厭惡除了這裡以外無處可去的現實，假如父親在傍晚時分小睡，那就不會見到面，可以直接衝回主臥室。他打算若無其事地安安靜靜躲在房間裡。

因為珍寶而總是開著的玄關大門已經關上了，大周緩緩推開大門，走了進去。玄關處不見張老先生總是腳踩的深褐色運動鞋，這時，原本躡手躡腳的大周，腳步變得大膽了起來。客廳裡也空無一人，很好，大周走進房間，他根本不曉得其實是張老先生看見兒子在沒發動的車裡發抖睡覺，所以刻意在這寒冷的冬天裡外出，把空間留給兒子。

大周像是昏倒似地躺在了床上，然後用手機打開網路銀行，確認帳戶餘額。賣掉車子的錢還沒有匯進來，雖然他知道等汽車名義變更後，就會馬上把錢匯入戶頭，所以勸自己再等等，但仍難掩焦慮的心情。瞬間，他甚至感到不安。「該不會拿我的車來當贓車吧？」也許是因為最近諸事不順的關係，他變得特別敏感。十分鐘左右過後，大周按下重新整理按鈕，發現賣車的錢已匯入。他把自己積欠的分期付款費用繳清以後，戶頭裡剩下了五千萬韓元左右。

大周用賣掉自己的黑馬錢，支付了秀燦的馬兒——薩爾達的領養費和生活費。他的戶頭再次變得輕盈。「只要撐到重新回去上班為止就好，到時候就會有辦法的。」雖然心裡空空的，但是睡意不斷襲來。也許是在車上不停發抖的緣故，今天母親生前縫好的棉被顯得格外溫暖，被子上所散發出來的延南洞咕嚕咕嚕洗衣店味道也更讓人感到溫馨。

枕頭套溼了一片，睜開眼睛時雖然已經想不起來自己究竟作了什麼夢，但是是一段悲傷的夢境。大周不願意回想，現實都已經夠艱辛了，不需要再想起難過的夢境。他感到口渴難耐，當他打開房門時，坐在沙發上的張老先生和珍寶映入眼簾。雖然渴到喉嚨彷彿裂開，卻無法邁出房門外一步。

由於是把幾乎像小兒子一樣愛惜的黑馬保時捷賣掉，所以心情更是低落。要是我可絕對不會對秀燦做這種事。明明有個父親，卻怎麼能如此無情，如今父子糾紛儼然已成自尊心之爭，唯有透過開啟的房門與大周四目相交的珍寶顯得坐立難安。

大周穿著羽絨外套走出房門，要是平常張老先生一定會問這麼晚了要去哪裡，但是今天他選擇閉口不語，只有默默觀看大周甩門離去的玄關大門。

大周在家連一杯水都無法輕鬆地喝，他走在延南洞的街道上，寒流低溫警報連日都未解除，依舊冷風颼颼，這是個寒冷刺骨的冬天。

「要不要去便利商店吃一碗杯麵呢？算了，那也是錢，還是去散步吹吹風好了。」

他想起早上吃的牛骨湯，但還是不停地走。這種時候開車在漢江上奔馳心裡會很暢快，如今就連心裡鬱悶難以喘息的時候，也沒有一輛可以外出兜風的車子。大周心知肚明，今日離開的黑馬將永遠不會回來。

他的腳步停留在公園路最底端，燈火通明的延南洞咕嚕咕嚕洗衣店。很溫馨。空無一人的寧靜洗衣店裡，只有一台洗衣機製造著白色泡沫，發出唰唰海浪聲正在運轉。咖啡機旁依然放著張老先生去重新補放的紅棗雙和湯，雙和湯顯示著深咖啡色的色澤，大周皺起眉頭，因為他彷彿聞到了從瓶子裡陣陣飄出的紅棗味。

大周原本在猶豫要不要按一杯咖啡來喝，但最後選擇直接坐在桌前，他好奇有沒有人回覆他上次留言寫下的煩惱，忍不住噗哧一笑，感覺四十年人生似乎白活了，能夠訴說一句煩惱的地方竟然只有這裡。他直接從青綠色筆記本的中間部分攤開。

「我記得是寫在這附近。」

他繼續翻了幾頁，才出現上次寫下煩惱的那一頁。

我想要嘗試寫幾句話，分享我和兒子的故事。在他剛過百日的時候，他先叫了爸爸而不是媽媽，大家都感到很神奇，但是隨著時間流逝，現在似乎已經沒有什麼事情需要叫我了。如今對於兒子來說，我好像已經成了一個只會嘮叨的老頑固。我自認一直努力當個一家之主，但是在兒子心中卻只是個愛嘮叨的父親，實在不曉得是從何時起，和這個曾經先叫爸爸的兒子漸行漸遠，難道是從他上了醫學院開始？從他結婚以後？從他生了兒子之後？實在不知道。從某一刻起就突然疏遠了。

大周閱讀完這段文字，歪頭感到疑惑。這是他熟悉的故事，彷彿就是在說他本人一樣，所以繼續將視線停留在筆記本上，緩緩閱讀下去。

然而，現在支撐我活下去的力量是我們共同創造的回憶——兒子踩著胖胖的小腳丫在媽媽打理好的花圃前跑過來撲進我懷裡，當時他的體溫還記憶猶新；第一次去拔門牙的那天，他流著眼淚將牙齒丟向屋頂上的模樣；雖然不知從何時起已經停止更新，但院子圍牆上有用粗線條刻著他的身高；在院子裡為樹木澆水時一定會衝出來玩水，把衣服搞得溼答答，那天真爛漫的模樣；下雪的話就非得要弄成雪球，做個雪人，還擔心雪人會冷，一定要幫它圍上媽媽親手織的圍巾，那份純真……雖然因為再也無法看見這些模樣而十分懷念，但是也因為有這些記憶，使我這獨自生活的老人不感到孤單。因此，我成了一個充滿刺的頑固老頭，必須堅守這個家。

兒子啊，假如你有一天再回到這裡，讀到這篇留言的話，不，即使你沒看到也好，這點我還是想要告訴你，我當初覺得很遺憾，你把孩子送到遙遠的他鄉，放棄了這種時光，所以我才會那麼反對。

這段時光是再也無法重來的，這是我親身經歷過才有的心得。再過不久，我就要準備去找你媽了，我把當初為此存下來的喪葬費匯給你，雖然你可能會覺得我又在嘮叨，但這一點我必須告訴你，我也很想教你粉紅鸚嘴要如何過得比東方白鸛還要幸福，但是沒能做到，實在抱歉，但……就算到我壽終正寢為止，不，就算到我從這世界上消失無蹤以後……我也還是非常愛你……

用鋼筆工整寫下的字跡，與小時候家庭通知書上、成績單上、醫學院入學時收到的第一封信裡看到的字跡是一樣的，這是父親張老先生的字跡。大周感到喉嚨鎖死，深埋在腦海裡的回憶有如電影底片般一幕幕閃過。

陌生又令人不適的延南洞藍色大門家，就是這樣的家，它保存著那些再也無法遇見的瞬間……

大周用指尖撫摸著筆記本上的字跡，然後停留在愛你兩個字上許久。

張老先生早已知道，當他發現一輛老舊機車藏在兒子心愛的保時捷後方時、當他看見深藏在洗衣籃裡的那件飄散著食物味的黑色發熱衣褲時、從宇哲那裡聽聞他放下自尊主動開口詢問暖房設備問題時、目睹獨自坐在洗衣店裡哭泣的大周時……張老先生就知道了。

父母能看得出孩子的日子過得辛苦，光看孩子的背影、彎腰駝背就能知道是被什麼煩惱糾纏，這就是父母。

大周翻開了那本被許多人翻閱過、沾滿手指印的青綠色筆記本第一頁，在那些寫著「肚子餓」「好無聊」等日常瑣碎的煩惱底下，也有著張老先生的字跡。看著那穩重的字跡，大周不禁紅了眼眶，原來就連素不相識的人所訴說的煩惱，父親也都有為他們一起分憂解惑。父親為了創造來這間店的理由，取出老舊泛黃的棉被、熬煮雙和湯，即使在發布寒流低溫警報的日子裡，也要牽著珍寶的胸繩，拖著那瘦弱渺小的身軀來這裡。原來父親是寂寞的。

嗡——大周的戶頭裡匯入了一筆以張老先生的名字轉帳的錢。張老先生的人生宛如一生只睡五次、其餘時間都在吐絲的蠶一樣，不斷吐著白絲，而且還不是為任何人，是為自己的兒子。

大周用力睜著紅腫的雙眼，並用右手抓住短短的頭髮，強忍住淚水，感覺隨時會有某種炙熱的東西從內心深處湧現。他握緊拳頭，開了一瓶張老先生放在店內的紅棗雙和湯，小心翼翼地將瓶口靠到嘴邊，伴隨著熱淚一起喝下一口，甜甜的紅棗味和苦澀的藥材香沿著喉嚨而下，這是他生平喝過最甜的東西，甚至甜到發苦。當雙和湯流進心裡時，壓抑已久的眼淚奪眶而出，即使摀住嘴巴也難掩哭聲。他想起自己假裝沒聽見父親說話的那些瞬間、緊閉房門的那些片段，那個一輩子只看著兒子背影的人……爸。大周泣不成聲，淚如雨下，甚至哭到全身發抖。唰唰——洗衣機在大周背後轉動，發出海浪般的聲響。當洗衣機的聲音逐漸慢下來時，又有另一台洗衣機發出更大的海浪聲。大周在源源不絕的海浪聲中嚎啕大哭，直到過了許久，海浪聲減緩時，他才聞到一股熟悉的氣味，寧靜而又溫暖的香味使他闔上哭到腫脹的雙眼。他將兩隻手臂交疊在青綠色筆記本上，頭靠在手臂上，就如同小時候枕著父親的手臂睡覺一樣，心裡感到無比安定。

一台洗衣機在大周的背後默默運轉，傳來陣陣的海浪聲，唰唰——白色衣物在洗衣機裡翻滾、掉落，不停反覆，又是沾著煩惱的髒衣物正在洗淨中。

「每個人都需要一片可以放聲痛哭的大海，延南洞就有一片小海，拍打著白色泡沫海浪，可以洗淨人們的眼淚和悲傷。」

尾聲

「沒事的，韓夏天，別緊張！有接到電話是好事，沒接到電話就……明年再挑戰一次嘍，沒關係，嗯！」

今天是劇本徵選結果公布日，夏天因為內心忐忑而坐立難安，她乾脆拿著坐到凹下去的坐墊走出工作室。從她背影透露出來的那股焦慮，也宛如青春的綠色般清新。世雄走進洗衣店，來領洗好的警察制服，剛好遇見了夏天。

「阿姨，妳又來找什麼解答了？」

「大叔，別跟我說話，這樣會害我聽不見手機鈴聲，漏接電話。」

「竟然叫民眾的枴杖[7]是大叔！妳在等什麼電話嗎？」

夏天打算清洗坐墊，但是店內的所有洗衣機都已經在運轉。

不知從何時起，來這裡的客人變多了，現在青綠色筆記本也只剩最後一頁是空白的，彷彿是在為那些比自己有著更沉重煩惱的人所預留。

正當世雄在催促夏天回答的時候，蓮雨拿著沾有顏料的工作服、懷裡抱著小米雷走了進來。

「喔？您好，好久不見！最近因為是學校的考試期間，所以一直沒空來，看來今天來對了！」

蓮雨面帶燦爛笑容打招呼，這時，洗衣店的門又再度發出叮鈴聲被推開，原來是重回免稅店上班的美菈帶著她的紅色制服來清洗。

「哇，大家都好嗎？沒想到會在這裡看見想念的面孔。現在是因為沒有空的洗衣機，所以都在這裡等待嗎？」

「也不曉得今天是適合洗衣服的日子，還是大家都有很多煩惱，總之沒有一台是空的！您已經復職了嗎？」

緊緊握著手機的夏天說道。

「對，多虧公司的時間安排，讓我又能重新穿上這件衣服了。」

美菈揮動著繡有自己名字的背心，面帶笑容，彷彿找回了過去一直以媽媽、妻

❼在韓國稱警察為民眾的枴杖，意指在民眾遭遇困難的時候，警察會是支助、力量般的存在。

子的角色生活而遺忘的自己，開心不已。

「那真是太好了，恭喜！要是有要加班的話，我可以幫忙接娜熙放學。」

不知何時拿著主臥房棉被進來洗衣店的張老先生說道。和他一起走進店裡的珍寶也搖著尾巴原地轉圈。夏天繼續咬著指甲。

「到底是在等什麼電話緊張成這樣？」

世雄再次問道。

「劇本徵選，因為今天是電視劇劇本徵選結果發布日，應該已經在通知錄取者了……但我還沒接到電話。」

蓮雨睜大眼睛。

「就是您上次說要將自己和賀俊的愛情故事寫成劇本的那部電視劇嗎？」

「對，但是還未接到通知，該不會這次又落選了……」

「再等等看吧，好消息通常都會比較晚到。」

張老先生仁慈地說道。這時，手機鈴聲響起。

「喂？」

夏天猛然站起身，噗通噗通，她心跳加快，彷彿全身都在發抖。所有人都在注意夏天的嘴巴。

「謝謝！謝謝！」

夏天一掛電話，所有人紛紛獻上祝賀。噙著眼淚的夏天連忙抱緊坐到凹陷的坐墊，直到今天，她才終於對自己說了一句從未說過的話：

「辛苦了，韓夏天。」

原本在運轉的一台洗衣機停了下來，正當所有人在為夏天道賀恭喜時，收到衣物清洗完畢簡訊通知的獸醫師在允走進了洗衣店。

「喔！米雷的家屬，原來還有珍寶的家屬也在這裡，您好。」

獸醫師的說話聲音穩重又冷靜。

「原來我們都用同樣的洗衣機，呵呵，難怪珍寶很喜歡醫生您。」

張老先生面帶笑容。

「我也是託米雷家屬的福才來這裡洗衣服，這裡很不錯呢。」

在允把洗好的衣服移去烘衣機，現在空出了一台洗衣機，大家便看向彼此，該由誰先用洗衣機呢？當大家都不好意思第一個站出來說要使用的時候，世雄先開口說道：

「就由警察來為各位進行交通指揮吧。我們就都一起把衣物放進去，一起洗吧！」

於是，已經開始喜歡紅棗雙和湯的大周所喜歡的棉被，和夏天坐過好長一段時間的椅墊，還有在這裡找到了真正夢想的世雄的警察服，以及不再逃避選擇深耕的蓮雨沾有顏料的工作服，還有重新找回自己名字的美菈制服，統統都放進了同一台洗衣機。

咕嚕嚕，隨即開始發出唰唰海浪聲。

掛在玻璃門上的小鈴鐺搖晃著，最後進來的人是載烈，光看就讓人感到疼痛的那道臉頰上的長長疤痕已經痊癒，他放了一本全新的筆記本在桌上，是一本天藍色的筆記本。封面在微風中輕晃，彷彿在等待對誰都無法傾訴的那些寂寞煩惱似的。

接下來，這本筆記本又會被哪些文字填滿呢？

作者的話

空無一人的延南洞咕嚕咕嚕洗衣店，在洗衣機裡放入奶白色的柔軟精。用吸塵器將烘乾機濾網裡的灰塵清除乾淨，再將圓圓的門擦得晶亮。為了溫暖人心的時間，幫咖啡機填滿咖啡豆。

最後在自動販賣機裡補上散發著這裡的招牌香味的香氛柔軟片，使人安心的琥珀香和帶來溫暖感的棉花香，像是在吸引人們的腳步一樣，悄悄擴散蔓延。

「好了，現在一切準備就緒，可以迎接新的洗衣任務了！」

寫著這本《延南洞咕嚕咕嚕洗衣店》，學習到最終最困難的事情是掏出內心來觀看，然後假如有人願意傾聽那份心聲，則是莫大的幸運。

我想要對總是擔任我的「青綠色筆記本」的家人說一聲愛你們，另外也想要向製作這本書、讓各位也有一本「青綠色筆記本」的相關負責人說聲謝謝。

假如想要把那些無處可說、只好往肚子裡吞的心情徹底清洗乾淨，現在不妨開門看看，推開那扇建在各位心中的延南洞咕嚕咕嚕洗衣店門！

二〇二三年初夏

金智潤　敬上

韓流精選 1

延南洞咕嚕咕嚕洗衣店

연남동 빙굴빙굴 빨래방

延南洞咕嚕咕嚕洗衣店 / 金智潤作 ; 尹嘉玄譯. -- 初版. -- 臺北市 : 春天出版國際文化有限公司, 2024.12
面 ; 公分. -- (韓流精選 ; 1)
譯自 : 연남동 빙굴빙굴 빨래방
ISBN 978-957-741-952-1(平裝)

862.57 113014133

ISBN 978-957-741-952-1
Printed in Taiwan

作　　者　金智潤
譯　　者　尹嘉玄
總 編 輯　莊宜勳
主　　編　鍾靈

出 版 者　春天出版國際文化有限公司
地　　址　台北市大安區忠孝東路4段303號4樓之1
電　　話　02-7733-4070
傳　　眞　02-7733-4069
E－mail　bookspring@bookspring.com.tw
網　　址　http://www.bookspring.com.tw
部 落 格　http://blog.pixnet.net/bookspring
郵政帳號　19705538
戶　　名　春天出版國際文化有限公司
法律顧問　蕭顯忠律師事務所
出版日期　二〇二四年十二月初版

定　　價　450元

總 經 銷　楨德圖書事業有限公司
地　　址　新北市新店區中興路二段196號8樓
電　　話　02-8919-3186
傳　　眞　02-8914-5524
香港總代理　一代匯集
地　　址　九龍旺角塘尾道64號 龍駒企業大廈10 B&D室
電　　話　852-2783-8102
傳　　眞　852-2396-0050